7

清少納言
夜をこめて鳥のそらねははかるとも
よに逢坂の関はゆるさじ

まくらのそうし

枕草子

まくらのそうし

せいしょうなごん

〔日本〕清少纳言　著

陈美锦　译

上海三联书店

目 录

四时可玩赏之美景 / 1
最好的时节 / 2
初春的节日 / 2
语言的差别 / 5
送孩子去修行 / 5
皇后驾临大进生昌的府邸 / 6
被抛弃的猫 / 9
五节日的天气 / 11
奏谢皇上的场景 / 11
新宫之东侧 / 12
名山 / 12
名峰 / 13
值得游玩的原 / 13
市集 / 13
渊潭 / 13
海 / 14
皇陵 / 14
渡 / 14
宅 / 14
清凉殿东北角 / 15
没有志向的人 / 19
扫兴事 / 20
懈怠之事 / 23
叫人看不起的事情 / 23
可憎之事 / 23
乳母之丈夫最可恨 / 26
不讲究礼数的人 / 27
晚归的男子 / 28
让人愉快的事 / 29
让人怀念过去的东西 / 30
让人赏心悦目的事情 / 30
槟榔毛牛车 / 31
牛 / 31
马 / 31
养牛的人 / 32
仆人、侍从、杂役等人 / 32

家里的小童 / 32
猫 / 32
讲经的法师 / 33
旧时藏人听讲经 / 33
参拜菩提寺 / 35
小白川邸的讲经会 / 35
七月的夜晚 / 39
开花的树 / 41
池塘 / 43
节日 / 44
树木 / 45
鸟儿 / 47
高贵的事物 / 48
昆虫 / 48
七月 / 49
不相称者 / 49
厢房里闲坐 / 51
不相称的事 / 51
主殿司 / 52
男性劳役 / 52
头辨 / 52
殿上点名 / 55
如何叫使唤的人的名字 / 56
小孩及婴儿 / 56
牧童 / 56
经过人家门前 / 57
瀑布 / 58
桥 / 58
里 / 58
草 / 59
诗歌集 / 60
歌题 / 60
草花 / 60
担心的事 / 62
无以言表的事情 / 62
栖居在常青树上的乌鸦 / 63
情人幽会 / 63
情人来访 / 63
罕有事 / 64
宫廷女官的居所 / 65
为贺茂临时祭试乐 / 66
后宫院内林木 / 67
没有道理的事情 / 68
不值得同情的事情 / 68
让人酣畅淋漓的事情 / 69
让人得意的事情 / 69
御佛名会的第二天 / 69
草庵 / 70

留居红梅殿 / 74
退居乡里以后 / 76
乡里小住 / 78
得到别人的同情 / 79
职院的诵经活动 / 80
雪山 / 82
华美辉煌的事物 / 88
优美者 / 90
皇后准备的五节舞姬 / 91
眉目俊秀的役者 / 94
后宫的五节庆典 / 94
没有名字的琵琶 / 95
后宫御帘之前 / 96
乳母大辅返回日向 / 97
爱憎 / 97
让人懊恼的事 / 98
让人受不了的事 / 100
意外而令人扫兴的事 / 101
遗憾的事情 / 101
咏杜鹃 / 102
一乘之法 / 108
上等扇子骨 / 109
信经 / 110
淑景舍君上登华殿 / 111
作咏梅的诗 / 116
对诗 / 116
长远的事 / 117
使人怜悯的表情 / 117
方弘 / 118
男人的心思 / 119
关 / 120
林 / 120
过淀渡 / 121
温泉 / 121
听起来怪异的声音 / 121
比画上看起来要好的事物 / 122
画出来看着更好的东西 / 122
冬 / 122
夏 / 122
让人感动的事 / 122
于正月借宿寺庙 / 124
闲言碎语 / 128
看着寒酸的事 / 129
看了觉得热的事 / 129
让人不好意思的事 / 129
男人的薄情 / 130
不成体统之事 / 131
祷告 / 131

叫人窘迫的事 / 131
关白公 / 132
九月时分 / 134
无耳草 / 134
定考 / 135
餤饼 / 135
衣裳的名称 / 136
不可偏袒亲近的人 / 137
与头弁答诗 / 138
咏吴枝 / 140
信笺 / 142
无聊事 / 144
可以打发无聊的事情 / 144
无可救药的事情 / 144
神乐 / 145
独自住在乡下 / 148
桃树枝子 / 151
游戏 / 152
叫人害怕的东西 / 152
看起来清爽的东西 / 153
看起来肮脏的东西 / 153
看起来不堪入目的东西 / 153
叫人心神不宁的事情 / 154
看起来可爱的东西 / 155
招人讨厌的孩子 / 156
叫人害怕的事情 / 156
写出来比实际夸张的事物 / 157
杂乱无章的事情 / 157
让人得志的事情 / 158
看起来很辛苦的事情 / 158
值得羡慕的事情 / 159
迫切想知道的事情 / 161
叫人心急的事情 / 161
皇后在太政厅 / 163
宰相中将与源中将 / 164
白操心的事情 / 168
不能亲近的人 / 169
朗诵经文 / 170
好像很近却很远的事 / 170
好像很远却很近的事 / 170
井 / 170
地方官吏 / 171
权守 / 171
大夫 / 171
六品藏人 / 171
单身女人的住处 / 172
在宫中当差的女人 / 172
雪夜谈天 / 174

某位女官 / 175
御形宣旨的布偶 / 175
刚到皇后身边当差时 / 176
感到得意的事情 / 180
官职叫人恭敬 / 181
风 / 182
台风过后第二天 / 183
有情趣的事情 / 183
岛 / 184
海滨 / 185
湾 / 185
寺院 / 185
佛经 / 185
文 / 186
佛 / 186
物语 / 186
野 / 186
陀罗尼经 / 187
奏乐 / 187
游戏 / 187
舞蹈 / 188
弦乐器 / 188
笛子 / 188
值得一看的事情 / 189
五月时节，漫步山里 / 192
纳凉 / 192
菖蒲 / 193
留香 / 193
月亮特别亮的夜晚 / 193
越大越好的东西 / 193
越小越好的东西 / 194
与家里相匹配的东西 / 194
长相清秀的男士 / 194
皇上出行 / 195
牛车 / 195
传言 / 197
知心人 / 198
女官们一起散步 / 198
大藏卿 / 199
脏兮兮的砚台 / 199
让人难为情的事情 / 200
信件 / 200
川 / 201
驿 / 201
冈 / 202
神社 / 202
天上降下来的东西 / 204
落日 / 205

月亮 / 205
星 / 205
云 / 205
吵嚷的东西 / 206
不精整的事物 / 206
开口让人觉得无礼之人 / 206
看起来机灵的事 / 207
公卿 / 207
贵族 / 207
法师 / 208
妇女 / 208
宫中当差的地方 / 208
新宫 / 208
让人觉得是转世投胎来的事情 / 209
积雪很深的时候 / 210
从澡堂出来的人 / 211
不能停止流逝的东西 / 211
不引人注目的事情 / 211
割草以后 / 211
咏杜鹃鸣叫的曲子 / 212
收割稻子 / 213
特别脏的东西 / 213
非常恐怖的事情 / 213
能够得到安慰的事情 / 214
晋升成藏人的女婿 / 214
值得高兴的事情 / 215
给皇后送信 / 217
奉经仪式 / 220
庄严的事情 / 233
曲子 / 233
狩衣的颜色 / 233
裤裤 / 234
单衣 / 234
说话没分寸 / 234
在袍子底下的衣服 / 235
扇子 / 235
神社 / 236
岬角 / 236
屋 / 236
报时 / 237
美好的事情 / 237
雨夜来访 / 237
回信 / 241
突然降雪的时候 / 241
威严的东西 / 242
戒备雷鸣的仪式 / 242
屏风 / 242

躲神的日子 / 243
香炉峰的雪 / 243
阴阳师身边的童子 / 243
借住在别人家中 / 244
唤起思念的钟声 / 245
御佛会之后 / 246
女官讨论自家主人 / 247
干净整洁的大房间 / 247
看见了就跟着做的事情 / 248
乘船出行 / 248
某右卫门 / 250
小野君的母亲 / 251
业平中将的母亲寄诗 / 251
好听的和歌 / 251
下等人的称赞 / 252
大纳言君咏诗 / 252
家中失火 / 253
丧母的男士 / 254
定澄僧都无袿袍 / 255
去高野 / 255
某位女官 / 256
某位男士 / 256
唐衣 / 257
下裳 / 257
织物 / 257
花纹 / 257
穿合身的衣服 / 258
中将公子 / 258
疾病 / 258
不招人喜欢的事情 / 259
在女官住处吃食的男士 / 260
到初濑寺借宿 / 261
难以说清楚的事情 / 261
束带和宿值衣裳 / 262
品德 / 262
人脸 / 262
工人吃饭的样子 / 263
讲话时最讨厌的一种人 / 263
听男孩讲的事情 / 263
业远朝臣 / 264
独居的好色之徒 / 264
长相清秀的年轻人 / 265
作法祛妖 / 266
不好看的事物 / 267
跋一 / 268
跋二 / 269

译者前言

在日本古典文学作品中,《枕草子》具有非常重要的地位。

《枕草子》诞生于日本平安时代中期，这是日本历史上十分独特的一段时期。日本皇室将首府从奈良迁到京都一百年后，藤原家族掌握了政治实权，建立了摄政统治。此后，为了控制天皇，维护自己家族的权势，藤原氏一直将家族中出生的女孩送进宫做皇妃、皇后，使得这些出身于贵族的女子能受到良好的教育。她们可以谈诗作赋，参加节日庆典、祭祀，甚至还有机会参政。受此风气影响，平安时代出现了很多由女性创作的文学作品，有诗歌、随笔、小说等等，其中名气最大、影响最深远的是清少纳言的《枕草子》和紫式部的《源氏物语》。

清少纳言并不是作者的真实姓名，她曾经是宫中跟在皇后身边的女官，少纳言是她的官职名称，她的父亲是小有名气的诗人清原元辅，因此她用一个清字当作名号，就有了清少纳言这个称呼。清少纳言机敏聪慧，精通汉诗，非常有才华，深得皇后的喜爱。她在宫中供职时，将自己的见闻以随笔的形式记录下来，就有了这本《枕草子》。

《枕草子》言语优美,叙事细微,是日本古典文学中的精品,书中描绘了当时日本的宫廷生活。阅读《枕草子》,眼前仿佛呈现出一幅日本古代的宫廷画卷。你可以在这里看到古代日本的风俗习惯和人们的生活方式，在不知不觉中对日本文化有更深的了解。《枕草子》中记录的那个时代正值唐风盛行，读者从中既能体会到中国文化对日本的影响，也能感受到日本文化中有别于中国文化的独特部分。

《枕草子》中既有对日本地理及风俗的描写，也有抒发作者感想的片段，还有以日记形式记录下来的日常小事。作者用她细腻的笔触，使日常生活的任何一件小事都犹如一把扇子，又像一支舞蹈，显得活灵活现，读起来趣味无穷。台湾女作家林文月十分喜爱本书，她曾经在自己的《枕草子》译本中评价这本书是“亲近动人的”。

《枕草子》不仅是日本文学中的明珠，也是世界文学中的经典。它已经流传了近千年，至今仍以独特的魅力吸引着一代又一代读者。

四时可玩赏之美景

春天的黎明时分有一年四季中最好的景色：山顶渐渐变白，开始稍微有一点儿亮光，山顶上有轻柔的云朵，微微泛着紫色。

夏天要数夜晚。有月亮的时候当然就不用说了，即使没有月亮，暗夜里还有萤火虫飞来飞去，下点儿雨的时候更有情趣。

秋天要数黄昏。在落日的余晖下，山的轮廓被映衬出来。乌鸦正忙着归巢，两只、三只、四只地在天上飞着，让人不免伤感。还有的时候，列队的大雁远远地从天空中飞过，人们可以看到它们小小的身影，别有风味。太阳下山后，虫子的鸣叫声和风声也让山谷变得更加热闹。

冬天最美的景色在清早。下了雪的早晨景色当然好，有时会有霜，远远望去，洁白一片。要是没有雪和霜，而是寒气颇重的话，就得赶紧搬着炭火从走廊跑过去生火盆。可惜的是，每到晌午时，火盆里的炭火上面就渐渐生出了一层白灰，这时候就没什么好看的了。

最好的时节

最好的时节当数一、三、四、五、七、八、九、十一、十二月。实际上，每个季节都有自己的美，整年都有可以观赏的美景。

初春的节日

正月初一那天，天色让人欣喜，朝霞和雾气相互辉映，每个人都精心地打扮自己，这是为主上和自己祈福的日子。这种景象不是平日里能看到的，乐趣颇多。

正月初七时，人们便可在雪地里寻找到青青的嫩菜了。平日里，贵族们不会接近这些，眼下却也兴致盎然，场面热闹极了。有人为了争着看白马而退守在自己家的宅院里，大家也全都把车辆装饰得极其漂亮。牛车从中御门门槛驶过的时候，由于车身不稳，大家不免会相互碰头，弄得梳栉不是掉了就是断了，既难堪又好笑。建春门外，在殿上伺候的人都在南侧的左卫门的卫所聚齐，想吓唬从这里经过的马，来逗个乐子。从牛车的帷幕向外望非常有趣，可看到院内板障外的主殿司和女官们，他们来来回回地穿梭着，显得非常忙碌。他们是多么幸运的人啊，能在九重城阙内随意穿梭！有时候，人们会不由自主地想:这里不过是宫中的一个角落罢了。那些舍人的脸上很斑驳，因为他们脸上的脂粉有些脱落，有些地方没有粉了，非常难看，就像残存在黑土地上的雪一样。突然，马儿跳跃了起来，将人吓了一大跳，马车里的人赶紧退进车厢里，这下就看不分明了。

正月初八，每个人都要忙碌奔走，因为他们要去答礼。此时的车马声比平时更加喧闹，饶有趣味。

正月十五日是望粥日。在这个节日里，大家不仅要为主上进粥，还要偷偷藏匿煮粥的木柴，大伙儿都在窥探时机，同时还要提防后头挨打，年轻的女官和家里的公主都是如此，那种小心谨慎的样子真有意思。打到别人的人，总是笑声不断，场面非常热闹;可是挨打的人却很难为情,还假装生气地责怪人家。

不知道去年新婚的夫婿什么时候才来，害得公主们都焦急地等着。那些有些资历的女官们仗着自己的聪明劲儿，全都躲起来了，偷偷地观察。在公主跟前伺候的人都忍不住地莞尔一笑，但马上又小声地制止："嘘，小点儿声！"女主人还是端庄地坐着，假装什么也没看见。有人说："我把这里收拾一下。"然后趁机靠近女主人，拍一下她的腰便逃走，满堂人都被这一幕逗笑了。原来，这不过是个借口。新郎并不生气，而且脸上露出了微笑，新娘也没有吃惊，而是面颊泛红，带着微笑，别有一番风情。女官们也互相打着，连男人也被打了。不知他们是什么心情，被打的人发了怒哭了，嘴里谩骂着打她的人，连不吉利的话也说了出来，很是有趣。宫廷是尊贵的地方，可今天人们也不大受礼节约束了，都吵吵闹闹的。

到了除目式的时候，宫中更是热闹非凡，此时漫天飞雪，寒冷异常，可人们还是得拿着自荐书四处奔走。有些人虽然年纪轻轻，却已经官居四、五品，他们看起来意气风发，大有前途。还有一些上了年纪的人，头发已经白了，却还得托人游说，尤其喜欢到女官们那里吹嘘自己的本事。他们哪里知道，事后，那些年轻的女官都故意学着他们的口气笑话他们。"拜托，拜托，还请多向主上美言几句呀！"他们看起来一副十分费心的样子。得到官职当然值得高兴，可要是一无所获，那他们的人生也未免太过凄凉!

三月三日，柔风习习，阳光和煦。桃花在此时开始绽放，柳枝吐出新绿也让人欢喜，很值得让人们玩赏。柳芽也刚刚长出来，就像是眉毛一般，非常有趣。只不过待它们蜷曲的叶子伸展开来时，就开始让人讨厌了。不光是柳叶，花在谢了之后，也是非常不好看的。待梅花盛开时，折几枝长长的梅枝，插入大花瓶里，比在外面看着更叫人心情愉悦。到场的那些客人们，还有皇后的兄弟和孩子们，他们个个身着白色红底的直衣，内衣从袍子底下露出来，非常好看。他们三三两两地谈论着什么，那样子真是风流倜傥。在他们的附近，还有蝴蝶啊鸟啊什么的飞来飞去，那场景看起来便更加非同一般了。

到了贺茂祭的季节,更是让人欢喜。此时,树叶还是青绿色，也还没长得繁茂至极，不过嫩嫩的新芽看起来很青葱。没有烟霞遮掩的天空万里无云，让人心生难以言表的畅快！傍晚或是夜里稍微有些阴郁，再加上远处忽然传来的杜鹃的啼鸣，时有时无，隐约可辨，那真是一种不言而喻的美妙啊!

等到祭日逼近了，使者们便开始忙碌起来了，他们捧着用纸随意包装的各色布料开始四处奔走。那些布料有的下面染着很深的颜色,有些染色却深浅不一,色彩斑驳,还有些是扎染的。少女们还是像平日那样随意地梳洗一番，虽然她们穿着有些破旧脱线的旧衣裳，鞋带也断了，但是她们精神头儿十足，嘴里不停地说:“给我的鞋子钉上一层底吧！”“给我的木屐穿上纽带吧！”只见她们拿着鞋子，一边奔跑一边吵闹，都希望祭日快点儿来，那情景很是热闹。这些女孩子平日里无所顾忌，活泼好动，可装扮好后却装腔作势起来，开始练习走路，活像个手捧香炉的法师。亲族里总会派些妇人或是年长些的女孩子伴在她们的身边，以便随时照顾着。

语言的差别

大家的语言看起来没有什么差别，实际却恰恰相反。僧侣的话、男人和女人的话，都各不相同。身份低微者的话总显得太啰唆。

送孩子去修行

让心爱的孩子出家，是一种狠心的做法。虽说出家是不错的，但是世人总是将出家看得很轻贱，这种看法是不对的。出家的孩子要修身精进，吃粗茶淡饭也就罢了，就连睡觉也会受非议。

和尚年轻的时候怎么能没有好奇心呢？怎么能路过女人的住所而不偷看一眼呢？但如果他们那么做，肯定就要被责备了。想当法师的人更辛苦。他们得行走于山川荒野之中，到几乎看不见人的山里去，什么可怕的事情都可能发生。如果他们得道，修行有了成果，自会成名，这时肯定会得到重视，被四处邀请，自然就失去了安宁。

得道和尚为重病之人祛邪降妖，实在太困了，如果打个瞌睡，又会遭人责难："整天只知道睡觉！"多令人厌烦啊！他们自己怎么想？这我就不知道了。不过现在的和尚倒是比过去好过多了。

皇后驾临大进生昌的府邸

为了迎接皇后大驾，人们对大进生昌府邸东侧门特意做了改造：将东侧的大门特意改造成了四根柱子，以便凤辇通过，侍女的车辆从北门进来。大伙儿都觉得那里不会有什么武士守卫，因此发型不够好看的人也没在容妆上花心思，以为车子到了直接下车就行了。没想到门太窄，用槟榔装饰的牛车被挡住了，根本进不去。众人只能下车，踩着地毯，鱼贯而行。这真的很让人恼火，可又能怎么办呢？当时，地下执役司和殿上人都站在那里。这样一来他们可有热闹可瞧了，真是可恶！

有人跟皇后禀报了这些事情，却被嘲笑了一番："这里就没人看了吗？怎么能如此疏忽！""可是，要是我们打扮得过于隆重，他们会惊讶吧？毕竟都是熟人。倒是这么堂皇的一座府邸，怎么门口连车子都无法通过？看来真有此等事情！下次见到，定要好好取笑他。"就在说话的当口，生昌来了。我说："请呈上此物。"他从帘子底下推进来一具砚台，我对他说："你可真够坏的，亏你还住这里，门竟然建得如此狭窄！"没想到，听了我的责怪他反而说："得根据身份来建造房屋啊。""可我听说，有人就是故意要把家里的大门建得又高又大。"我回答道。他很惊讶地说："唉，那可不敢。"紧接着他又说："那是于定国的典故吧？如果不是有学问的老进士，估计不会知道这个典故，更不用说能够听懂这番话的意思了。幸好我在文章之道上面很下工夫，粗略知道一些，才能明白你说的意思。""这是说的什么话？还有你那'道'也修得太差劲了，铺着地毯也不好走，大伙儿走得直趔趄，都被吓坏了呢！"趁此机会，我又损了他几句。

他马上找借口说："雨后难免的啊，哎呀，好吧，我在这儿待着真不知道会被奚落成什么样子，我还是早点儿退下去的好。"说完，他真的走了。皇后问："生昌好像受不了啦，怎么回事？"我回答说："没什么的，我跟他说了说车子进不来的事情。"

那天夜里，我们房间里的女官们很快都困了，便躺下睡了。我们住的房间位于东偏殿，西面隔着厢房，北边的门没有上锁，不过大家都太困，谁也没在意。作为屋主的生昌当然知晓这里的任何事情，他很容易就开门进来了。他一再央求说："我能进来吗？能进来吗？"那声音沙哑难听。被吵醒以后大家才发现，几帐后面原来烛火明亮。门被拉开了大约五寸，生昌正十分滑稽地站在那里讲话。以平时看，怎么也不会让人想到他会是好色之徒，当皇后到了他家时，他却忘乎所以，失控失态，竟然变得如此大胆起来，真是可笑！

我赶紧摇晃睡在旁边的同伴，说："你看看，那边站的是谁啊？"

她抬起头朝那边看了看，笑得厉害极了："是谁啊？我们可是都能看见啊！"

生昌连忙抢着说："是本家的主人，不是旁人，我有事情跟房间里的主子商议。"

"倒是说起过进门的事情，不过可没说是这间屋子的门啊。"

"对，就是这事儿，我可以进来吗？可以进来吗？"他连声央求，弄得众女官都笑了起来。她们说："这话可不敢当。你要进来还需得到我们的准许？"生昌这才恍然大悟，说道："哦，原来屋里这么多年轻人呐。"说着就关上门，转身走了。

后来大家笑得前仰后合的。其实进来也用不着打招呼的，他问"能进来吗"，可谁还能不说"进来吧"？真是可笑。第二天，大家就把这件事情禀告皇后了。皇后笑着说：“没听说过他有这种事儿，想必他是为了昨晚的谈话才拜访的吧。大概他心生钦佩才进来的，可怜他被你弄得下不来台。”

皇后叫人给公主身边侍奉的女童准备衣服。生昌又问：“请问女童们的上装袙衣穿什么颜色好呢？”大伙又笑了一番，这也难怪。

生昌说：“公主的膳食照惯例办怕是不合适吧，最好用高杯、高盘才好。”我趁机回答他：“那倒正好了，如果能让穿着袙衣上装的女童在公主身边，就更般配了。”皇后连忙制止说：“瞧他可怜的，你们就不要取笑他了。这么老实的人，还是别把他当作一般人对待。”我们马上停止了对他的嘲笑，不过这事儿确实太有趣了。

刚有些空闲的时候，有人过来传话说：“大进有话要跟您说呢。”皇后听见了，说：“怕是又要说出什么让大伙儿取笑的话来吧？”这话说得很好玩儿。她又说：“你去吧，听听他要说什么。”我走到帘子边，生昌说：“我把您前夜说的话告诉了中纳言，家兄非常钦佩，他期望能有机会与您见一面，谈一谈。”

我原以为他要说的是前夜溜进房间的事儿，结果不是，心里不免有些不平静。我只能回复他：“日后如有机会，再详谈吧！”回来以后，皇后问：“你们说什么了？”于是，我如实向皇后禀报了生昌的话，借机跟大伙儿说：“这么点儿小事情也值得叫人来专门通报，出去说吗？只需在女官房里等候的时候，慢慢地再说，不就行了吗？”皇后却说：“八成他以为他所尊敬的人夸奖你是件好事，认为你也会高兴的，才急着叫你出去，让你知道吧！”皇后说话的神态非常从容，真是优雅极了。

被抛弃的猫

宫里养的猫被赐名为“命妇君”，并被赐予五品头衔。猫很乖巧，非常受宠。有一天，猫跑到廊外去了，负责照管它的马命妇生气地喊：“一点儿也不听话，快回来。”猫可不管她说什么，自己在那儿晒太阳睡懒觉。马命妇想要吓唬它，说：“翁丸呢？来呀，咬命妇君！”不成想，那只叫翁丸的笨狗倒认真了，直接冲上去。猫吓坏了，慌忙躲到帘子里面去了。正巧皇上也在餐厅，被眼前的情形吓了一跳。皇上把猫抱起来，命传殿上的男子上前。藏人忠隆奉命来到御前。皇上下令说：“去把翁丸打一顿，扔到狗岛去得了。”大伙立刻围过来，对这条狗围追堵截地忙活了好一阵子，皇上又责怪马命妇说：“真不叫人放心，赶紧换个人看管猫吧。”马命妇吓得再也不敢近前了。那只狗呢，则被人们逮住，让清凉殿东北边的门卫驱逐出去了。

“唉，真可怜啊！平时可是神气活现的。三月初三，辩官主管还给它的头上戴了柳枝条和桃花，还给它在腰上缠了梅枝之类的，它高高兴兴地跑得欢实着呢，眼下竟然落到了这步田地！”众人都为那条狗叹息：“皇后娘娘每每用膳，它都蹲在对面伺候，现在可真是太清静了。”大家就这么说着，评论着。

就这样过了三四天的光景。一天中午，忽然传来狗凄惨的叫声。大家正纳闷这条狗怎么叫这么长时间时，没想到其他狗也跟着叫起来了。扫厕所的妇人跑来说：“糟了，两个藏人把狗打了个半死！还说被赶出去的狗怎么又跑回来了？正在打它呢！”我想，它必定是翁丸，真可怜。据说忠隆和实房还在打它，皇后便赶紧命人叫他们住手，很快狗的叫声便停住了。只听见有人说：“死了，拖出去给丢了。”听人这样说真是痛心。

黄昏的时候，我们正难过，跑过来一条狗，看起来非常狼狈，而且浑身都是肿的，还哆哆嗦嗦，一副有气无力的样子。“呀，这是翁丸吧？这种光景哪能是别的狗呀！”大伙都嚷嚷着，可是叫它名字时，它竟然不理不睬的。有的人说它是翁丸，有的人说不是翁丸，皇后说：“去叫右近来，她认得，快！”已经休息的右近被叫来，传话的人对她说有万分紧急的事情。待她仔仔细细地看了之后，皇后问：“是不是翁丸？”“倒是很像它，可是这只狗变得太惨了，平时叫它的名字，早就乐颠颠地跑来了，可是现在叫它也不理，可能不是翁丸吧！不是说翁丸被两个壮汉给打死了吗？怎么又没死？怎么可能还活着呢？”皇后听了这话十分难过。

天黑后，人们喂这只狗食物，它也没吃。于是，大家都觉得这不是翁丸，便不再理会它。第二天早上，我侍奉皇后梳洗。我端着镜子，这只狗就在柱子下趴着，我说：“唉，翁丸可惨啦，昨天被痛打了一顿，大家说它死了，真是可怜！也不知道它会转世投胎成什么，它死前肯定受了不少罪呢！”正说着话呢，那只睡着的狗竟然浑身颤抖起来，流下了一行行的泪水，真让人惊讶！“呀，这么说它就是翁丸了，一定是它，昨晚八成是用力忍着的。”我悲喜交加，觉得它真是可怜，赶紧放下镜子，连声叫它“翁丸啊翁丸”，那条狗竟然趴在地上大声叫唤起来。

皇后看着它，又是惊讶又是高兴。女官们都跑来看，右近内侍也被叫过来了。皇后把这件事跟大家一说，大伙儿都笑了。皇上听说了这件事情后，也到皇后这儿来了。他笑着说：“原来狗也有这种感情啊，真是没看出来！”伺候皇上的女官们也都跑过来了，一个个地叫狗的名字。现在那条狗好像才踏实了。它站起来的时候，头和脸都还肿胀着，我说：“应该给它弄点什么东西吃呢？”皇后也笑着说：“它总算是表明了自己的身份。”这时候，忠隆也听说了这个消息，他从御膳房跑过来，说：“真的是翁丸吗？让我看看吧！”我回答道：“啊，不行啊，压根儿没有这样的事儿。”忠隆却回话说：“瞒不住的，你这样说也没用的，总有一天它会被发现。”

后来，翁丸总算被赦免了，皇上的惩罚和禁令也都撤销了，它又和从前一样生活了。有意思的是，当它再次被同情时，竟然颤抖着叫出来，此事令人印象很深刻。人在被同情的时候难免会哭出来，可是狗竟然也会掉泪，这真是让人意想不到！

五节日的天气

正月初一和三月初三通常都是晴朗的天气。五月初五整天都是阴天。七月初七白天是阴天，夜晚却晴空万里，可以看到月亮和星星交相辉映。九月初九破晓的时候，稍微下了点儿细雨，菊花瓣上带着许多露珠，上面盖着的丝绵也都湿透了，还沾染上更浓郁的菊花香味，更加令人爱观赏。虽然雨很早就停了，可是，天上的乌云厚重，好像马上又要下雨了，这种情景是最美的。

奏谢皇上的场景

官员们被授予新爵位后都去奏谢皇上，这场景非常有趣。他们都穿着礼服，长长的下摆在身后拖得很长，手里拿着笏板面向皇上站立。之后就是礼拜和舞蹈，这场面真是热闹啊！

新宫之东侧

新宫的东侧，现在叫做北门了，那里有一棵高大的栖木。人们经常看着它问："这棵树真高，到底有几米啊？"有一次，权中将说："要是能把它连根砍下来，给定澄和尚当扇骨就好了。"不久，定澄和尚来山阶寺小住。适逢他上宫礼拜，权中将来宫中充当近侍卫。那天，定澄和尚穿着一双高齿木屐，显得更加高大魁梧了。权中将退出来的时候，我问他说："怎么没让他拿上那把大扇子骨啊？"权中将笑了，不自然地说："你这记性也太好了些。"

名山

最妙的山有：小仓山、三笠山、木暗山、莫忘山、入立山、鹿背山、比睿山。更能引起人们兴趣，使人想要一探究竟的是笠取山。此外，还有五幡山、后濑山。

比良山也很有情趣，圣武天皇曾歌咏它为"莫泄吾之名"。伊吹山也不错。朝仓山因为有"别处见"的说法，更惹人喜爱。岩田山也很好。大比礼山的名字总让人联想到清水八幡的临时祭礼。手向山也很好。三轮山也很有情趣。音羽山、待兼山、玉坂山、耳无山、末松山、葛城山、美浓御山、柞山、位山、吉备中山、岚山、更级山、姨舍山、小盐山、浅间山、片溜山、鹿蒜山、妹背山都不错，值得游赏。

名峰

最好的山峰当数鹤羽峰、阿弥陀峰、弥高峰。

值得游玩的原

竹原、瓶原、朝原、园原、荻原、栗津原、奇志原、稚子原、阿倍原、筱原，都是都原中可欣赏游玩的地方。

市集

要说最好的市集，当然是辰市。大和市集众多，其中椿市最让人有与众不同的感觉，或许是因为这里是来长谷寺拜谒的人居住的地方，有观音菩萨的因缘际会的缘故吧！再者，阿负市、饰磨市、飞鸟市也都很不错。

渊潭

说到渊潭，当然是畏渊最好。真不知道为什么人们为它取这样一个名字，难道是它看穿了人们什么内心之事？倒是让人犯琢磨了。不知道勿入渊是告诫谁不要进入的？青色的渊潭倒是更有趣了，其水的颜色好像藏人身上穿的似的。另有一些不错的渊潭，比如：稻渊、隐渊、窥渊、玉渊。

海

琵琶湖是最好的海。与谢湾、川口津、伊势湾也很不错。

皇陵

最好的皇陵莫过于莺陵、柏陵、天陵。

渡

最好的渡口是鹿管渡、水桥渡。

宅

近卫门一带的宅子最好，村上帝母后藤原隐子之宅、藤原伊尹之宅都不错。还有一些不错的宅院，如染殿之宫、清和院、三日居、菅原院、冷泉院、东院、小野宫、红梅殿、县井户殿、东三条院、小六条院。

清凉殿东北角

清凉殿的东北角有一扇纸门，面朝北侧，上面画着沧海和长得奇形怪状的生物，比如手长脚长的人，看起来十分吓人。弘徽殿门一打开，就能看见它们，大家总拿它开玩笑，说真是讨人嫌。

今天搬来一只青瓷花瓶，将它摆放在高栏上了。花瓶里还插了很多樱花，其枝条大约有五尺长，花儿都伸到高栏外了。

快到中午的时候，大纳言君来了，他穿着白面红里、柔软贴身的直衣：上身几层白色衣服，还有一件用深红缎子制成的外套，下身穿着深紫色的裤子。皇上正好也到这边来了，于是他就坐在了殿前门外的木板间，陪皇上说话。

帘子内的女官们都穿着宽松的唐衣，不是黄面青里，就是褐面黄里。各种显眼的袖端露出帘子，真是太鲜艳了。在午膳厅内，忙忙碌碌的人们为皇上摆放膳食。藏人们也来来回回地走，脚步声不断，我还能不时地听见他们说："让一让，让一让。"此时春光烂漫，正是让人陶醉的时候。最后一队藏人来了，他们端着高脚盘子，禀报说："御膳已经准备好了。"于是，皇上从中门朝膳厅走去。

大纳言君奉命陪伴皇上，也跟着过来坐，恰好就在青瓷花瓶中那簇樱花之下。皇后推开前面的几帐也到帘前来了，她不经意的举手投足间，流露出雍容华贵的气质，让我们这些在左右伺候的人都感到万分荣幸。大纳言君不禁咏唱道：

日迁月移啊，毫不停留，
只有山外的三室宫。

无论过多少年啊，都春意盎然。

用歌声向皇后道贺，祝愿她长命百岁，幸福安康，这种举动真让人钦佩。皇后的光彩是藏不住的，我当然也希望她年年岁岁如今天这般幸福年轻，千年不变。

伺候膳食的宫女叫藏人们上来收拾餐具的时候，皇上已经回到殿里。皇后下令道："磨墨。"可是我却心不在焉，一直盯着皇上那边，差点儿没有听见。皇后将白纸折叠好了，命令我说："好了，你现在将能想到的古诗，写出来就好了。"我顿时慌了，赶紧向帘外坐着的大纳言君请教："这可怎么办呢？"我把纸张递给他，他又退回来了，说："随便写点儿什么吧！男人在这种事情上不好多嘴啊！"皇后又将砚台推过来，催着我写，还说："快写吧，不要想太多，只写你现在能想到的就行了。写写难波津啊，或者别的什么也可以啊。"可我却不知怎么回事儿，脑子里乱糟糟的，尴尬得满脸通红。

上席的几位女官倒是写了两三首诗，都是春歌、花事之类的，总是和季节相关的。接着，我又被催促道："接着这个往下写啊！"于是我写道：

又过了一年啊，年龄也长了，
身体渐渐衰老，欢乐也少了。
看到花儿无忧无虑啊，就爱上了它的芳香四溢。

我故意选了古和歌里的"见君"的句子重新填了词，就这样呈上去了。让人意外的是，这竟然还赢得了人们的赞赏。大纳言君说："只是考考你是不是机智罢了。"他又说："我在円融院时，曾让殿上人在御前的草子上面写首诗。结果很多人都婉拒了，因为无法完成这个任务。后来院上说：‘无论字的好坏与否，也无论是否符合时令，不必拘束，写吧。’大家这才勉强写了。关白公当时是三品中将，他写道：

深深的水啊，像是潮水一样漫溢，
波浪来去好像从云里涌来，
思念君子啊，正如悠悠我心。

恋歌的最后一句被他改为了‘思念君子是我的心’，这个巧妙的改法深得皇上喜爱。这样的改法，就更让别人觉得自愧不如了。话说回来，年轻人怕是写不出这样的东西。即使平时擅长写作的人遇到这种场合，大多数也会选择婉言推辞，因为弄不好就写砸了。”

皇后又接着拿出《古今集》来，随便挑了几篇诗，念了几首的上句，问道：“你可否念出下句？”那些诗篇本是我曾经烂熟于心的，从来没有忘记过，可是此时却偏偏一下子想不起来了。这是怎么回事儿呢？宰相君对这些诗也不是十分熟悉，勉强答上十首左右。还有人只记得三首、五首或者六首。唉，记得这么少还不如干脆说自己完全不记得好！可是那样，他们又觉得似乎这是对皇后娘娘话的不敬，也觉得不妥。看着他们一个个懊恼的样子，还是挺有意思的。皇后得不到答复，自己就把诗句念出来了。接着就听到了一些人叹息声：“这句明明自己记得的啊，怎么竟然表现得这样差呢！”那些经常抄写《古今集》的人，更是应该记得其中的每一首啊！

接着，皇后说：“村上天皇在位时，宣耀殿里住着一位人尽皆知的女御。她是左大臣家的千金，家住小一条。她小时候，父亲就对她说：‘你首先要学习识字，其次是学习琴瑟，要有胜过他人的决心。《古今集》二十卷，一定要熟读，这是必修课。’皇上听闻后，就趁着宫中避讳的日子到女御房里来，当时他拿着《古今集》,还拉起了几帐。女御正纳闷的时候,皇上翻开书，便问她问题，如问：某年某月某日，某个人吟咏的和歌，是什么内容？女御这才明白是怎么回事。虽然她也觉得有趣，可还是担心自己有记错或者遗忘的地方，想必她当时的内心也很复杂。皇上又招来二三位女官，她们也是这方面的行家，皇上令她们用棋子记录背错的次数，真是有趣，那些在御前伺候的人都很羡慕。后来，皇上让女御回答问题，她竟然对答如流，一点儿错误也没有，想必这和卖弄聪明没有什么关系。太让人意外了，皇上此刻更觉得难以相信了，非常不服气地要坚持找到错误为止。可是他念完前十卷的时候叹息道：‘唉，就这样吧，就这样吧！’于是在书中加了书签，就去歇息了。

皇上睡了很久，起来又说道：‘这件事情没有输赢怎么能行呢？’转念又想：如果第二天再考，怕是她会事先偷看其他的本子，还不如今天夜间就了断此事。于是叫人拿了油灯过来，读了一个通宵，可女御还是没有输。皇上去了女御的住所以后，女御的父亲也知道了这件事情的详细经过。老人家听说后担心得要命，赶紧张罗诵经的事情，还对着皇宫的方向不停地膜拜呢，真是太有趣了。”听了皇后讲的故事，皇上不禁感叹道：“村上皇帝怎么读了那么多书啊，竟然读了二十卷，我怕是也只读了三四卷吧！真是由衷地钦佩啊！”御前的女官们跟着说：“从前的普通人都很风流，而且还很富有情趣呢，可是现在已经很少见了！”大家一个个地也跟着感叹起来。这种气氛真是自在得很，也非常有趣。

没有志向的人

那些没有志向，也没什么思想，只把稳稳当当在家伺候丈夫当作幸福的女人，是我最不欣赏的。我倒觉得，即便是家世显赫的大小姐，也需要出来开开眼界。最好是能和他人打交道，比如到宫中做个内侍就不错啊！

我非常痛恨男人经常说的那句话："宫中的内侍女官们都会变得轻薄。一旦做了仕官，她们就要伺候人，上至最尊贵的皇帝，再到公卿、殿上人以及四品、五品、六品的官员们，这都是少不了的，还有其他的女官，这需要将人情世故看得清清楚楚才行啊。还有女官的仆人、下女、扫厕妇人等身份低微的杂役等等，这些当然都是必须面对的人，根本躲不开。"也许男人不需要面对这些人？我可不知道，我只知道男人跟我们差不多，只要是仕官，就跟我们一样。

曾经在宫中做过内侍的女子，出嫁后会被人称为"夫人"，因为她们见闻广博，可能会不够内敛，那倒也不足为奇。宫中有一个官职叫典侍，只是偶尔参与宫中事务，比如贺茂祭的时候充当皇后的使者前来做事，这不是也很荣耀吗？

有仕宫经历的女子，才是选作家庭主妇的最好人选。比如说在五节时，郡守要推荐舞娘，如果夫人有过仕官的经历，一定比那些什么都不懂的土里土气的人更受尊敬，因为那些人什么事都不知道，还要一一请教他人。

扫兴事

狗在大白天不停地狂吠是最让人扫兴的。在春天捕鱼时碰到鱼钩挂到网栏上、三四月穿着红梅花样衣裳的人、有婴儿夭折的产房、没有生起火来的火盆和火炕、养牛的人家里死了牛、文章博士家一连全都生女儿等事情都是令人扫兴的。因为方位的禁忌，主人无法招待客人，假如这一天适逢节日，就更扫兴了。

乡下的来信一般都不夹带礼物，城里的来信也是一样，不过城里人总是在信里讲一些好玩儿的事儿，让收信人能了解世事，所以也算说得过去。

特意写信给某人的时候，就会在等待对方回信的时候非常费神，原以为今天就能收到回信，可奇怪的是竟然没有。正在焦虑的时候，却突然收到退回来的信：自己邮寄的这封信竟然没有被拆封，只是原本打得很好的结和折叠整齐的纸张竟然变得皱皱巴巴，还胀鼓鼓、脏兮兮的，完全不是原来的样子了。虽然封印的地方墨迹模糊，但也能能分辨出“人不在家”“忌讳收信”等字样，这真是令人扫兴至极。有时候，某人本来说好了要来做客，东道主到了日子便派车去接，听闻车回来了，连忙迎接，人们都以为客人到了，可没想到的是，只有牛车进了车库，终于等到车子停下来，主人就赶紧问：“怎么回事？”得到的回答却是：“人家今天不来了，外出了。”然后，拉车的人就抛下车夫和牛车自顾自地走了。就像是全家都高高兴兴地去迎接姑爷，却没看见人影一样，让人感觉扫兴落寞。假如是个什么有头有脸的仕宫女子将一个有妻室的男子抢走了，被抢男人的妻子就更是如同吃了五味杂陈般地难受了。

婴儿的奶妈有事，临走时会说“去去就来”或者是类似的话，结果直到婴儿吵着找她的时候她也没有回来，别人只好想尽各种方法逗弄孩子。原本她临行时跟她说“早早回来”，可是等到最后竟然接到奶妈口信说：“我今晚回不来了。”这可真是让人扫兴。几乎让人萌生恨意。

若是这种情况发生在男子想将情人接来的时候，又会怎样呢？若是女子心中想念某位男子，等到已经渐入深夜的时候，忽闻有人敲门，便会不由地心里一阵狂跳，赶紧叫人去问谁来了，报上的姓名却是另一个与自己不相关的男子。这种情况真让人扫兴，其苦闷简直难以言说。

请法师来给病人祛邪，法师看上去很有信心。他让人们手里拿着独钴或者念珠，像蝉鸣一样不停地念着经文，可是病人的病情却丝毫没有好转，邪祟也没有附着到乩童身上。聚集在一起的全家男女都在那里用心祷告，人们不禁感到纳闷：念经一个时辰了，早就乏了，却没什么起色。“真是的，竟然不灵！一边儿去吧！”法师一边说，一边从乩童身上拿过念珠，摸了摸他的头顶，又叹息道：“怎么不肯显灵呢？”说完他就开始打呵欠，最后竟然靠在卧榻上睡着了。

叙官除目的日子，最扫兴的事情要数那些没有得到官位的人家了。有的人家得到消息说自己今年能得个什么职位，之前服侍过他们并已经分散到各地的那些手下，甚至一些早就回到乡下去的手下人，如今又都到府上来了。府里人来人往，车辆多得让人眼花缭乱，人们争着进去，想陪主人去寺庙里祈愿参拜。人们吃吃喝喝，吵吵嚷嚷，可是天都快亮了，仕官诠议都快结束了，也没有人来报喜讯，真是奇怪。大家只好竖着耳朵仔细听，却只能听见公卿官员们出门互相提示的吆喝声。前一天晚上，仆人们就到衙门口去等消息了，现在他们却瑟瑟发抖地回来了，脚步很是沉重。可是在这节骨眼上，大家连问一下“怎么样了”的话都说不出口，怎么好意思问呢！外面的人来打听：“你们家主人这次得了个什么官位啊？”他们只好应付说，自己的主人以前做过的职位。要是他们此前对这次叙官的事情抱有很大的期望，现在当然灰心丧气极了。第二天清晨，那些聚到这户人家里的人都悄悄地溜走了，这也是情理之中的事情。那些做官多年的人不甘心就这样走掉，只好巴望着明年：或许明年还能到那些无人任职的地方上求个一官半职。这些人一个个垂头丧气的，闲得四处晃荡，真是凄惨，看起来怪可怜的。

还有一种令人扫兴的事情是，有的人自己觉得写了首好诗，于是就将它寄给别人看，可是却没有收到对方的答复。如果是一首情诗，没有得到答复，也许被对方误会，是另一回事了。可是那些写风物季节的诗歌也没有任何回音，这就不得不对这个人重新判断了。还有那些闲来无事的老派，无缘无故地给鸿运当头的大忙人寄来一首诗，偏偏那诗歌不过是老生常谈。

在喜庆的节日要用到扇子，于是便去请这方面的能手去做，拿到扇子却发现，上面画的东西竟然是风马牛不相及的。

遇到饯别或者是贺产的喜事请人前去送贺礼，却没有得到犒赏，其实本应给分到香包和卯槌的人都表示一下才对的。假如本来就没有指望什么，得到犒赏自然是意外之喜，可是如果情况相反，本以为今日当差能得到打赏，却什么也没有得到，前去送礼之人原本的兴奋劲儿就全都变成了失望。

已招了女婿多年，但是屋子里却冷冷清清，因为没有孩子出生，这也是一件很令人扫兴的事。有的人有了子嗣，且已经长大成人，甚至老两口的孙儿都能满屋子爬了，可他们竟然在睡午觉。一般说来，双亲在睡着的时候，那些年少的子女就会觉得非常无聊，因为无法亲近父母而觉得毫无趣味。双亲睡醒了就去洗澡更是让人扫兴，甚至令子女觉得生气。

都到十二月了，雨却下起来没完，所谓“百日修行，只差一日而弃之”便是如此。八月的秋天里，人们还穿白衣服，乳母没有奶水，都是让人扫兴之事。

懈怠之事

渐渐地就懈怠了的事情有很多，比如：想要以日日斋戒来增加修为；为了长久之计而做的准备；长期避居于寺院中，斋戒祈祷。

叫人看不起的事情

叫人看不起的事情有很多，如住在北侧等毫不起眼的地方。人们都公认的老好人、老头和轻浮的女子都居在这里住，且这里的墙垣都崩塌了。

可憎之事

本来有急事，偏遇上有客人造访，而且他是个讲起话来没完没了的人，真是可憎。假如这人好对付，倒是可以对他说“以后再说好了”应付了事。可是对那些不得不讲究体面的人，就不能用这种谢绝的手段了，真是麻烦。

砚台上如有头发，弄得墨也不好磨。假如墨里掺着沙子或石头，还会磨得嚓嚓直响，真是可憎。

突然生了病的人想去找法师，可在其居所并没有找到他。无奈只得四处去寻找，好不容易找到了法师，稍微放心些，请法师去作法祛病，却发现，法师坐下来诵经没有精神气，就跟睡着了没两样儿，可能是因为法师最近到处去为病人作法，真是让人生气。

本是没什么稀奇的平常人却显出一副得意洋洋的样子，还在那里侃侃笑谈。

伸着手在火盆或者围炉上烤火，有的人会翻来覆去地搓手，不停地搓手上的皱纹。不过，年轻人可干不出这等事情。上了岁数又没规矩的人才会这样干，他们把两只脚放到火盆边上，一边说话还一边搓脚。这种没规没距的人到了别人家，大概也不会好好坐着，不是在自己待的地方先抖抖扇子灰，就是草草地把狩衣的前裾塞在两膝底下去了。别以为只有身份地位卑下者才会这样，殊不知，这么做的经常是那些有头有脸的人物，像式部大夫或者骏河郡守之类的人。这也真是怪事儿。

有人喝了酒就不顾仪态了，不是用手抠嘴巴就是搓胡须，还端着酒杯让别人喝，那样子真是让人厌恶至极！那些人噘着嘴巴灌人喝酒，还说着："喝一杯，再喝一杯！"那副脑袋摇摇晃晃的样子，简直就跟小孩子唱"到了国府殿"一样。喝醉了都成什么样子了！因为有如此醉态的都是些身份地位高的人，这更让人难以忍受。

有的人嫉妒别人的好，又埋怨自己的不幸，喜欢说人长短又爱打听别人的闲事，如果别人不告诉他他就怨恨气恼；只要听到一点儿某事的信息就觉得自己全都知道了，还煞有介事地讲个没完。这种人实在令人厌烦！

想知道别人在谈论什么，可碰巧婴儿却不停地啼哭；乌鸦来回飞窜地啼叫；情人偷偷摸摸地约会却被狗发现了，在那儿不停地汪汪叫，真是恨不得它立刻死掉。

费了好些力气才让一个男人留宿，他却鼾声不断。本来应该在秘密约会的地方戴着乌纱帽的高大男子，由于唯恐被人发现，竟然慌乱了，帽子突然碰到了什么东西，嘁哩咔嚓地直响，真是让人恼恨啊！或者他刚要从伊豫的竹帘子下钻过去，却碰了头，竹帘子顿时窸窸窣窣地响起来，真是气死人了。如果帘子上还有缝制的布边，或者有什么坚硬的重物吊着，那声音就更响亮了。如果出去或者进来的时候用手轻轻托起，是不会有那么大的响动的。

拉门时，手脚太笨的人也很可恶。轻轻地将门提起，就不会闹出那么大的响动了。要是连这个小窍门都懂，就算是纸门也会被拉得啪啪直响啊。

有时候，特别想睡一觉，躺下来却有蚊子“嘤嘤”地绕着人的脸庞飞来飞去，别看它身材小，却能两翼生风，真是气死人了。

乘着车子的人像是聋了一样，好像完全听不见吱吱嘎嘎的响声，真可恨！要是我乘坐了那样的车子会让车主心生恨意的。

说话喜欢出风头的人特别令人讨厌。他们只顾表达自己的想法，总是抢在别人之前说话，甚至老人孩子都会讨厌他们。

有的人讲故事的时候又想起了其他的事情，于是就插入了跟讲故事无关的话，这也够令人讨厌的。到处乱窜的耗子也很可恶。

偶尔有小孩子来玩，大人们觉得他们可爱，就会给他们一些东西玩。不成想，小孩子这次尝到了甜头，竟然成了常客，真是令人讨厌啊！

有些人无论你是居家还是仕官，你都不想跟他们打交道。这样的人来家中拜访，本来想假装睡觉敷衍过去，可偏偏人家不明就里，以为你在贪睡，跑过来非把你摇晃醒了不可，真是可恶。

明明是个新人，却自恃一副自以为是的样子，竟然教训起比自己级别高的人来了，真是让人难以忍受。

听情人称赞旧情人，就算明知道他们之间已经是过去的事情，可仍忍不住嫉妒和恼恨。如果那个女人到现在还跟旧情人藕断丝连，那就更是让人恨上加恨了。不过这种情况跟所在的场合也有关系。

有人打了喷嚏，为了解除尴尬赶紧念叨咒语。又不是一家之主，打个喷嚏竟然毫不克制，弄这么大动静，太没规矩了！

跳蚤真是可恶至极。它们藏在人们的衣服下，蹦蹦跳跳的，好像要把衣服掀翻了！有时候，一群狗一起拉长声音嚎叫，听起来很不吉利，真是讨厌！

乳母之丈夫最可恨

乳母的丈夫是最可恨的人。如若哺乳的是个女孩也就罢了，因为毕竟他不怎么接触。可若是男孩，他就仿佛要霸占这孩子似的，像是对待他自己的孩子一样，对孩子关心备至，若是有人违背了孩子的意图，他就会立刻盘问、诘难对方，仿佛对方完全不是好人。这样的家伙着实可恶，但是人们却不敢明说，这就使他更加猖狂地摆出一副自高自大的狂妄嘴脸来。

不讲究礼数的人

最可恨的就是那些写信措词无礼的人，那样子根本不把人放在眼中。当然，对于那些没什么本事的人，如果措辞过于谦逊了，反倒显得可笑了。不管怎样，倘若自己收到一封完全不讲究礼数的信，当然会十分生气。就算是看到旁人收到这样的信也会觉得不顺眼。

有时候，交谈中会有人出言不逊，这真是让人想不通，旁听者都会觉得不自在。如果对方是个有身份有地位的人，这个大放厥词的家伙说不定还会洋洋自得，他的行为真是愚蠢至极，让人厌憎。

贬损男主人是最低级的做法。但若是主人对自己的仆人也说敬语，比方“有请”或者“请吩咐”之类，则更令人讨厌，只要说“劳驾”就足够了。

如果我批评某人说:“真是无趣，怎么说话这样不讲礼数！”那个人很可能会笑出声来，莫非是我想多了？我纠正别人说话，经常会被人说成是:“太多事了，还嘲笑人！”或许这真的让人感到非常难为情。

面对殿上人或宰相，大大咧咧地直呼其名是十分不妥当的。可是反之，如果对仕宫的女子也称呼“君”“夫人”之类也不合适，若是为了什么事情高兴而称赞对方，也算说得过去，毕竟这样的情况不会太多。

对殿上人、贵公子等人，如果不是在皇帝和皇后面前，最好还是称呼他们的官职，如果皇上和皇后在场，公卿们谈话也不便用“咱们”，因为两位主上在，使用过分亲热的称呼会显得不合时宜。在这种情况下，互相称呼官职并没有什么不妥之处。

原本就是普普通通的人，没有什么可以被称道的，却喜欢说话的时候装模作样；研不出墨来的砚台；还有喜欢瞎打听的女官；本来就不是招人喜欢的角色，偏喜欢做惹人厌烦的事情。

独自乘车游玩的背景不明的男子，身份也不算尊贵，却惹得年轻人非常好奇，都跑过来看热闹了。他还不如干脆请大家一起上车，反正车里也有空座位，可这人竟然躲在帘子后面，呆呆地凝视着。

晓归的男子

男子与女子约会后留宿，黎明才准备走，临走前却在房间里到处搜寻，不是找昨晚放在屋子里的扇子，就是找怀中的纸张。天还没亮，自然不容易找到，只听他嘴里不停地念叨着“怪事，怪事”。他费了些力气才找到，他赶紧将其摩挲着揣进怀里，然后他又打开扇子，噼里啪啦地扇了一通这才与女人道别。说这种人可恨都算是客气，说实在点儿就是令人讨厌。还有些男人，深夜才从情人那里走，却偏要把乌纱帽系得很结实，弄得一本正经的，又何必呢？就算只轻轻地将帽子戴在头上，又有人会说什么吗？即使穿得不够端正，直衣和狩衣有些歪斜，也没人笑话啊！

在黎明分别的情人是最风流多情的了。男子留恋不舍，不愿离去，女子却劝说道："天亮了，人家不漂亮啊！"这样的催促引得男子一阵叹息，那种依依不舍的样子真让人难过。他只顾着将昨晚没说完的情话接着说给情人听，裤子都没来得及穿好，然后又忙着摸这儿摸那儿，费了很大力气才把腰带扎好，他推开细格子窗，在有拉门的地方他们还相互挽着来到其旁，在情人身边絮叨个没完，诉说白天发生的各种事情。最后，他终于悄悄地走出去了，那个送情人的女子心中的不舍也是说不尽的。

不过也有例外，有的男人会利索地爬起来，东摇西晃地使劲儿扎腰带，先直衣后外套地穿起来，还把狩衣的袖子卷好，将所有东西一并揣入袖子，接着将衣服也穿好。这样的男子也够让人厌恶的。

让人愉快的事

让人高兴欢喜的事情，要数喂养小麻雀或者从婴儿嬉闹的地方经过。

看那些唐镜中黯然神伤的人。

某个身份高贵的男子将牛车停在别人家的大门前，等着仆人前去通报某事。

点燃上等熏香后，独自一人侧卧。

梳洗打扮完毕后，穿上被熏染上香气的衣服。这时候，即使没有人旁观，心里也会感到兴奋和愉快。

在等待情人的夜晚，即使风雨轻轻地摇动门窗，也会让人愉快。

让人怀念过去的东西

有些东西，总是让人怀念过去，比如，祭祀时陈列的玩偶道具；旧书里夹着的皱巴巴的布条，有青红色的、淡紫色的；遇到阴雨连绵的日子，心情本来就不好，却无意间看到自己想念的人写来的旧书信；枯萎的葵叶；去年夏天用过的旧扇子；月光皎洁的夜晚。

让人赏心悦目的事情

一副非常好的女人肖像画，如果旁边还有绝佳的题词，便可算是最让人赏心悦目的了。

看完热闹往回走的时候，宫女们挤满了牛车，从车厢内露出五颜六色的衣裳或者袖子，很多健壮的男子跟着车子，驾车的人技艺娴熟，能稳稳地驾驶车子。

一封信字迹工整好看，写在洁白的陆奥纸上。

玩双六游戏时，两个骰子上显示的数字是一样的。

顺着河水漂流而下的船只的样子。

染得漂亮的齿墨。

捻得整齐的上好丝线，真是妙极了。

能言善辩的阴阳师，在河边不停地念着除灾求福的咒语。

半夜睡醒的时候，能喝上一口清凉的水。

正在无聊地一个人闲着，来了一位朋友，即使不是非常亲密熟悉的好友，聊聊闲话也可以，那些有趣的、可恨的、离奇的事情都可以当作话题，无论公事还是私事，有条有理、滔滔不绝地讲上一番，这时候是最让人惬意的了。

去寺院或者神社里祈愿，正巧寺院里的和尚在，神社里的神官也在，他们能替自己明明白白地祈愿，更全面周全地表达出自己的心愿。

槟榔毛牛车

槟榔毛牛车最好慢慢行驶，跑得快了会让人感觉不够稳妥。篷车适合快跑。从人家门口经过的时候，毛牛车跑得太快会让人看不清，随从们在后面紧跟着赶车经过。人们不免要猜测，车主是谁呢？那情景真有趣。如果篷车缓缓经过就没有这样的乐趣了，因为车里面早就被人看清楚了。

牛

最好的牛，应该是那种有窄小的白色额头、白色腹部，并且双足的下端和牛尾的末梢也是白色的品种。

马

棕色的马，如果掺杂白、黑和深褐色的毛，则属于良驹；如果是纯黑色的毛，唯独足、肩有白色毛，也是好马；还有一种好马，浑身的毛为浅棕色，只有鬃毛和尾毛为白色，或许这就是所谓的“木棉发”吧！

养牛的人

最好的养牛人应该是高个子、头发花白、面庞红润、聪明机灵的那种人。

仆人、侍从、杂役等人

仆人、侍从、杂役等最好还是清瘦一些为好，即使有地位的男子，年轻时也是瘦点儿好看，如果胖了就会给人贪睡、反应迟钝的感觉。

家里的小童

家里的小童最好还是小个子为好，若头发漂亮，发梢干净清爽，发丝能略微带着一点儿光亮就更好了。如果小童嗓音悦耳，当他非常得体地讲某件事情的时候，就显得更加聪明乖巧了。

猫

最好的猫是上半身漆黑，其余处都为白色的那种。

讲经的法师

相貌端正的讲经法师是最好的，因为他能让听者聚精会神地注视着他，感受到内容的精华和尊贵。如果不是如此，怕是听者要分心了，他们可能会注视着其他什么地方，注意不到内容中的精华部分。因此，如果是相貌丑陋的法师讲经，听经者看似在听经却未能领会，真是又受罪，又亵渎了佛法，因为根本听不进去。还是不写此事为好，年纪稍微大些的人或许也敢写写，可毕竟是要受惩罚的。现在，我有点儿害怕菩萨的责备和为难。

还有人经常说："法师真是值得尊敬，我就是个一心修道的人。"只要有讲经布道的事情就争着前往，可是以我这等小人之心来看，倒是没发现他们有什么值得尊敬的地方，更没看出他们有求道有多深的境界。

旧时藏人听讲经

以前的藏人如果辞去了宫中的职务，状况和现在真是有天壤之别。现在，这种人还可以在皇上行幸的时候去担任前驱，若是在从前，这样的人是根本不敢到宫中去的，只是因为人们现在对他们的态度已经变了。有时候，五品藏人还会再次被启用，但工作比从前还要多。这样的人辞去职务后，心中会觉得空落落的，不过只要再参加一两次讲经，就会兴致大增，即便是在夏季的伏天，也会特意穿上颜色鲜亮的单衣、淡灰色的裤袴，一副得意洋洋的样子。还有人把写有忌讳事项的牌子插在乌纱帽上。本来，这是为了提醒人们忌讳谨慎的，怎么也不能因为讲经积功德一类的事情而去破坏习俗呀！那种人还故意急急忙忙地出现在这里，好像他是这里的主人一样，一会儿跑去跟法师谈话，一会儿又管起人家女子的车停靠在哪儿的事儿来。要是遇见久未见面的熟人，他就更来劲儿了，会大呼小叫地凑到人家跟前去，不是点头示意就是聊天说笑，种种表现就不必列举了。可一转身，他又打开扇子，挡住自己笑呵呵的嘴巴，手里还拿着一串华丽的念珠，不停地摆弄摩挲，在说话的当口还突然将珠串的下半截甩过来；要不就是评价人家的马车，或者谈论某个人办的抄经供养、法华八讲如何如何等等。虽然他人在此处，却根本没有听别人讲经说道，大概是听得多了，因为熟悉而缺乏兴趣了吧。

还有一种情况：讲师已经上台讲经了，预警声也平息了，可有的人才从车上下来。三四个年轻人，穿着如蝉翼一般轻盈的直衣，还有裤袴、生丝单衣或狩衣装等夏装，还带着三四个仆从。进入会场后，有人为了让他们更靠近讲师的位置，还稍稍挪动了下。此时，台上的讲师见此讲得更加卖力了，也觉得脸上有光：真希望这样的妙事能口口相传，让后世后代也能知晓。可是这些贵公子们怎么会真正有研习佛法的热情，怎么会真心跪拜呢？他们经常都是偷偷地找机会逃走。离开时，他们还对女车那边悄悄顾盼流连，彼此还低低地说着耳语，也不知说的是什么内容，叫人纳闷。如果知道车是谁的，那么他们的举止就更招摇了,如果是不认识的车,他们就在那里猜测是谁的，是这人的还是那人的？看着他们离去的背影和举动，难免让人产生各种想法。因此，如果听人说起某地举行了讲经会，或者某地举行了八讲会等,就会有人打听说“某人去了吗”或者“某人怎么没来”等等，这往往成为人们谈论的话题。真过分啊！话说回来，谁能不去讲经的场所呢？就连身份卑微的女性也会去听讲不是吗？不过，我刚写这本集子的时候发现，妇女们还是很少有徒步的。偶尔遇见穿着上壶装、略施粉黛的女人，也是到寺院去参拜，而不是去讲经会场的。毕竟，那是女人很少去的地方。如果我在这本集子里提到的人活得足够长，估计会十分看不惯当下的情形而大肆斥责。

参拜菩提寺

我到菩提寺去参拜，聆听与佛法结缘的讲经会。不成想，有人送信来说：“快点儿回来吧，我实在是太寂寞了。”只见信纸上写道：

> 想要见你真难啊，催着你赶紧回来，
> 莲花上的露水还是闪闪发亮，
> 留恋于俗世啊，怎忍心离去！

我深受感动，可我真想留在寺院里，像那个忘了世俗烦忧的湘中老人一样，将什么烦恼都抛在脑后。

小白川邸的讲经会

小白川邸是小一条大将济时君的宅院。有一天，有名门望族在这里举办法华八讲，人们得到消息后，马上蜂拥赶来。

听说要是去晚了，那里连个停放车辆的地方都找不到。于是，一大早，天还没大亮，人们就连忙赶过去了。确实，到了那里一看，很多人全都挤挤挨挨地站在那里，根本转不开车身，车辕和车辕已经相互碰撞了。到了第三排，勉强还能听到讲经的声音。当时正是酷暑时节——六月中旬，只有看着水池里的莲花，想象着其中的乐趣，才能稍微感觉凉爽一些。

绝大多数的达官显贵都来了，只有左、右两位大臣没有到场。这些贵人们有的穿着紫色的直衣和裤袴，也有的穿着零星的蓝色单衣。年纪略微大些的人看上去倒是凉爽，他们身穿蓝灰色裤袴和白色单衣。宰相安亲君显得很年轻。整个场合看起来华贵气派，还有一种很明快的感觉，像是看热闹的地方。廊边的厢房帘子高高卷起。达官显贵们就坐在廊边，挨挨挤挤地都向里头看。年轻的贵公子、殿上人饶有兴致地坐在下边，他们穿着直衣、狩衣装，瞧他们四处晃荡想要坐到席子上的样子，真是好玩极了！兵卫佐实方君和侍从长命君本就是一个府邸上的，所以出来进去的次数就更多些。还有一些更为可爱的人，就是贵人家的孩子们。

中午，一位中将——也就是现在的关白殿下走过来了。他穿着质地轻薄的紫色唐绫直衣，暗红色裙袴和白色单衣。这身装束略显闷热，但是在众人清凉装扮的衬托下，倒是很脱俗。他手里拿着一把折扇，扇骨虽然跟其他人的有所区别，但是这把漆骨扇子颜色跟众人的一样，也是红色，这把扇子看上去像是盛开的石竹花。

讲师还没有上台的时候，客人的座位前就摆放上了高脚盘子，大概是要请大伙吃什么美食吧。中纳言义怀俊朗清秀，看起来仿佛比平时更英俊了。本来,客人的名字都不便直接写出来,可是我担心日子久了,人们就会彼此淡忘,所以觉得还是直接写出来好些。人们的衣着都很艳丽,相互映衬得很好看。其中的一位客人非常有风采,他穿的单衣做工非常别致,因此,人们只注意到他身上的直衣。此人不断地向女车方向张望,还不断地传话,简直要迷倒众人。

迟到的车辆是没法儿挤进去了,只能找地方将就着停下,多数都把车停靠在池塘边上。看到这种情况,中纳言对实方君说:“把那个很会传信的人叫来。”他并没有指定某人,因此实方君选了一个人带过来了。“要送什么信呢?”中纳言跟身边的人商量了一下,没人听到他说了什么。他目送信使去传话,只见信使小心谨慎地靠近车子,面带微笑,希望能顺利完成使命。信使到车后面去传话,好久没回来,只在那里站着。中纳言笑着说:“那边是不是准备对歌啦?兵卫佐快快做好准备对答啦。”大家都急于知道消息。已经上了年纪的人、达官显贵们等,都忍不住巴望那边的情况。外面的人本来不相关,现在也都朝那个方向张望,真是太有趣了。

信使终于得到了答复,但悄悄往回走的时候却又被叫回去了,有人从车内伸出一把扇子,召唤他再过去。或许是对方觉得歌词欠妥当才叫他回去吧,真是叫人久等了。真是奇怪,怎么让人等了那么长时间之后还让人家回去更改呢!还没等信使走近,就有人问道:“怎么说的?怎么说的?”可他也没有立刻回答就朝中纳言走过去了,他可能是接受了中纳言的命令,只想告诉他本人吧。三位中将忍不住着急地说:“别拿架子了,快说吧,别坏了事儿!”只听那信使清清楚楚地说道:“回大人,差不多就是坏了事儿呢!”藤大纳言倒是很起劲儿地问:“到底说了什么啊？”看上去比其他人都要着急。三位中将忍不住了，说：“简直是硬要把直木头弄弯了呀！”这话倒把大纳言逗乐了。周围的人也跟着大笑起来，不知道女车那边的人能不能听见这边的哄笑。

中纳言问：“叫你回去前说了什么话？跟后来说的一样吗？”信使说：“我在那里站了很长时间也没有人回复我，于是我说‘那我回去了’，谁知道才刚走不远就被叫回去了……”

“你知道那车子里是谁吗？”中纳言又问道，正说话间，讲师走上台了，人们都安静下来，看着讲师。车已经悄悄地离去了，连个影子也找不到。那车上的布幔是簇新的，从车帘下可以看到露出来的部分，定然是今天才开始使用的。车主人的单褂是深紫色的，衣服为紫色，薄外衣是暗红色的，车厢后面还能看见她的裳裙，是用花纱衣料做的。真不知道此人是谁，她的态度倒是没有什么不妥，因为如果答得不够妥当，还不如这样冷漠对人呢！

晨间讲经的人是清范法师。他一走上台就显出极其尊贵的样子，仿佛脸上都会放出光辉来，让人很有感触。天气这么热，再加上还有别的事情要办，今天我只能早点回去了。听了一会儿，当我想走的时候，发现一重重的车辆已经将我围在内侧了。我只好在里头缩着，根本出不去。晨课一结束，我就开始想办法往外走。于是我便请人传话，让前面的车子让一让，以便过去。对方连忙说“请”，然后移开马车让道，好让我过去。估计对方得知我可以坐在靠近上座的位置，顿时感到非常荣幸，才赶紧给我挪开的。那些贵族和殿上人见状，就议论开了，年长的长辈也开始取笑我。我一心想着从狭窄的通道挤出去，根本不理会他们。中纳言见此，也笑了，他说：“哎哟，真是‘退也好’

啊！”这人可够聪明的，只是我此时没有时间跟他分辨。我热得浑身是汗，好不容易挤出来，然后差人回他的话：“照您这么一说，那五千人都没有资格算在其中啦？”然后就头也不回地走了。

有一辆女车非常让人佩服，自从法华八讲开始，就每天都来庭院里，一直持续到结束。这期间，没有任何人派出使者靠近，那车安安静静地一直在那里，就像是一幅画一样。真是了不起，如此含蓄的女子真不知道到底是什么模样。真想知道是怎么回事啊，于是我派人四处探问。藤大纳言听说以后对我说：“这算不了什么，肯定是个装腔作势的家伙，让人讨厌罢了。”这番说辞倒很有趣。

那次八讲之后，大约又过了二十多天，中纳言竟然出家了。唉，真让人感叹啊！樱花凋谢如果与此事相比，都只能算是平常之事了。

古人云“待露沾”，想到中纳言那日英俊潇洒的模样，真叫人不舍啊！

七月的夜晚

每到七月，因为白天天气炎热，人们在夜晚总是敞开着窗。有时候，熟睡的人在夜晚忽然醒来，看见月亮，会感到非常美妙！即使没有月光，也有东西可以赏，拂晓时分的残月也更有一番情趣，真是很难用语言描述它的美啊！

将廊子擦得一尘不染，铺上新编的草席，要是再把三尺长的几帐推到里面来，那就实在太无趣了！应该把几帐推到外边才好啊！难不成还怕有人向里面偷看？这时大概情人已经走了。

女人用衣裳蒙着头又睡着了。在月光下，还能看见她的衣服是淡紫色的，面子上有些地方已经褪色了，内里是深色的，或许是深色的绸缎失去了光彩，只有勉强留下的一些糨糊了。她穿的单衣是杏黄色的，生丝裙裤是暗红色的。从衣裳下还露出腰带来，长长的一条，仿佛是解开后就不曾系好的模样。再看旁边，只见她乌黑茂密的头发缠绕着，让人忍不住揣测这些头发到底有多长。

这时候，另一个男子出现了，也不知是从哪儿钻出来的。虽然周围雾色朦胧，但尚能看出他穿着紫色的裤袴，生丝便衣是似有若无的浅杏黄色。白色的单衣透出了里面的红色单衣，或许正是因为这个缘故，倒是显得很有情致。他那被雾气弄湿了的衣服松塌塌的，鬓发也是松垮垮的——那是睡乱的，头发被塞进了乌纱帽，真丑！趁着牵牛花上的晨露还在，他想赶紧给女的写一封情书。没走出几步远，他就开始哼唱："密密麻麻的露珠好剔透。"

往回返的时候，突然看见已经敞开的细格子窗。以此情景看，那女子的情人已经走了。那刚离去的男子，心情一定也跟我的一样，想趁着晨露未退，早点儿赶回去。偷窥的男子便仔细地看起来，发现一把紫色的扇子就放在女子的枕边，而且还没有合拢；另外还有折得细细的陆奥纸散落在几帐边上，那上边的淡蓝、淡粉都有些褪色了。

此时，女人感觉到近处有人，便隔着衣服，向上方张望过去，看见门槛旁坐着一个男子，还面带笑容。"想必此人虽不是那种叫人为难害羞的人物，也好不到哪儿去，必定是容易有隔阂的人，不可亲近。"想到这儿，女子有些恼火儿："怎么能让这种人看到自己睡觉的样子呢？”只听那男人说：“看来你早上很是贪睡啊？”说着，竟然探进来半截身子。女的立刻答道：“只是那个赶在晨露退去前离开的人太可恨了！”虽然这种风流韵事不值得书写，但是男女之间的这种打情骂俏的话语，就算写了也应该没什么好责怪的。

男子拿着自己手中的扇子，想将女子枕边的扇子钩过来，可是三下两下之后，竟然离那女子更近了，吓了人家一跳，他赶紧又退了回来。男的拿过那把扇子赏玩，还说道：“你这态度真是跟冰一样冷啊！”他的语调很轻，带有一丝埋怨的意思。这时候，天快亮了，人们说话的声音也渐渐多了。男子不由得开始担心：“哎呀，坏了，耽误了，本来打算在晨露未退之时，要写一封情书的！”最先离开这里的男子已经写好了信，差人送来了。虽然现在奉上情书，显得不合时宜。真不知道什么时候写好的，上面还系着带有露珠的芒草枝叶呢！信纸上还非常有情调地熏了香。周围越来越亮了，这位男子只好先走。这时，男的不禁想到自己刚离开的那位女子，想必她那儿的情况也是这样吧。这情景真是有意思极了。

开花的树

不管是深色的树花还是浅色的树花，都要数红梅最好。樱花色美，但是花瓣太大，如果开在细细的枝头，倒是很美。

藤花是长串的，颜色好看，如果又值盛开之际，就最好看了。

虽然水晶花算不上高贵也并不算美，不过，在其花团锦簇之际也是可观赏的。想象一下，如果还有杜鹃在其阴影处小憩，就更富有情趣了。

在贺茂祭的归途中，经过紫野附近的平民房屋，可以看到满是白色的小花伏在低矮的墙垣边，倒真是耐看，那样子就像是在黄绿色的袍子上添了一件很薄的白色衣服，而没开花的地方，则像是黄色衣裳。

在四五月间橘树浓密的叶子显得格外青翠，花色也分外白净，如果适逢早上下雨，则美得超凡脱俗，让人身心陶醉。如果花间正好还残留着去年未脱落的果实，则看起来金灿灿的，莹亮通透，那情景简直可与被朝露滋润的樱花相比了。如果有杜鹃前来橘树林中栖息，那种情趣美得更是无法言喻。

梨花被人们看作凄美的花，没有人用梨花装饰信纸，也没有人喜欢它们。倒是有人看到没有吸引力的女子就会将其比喻为梨花，大概是说人家没什么姿色罢。在中国的大唐，它倒是十分讨人喜欢的，经常能在诗文中见到梨花的影子。仔细看看，可以隐约看到每个花瓣上都有一圈美丽的颜色，显得十分高贵。这么说来，倒是也有道理可循。杨贵妃在蓬莱仙宫里见到唐玄宗的御史后，有句诗这样比喻他的泪流满面："梨花一枝春带雨"，想来这定不是一般意义上的赞美，大概是因为梨花有无法取代的美吧。

紫色的桐花确实美妙，只是那叶子显得太笨重了，足有伸开的手掌那么大。不过，我觉得还是不要跟别的树木比较的好。听说大唐有一种叫凤凰的鸟专门选择桐树栖息，听起来真有意思。人们还用桐树木材制作琴，奏出美妙的音乐。这也不是一般的言语所能描绘得了的，真是太有趣了。

虽然栴檀树长得不好看，不过它开的花倒是很好看。那花儿像是被风吹干了，显得非常独特。每逢五月五日，此花必开，真是有趣极了。

池塘

最好的池塘有：胜间田池、盘余池、赞野池。我曾经到长谷寺去参拜，当时看到水鸟飞落得四处都是，给我的印象深刻有趣。

有个池子的名字非常有趣，叫无水池。真是怪事儿，怎么会叫这个名字！于是我问别人："为什么叫这名字？"得到的回答是："五月是雨季，可是雨越多的时候，这个池子里的水越是少；反过来，这个池子在干旱的年头反而从初春就满是池水。"听了这个说法，我真想责难他一番：要是池子里果真没有水也就罢了，水满的时候也叫这个名字，那起得也真是太草率了。

说到猿泽池还有一段传说：采女曾经投身其中，皇上十分怜惜她，于是就到这里来悼念她。因此，看到这个池子就更觉得它尊贵了，人麻吕歌咏"疑乱发"的情景也就更难以用语言形容了。承蒙之池是因为什么才得名的？想必也很有意思。另外还有则镜池。狭山池也让人觉得特别有趣，大约是因为"三棱草"和歌的缘故吧！恋沼池也有自己的独特之处。原池大概是因为有"莫割玉藻"的歌才得名的吧，真是有意思。更有美妙的益田池。

节日

最好的节日要数五月初五。菖蒲和艾草的香气扑鼻而来，让人心情舒畅。九重城阙中的人家里或者黎民百姓的家里都挂着菖蒲和艾草。这种情形非常有趣，算是非常别致的景象了，其他的节日里可没有如此。阴天的时候，后殿的缝纫处还会送来缀着五彩丝线的香包。于是，我赶紧找地方挂起来：在有布幔的厅堂里或在左右柱子上悬挂它们再合适不过了。去年九月初九，人们在这些柱子上挂了绸缎和生丝包裹的菊花，现在可以全都解下来，放到一边儿去了。香包恐怕要挂到九月初九，等到重阳的菊花日才能摘下来。虽照理说是这样的，可是人们要是想捆扎什么东西,又不免就近取材,将香包上的丝线扯下来。因此，这些香包很快就会没了影儿。

端午节要侍奉皇后吃饭，因此，年轻的宫女们身上就要带着辟邪的牌子，梳子上别着菖蒲，唐服和外套上也要用紫色、白色混杂的丝线挂上菖蒲茎或者时下其他的某种植物。这些事情不是特意写出来的，只因觉得都算是可以欣赏的事物罢了。难道在春季到来的时候，有谁没有关注过樱花吗？当然没有。马路上的女童都穿着艳丽的衣裳，这些符合她们身份的装扮，她们不是都小心谨慎地注意到了吗？她们还要把长袖跟别人的比较一番，非常留心呢！调皮的男孩子在她们饶有兴致的时候，偷偷拉扯她们一下，弄得她们直哭鼻子，真是太有趣了。紫色的纸张裹着梅檀花,青色的纸张包着菖蒲叶子,还仔细地打了结，白色纸张包裹着菖蒲根，看着这些也很有趣。有些人更是奇妙，竟用信函包裹着长长的菖蒲根。那些女子收到这样的信后会想着回信，好朋友之间还会相互展示一番，拿出信来讨论，这种情景也不是经常能见到的，活跃的气氛中也显出其中的趣味来。还有人想趁此时此刻给某个千金小姐写封信，或者还有人想给某位贵人写封信，这些都要费点儿心思了——要让信函显得优雅别致。杜鹃飞过，传来一阵鸣叫声，傍晚时分到了。这样的节日真是有趣。

树木

最好的树木是桂树、五叶松、柳树和橘树。虽说扇骨树看上去不怎么像样，但是其他树木的花朵凋敝后，在一片翠绿中，只有这种树的花仍独自开着，如红叶一般从青叶中伸出头来，给人一种出乎意料的美感。当然，檀树就更不用多说了。茑罗的名字就够打眼的了。在贺茂临时祭时，仕神人将荣木拿在手中，伴着他们舞蹈，这自然就显出荣木的非同一般了。天下的树木种类繁多，为什么当初选择用它来祭奠神明呢？真是太奇妙了！

即使在杂树丛生的地方，桢楠也不会跟其他树木生长在一起，它苍翠茂密，枝条可达千支，让人难以亲近。人们说它像是恋人的心,中间藏着千万个结。可是是谁想出这个数目的呢？这也太有意思了！

桧木生长在远离人居住的地方，可是有歌词中的“三四栋的殿堂”就是用这种木材建造的。这种木材非常贵重。我还听说梅雨季节时，桧木聚集的水滴落的声音犹如雨滴，真是有趣啊！

枫树很别致，也很好看，当叶子稍微泛红的时候，所有的叶子都朝一个方向伸展，真是有趣。枫树的花儿也很含蓄，那干枯的样子，像是一只只小虫子，真是让人心疼啊！

一般情况下，人们是见不到大叶柏树的，但是去参拜御岳时，还是能带回来一些，它的叶子粗糙得让人不敢触摸。但是为什么人们叫它“明日成桧”呢？这可让人想不明白了，简直是一派胡言，真想问问那个起名字的人，凭什么说这样的话！水腊树一般来说无法跟一般的树木相比，但是它的叶子十分纤细，也很可人。栋木、椎树、山梨树，都很不错。在常青树中，只有椎木被人们说成是不落叶子的树，真奇怪啊！

白橡树在深山中生长，最难以亲近。只有在为三个或者两个人染衣裳的时候，才有机会见到它的叶子。虽然不是在喜庆的日子中才能用到此树，但是它那洁白的叶子如同霜染，难免让人误以为是下了雪。如果读了须佐之男命出使到出云之际，人麻吕唱的歌，就能想象出当时有多么辛苦了。真是让人心疼啊！无论是鸟兽还是鱼虫，但凡事物，不管是听说的还是自己感悟的，都不可以放任不管。

有些树的枝叶繁茂，叶片光亮而且丰满，翠绿翠绿的。可惜它的茎部有些泛红，与绿色有些不相称，不过，这也算是讨人喜欢的了。一般的时候,人们根本看不出这种树木的特别之处，只有到了十二月底，才能看到它们出风头，因为在祭祀亡人时，都是用它来给食物作“盘子”。为此，这种树木难免让人有悲伤的感情。而且它还有一个功效，就是可以延寿固齿。这是为什么呢？

古代有首歌唱道：“等到它的叶子变红……”用它来比喻值得信赖的友情。最有趣的还是柏木，有句话说得好：“守叶神就跟它在一起。”真是值得歌颂和敬畏啊！还有更有趣的事情呢，人们经常把士兵的督、佐、蔚比作柏木。棕榈树的姿态很有大唐的异国情调，也不能看作一般贫贱之家的物品。

鸟儿

鹦鹉虽然是从异国他乡引进的鸟儿，却挺招人喜欢的。还有杜鹃、水鸭、画眉、金翅雀、燕雀及百合鸥，都很好。据说，水鸟能用鸣叫声呼朋引伴；大雁的叫声不免让人悲凉；鸭子总是抖动羽毛，好震落身上的霜雪，也很好玩。

鸟类中，叫声最动听的要数黄莺了。不过从夏天到秋末，它们会不停地啼鸣，声音都渐渐沧桑了，它们也不肯住在宫里，真是遗憾了。我听说这种鸟不会在夜间鸣叫，我做仕官十年，确实没有听见它们在夜间鸣叫过。其实，离宫中不远的地方就是竹林子，完全有它们栖息的地方啊，那些枝梢不是很好吗？不过我归隐之后，在平凡百姓家的梅林里倒是听到了黄莺的啼叫。杜鹃则完全不同，总是让人等待很久，才会叫几声，好像只是为了满足人的期望一样，讨人喜欢得很。不过六月间，它们也不叫了。随处可见的是麻雀，黄莺并不多见，人们叫它报春使者。只要是年末年初的交替时节，人们便会开始期盼它们的叫声，对它们也更加珍爱了。这有点儿像是人，一个落难者，谁还会去责难他呢？这不是很合乎情理吗？像乌鸦和鸢鸟这样的叫声好像没人喜欢，可是黄莺则常常在诗文中出现，所以人们免不得会去挑些乌鸦和鸢鸟的毛病了。

远处传来雏鸡的啼鸣声和水鸟的叫声。人们说山雉渴望伴侣时就会啼鸣，如果让它照照镜子，它就以为看见伴侣，会马上安静下来，真是单纯可爱。如果有雌雄两只山雉在山谷中隔山而居，那真是叫人心碎。鹤长得好看，叫声响彻天际，显得更美妙了。红头雀鸟、雄斑鸠、巧妇鸟都很不错。

鹭鸶长得不是很好看，眼睛丑，几乎没有什么可爱的地方。歌词中“不独眠于摇木林”说的是它们争夺伴侣的事，真是有趣极了。鸳鸯是感情最丰富的，据说，他们之间还会在夜间相互啄掉身上的霜雪呢。远远地传来的鸿雁叫声最令人伤感，可是近听就不会有这种感觉了。此外，鹬鸟和容鸟也不错。

高贵的事物

淡紫色的底衣，衬上洁白的外套，就显得很高贵；加入甘葛汁来调味的刨冰，被装在崭新的金属器皿里；雪，覆盖着梅花；可爱的婴儿吞食草莓；被敲碎的鸭蛋；水晶制成的念珠。

昆虫

最好的昆虫要数铃虫、蟋蟀、蝴蝶、松虫、蚱蜢、裂壳虫、萤火虫、蜉蝣了。蓑虫真是叫人怜悯，人们说它是鬼的化身。民间流传着这样一个有关它的传说：因为它长得很像父亲，母亲担心它会禀具可怕的个性，露出凶相，就给它穿上了简陋的粗衣，还嘱咐它说：“等到秋风一来，我就接你回家。等着我吧！”然后就逃走了。小家伙真是可怜，因为它还不知道这是母亲骗它的。它不知道什么是秋风，八月时就开始叽叽咕咕地叫起来，谁听了不觉得可怜呢！

蝉也很有趣。磕头虫也是可怜的家伙，那么小的虫子是怎么引发“道心”的？竟然会“叩拜”，磕起头来还没完没了。有时候，在阴暗地里能听到一声声的磕叩声，委实觉得挺有意思的。

苍蝇是最令人讨厌的了，谁能不这样认为呢？这种不讨人喜欢的小东西真的没有什么值得书写的地方。无论在哪里，更不管在什么时候，它们都用一双湿漉漉、黏糊糊的脚去踩人家的脸，唉，真是可恶！谁的名字中要是带有一个“蝇”字，都会令人生厌呢！

青蛾倒是很惹人怜爱，而且很有趣。有时候，靠近灯光读书的时候，它就会飞过来，绕来绕去，一副很可爱的样子。蚂蚁也很可恶，但是它的身体很轻盈，以至于在水上也能行走。太好玩了。

七月

七月间，如果赶上风雨大作的日子，还能算得上凉快，那个时候谁都想不起来用扇子了。最有趣的是，盖着一身薄薄的衣服可以在白天小睡一下，衣服上还微微带着汗水的气味。

不相称者

头发如果不好看，又偏偏喜欢穿白绫衣服，就算是不相称的事情了。

不整齐的头发上装饰着葵花叶子，也看起来不相称。

在红纸上写丑陋的字也如此。在平民百姓的简陋房屋的房顶上，落满白雪或者洒满月光，这些看起来都是不相称的。

在月夜中，驾驶着没有篷顶的破旧车子，拉车的还是上乘的黄褐色的牛，真不相称。年纪大的女人挺着大肚子走路，看起来像是喘不过气的样子。

老妇女的身边有年轻的丈夫已经很不相称了，如果男的有了别的情人，又极其喜欢吃醋嫉妒，就更怪异了。

年老的男子睡得迷迷糊糊，模样看起来都不清不楚的了。

还有，满脸胡子的老头捡了坚果，直接用牙咬。

老妇人，一颗牙都没有了，还要吃酸梅，边吃边喊酸。

身份低微卑贱的人穿红裤裙——眼下这种着装倒是正时兴呢！

韧负之佐的夜巡们，他们穿的狩衣跟宫廷的环境根本不相配。还有，他们穿的红袍子也太吓人了。如果他们借着巡行的当口跑到女官们的住所附近，女官们不取笑他们才怪呢。可是，往往是他们发出反问："有没有什么可疑的人啊？"

六位藏人做上了判官，在这世间，他们算是响当当的人物了。宫外那些卑鄙的家伙们，更是把他们看作大人物，都吓得要死，根本不敢抬眼瞧他们。可是外面的人却想像不到他们蹑手蹑脚地往后宫廊下溜的样子。那种偷偷趴着的样子，真是与他们的身份不相称！满屋子里都是熏香的味道，可是却有男人的白裤还随便地挂在几帐上，真是够难看的。有些人非常自负，身上穿着武官的袍子，可是裳裾却皱皱巴巴地缩成一团，真像是老鼠的尾巴。如果还把袍子卷成一团挂于几帐上，唉，这种如此邋遢的人还有什么资格出来跟情人幽会呢？拜托啦，这样的人担任官职期间，还是不要到处乱跑跟情人幽会什么的了。让他们都忍忍吧！五品藏人也是。

厢房里闲坐

大家一起在厢房里闲坐的时候，不管是否合适，只要经过这里的人就会被叫过来，一起聊天。有些杂役或者年轻舍人，长相清秀俊俏，还捧着精致的包裹或者袋子——里面通常装的是衣服之类的，有时候还能看见露出来的裤腰带，真有趣！还有人手里拿着袋子，里面装的是弓箭或者盾、剑等，于是我问他："这都是谁的啊？"有些人会立刻跪下来说是某某君的，可是还有些人太扭捏了，直接回答说不知道。还是前一种情况更有趣。还有更讨厌的人，干脆不理不睬的，真是可恶！

不相称的事

月夜里牛车在狂跑，车上却无人。

俊俏男子娶了个丑媳妇。

丑陋的老年男人，满脸都是胡子，偏偏在那里逗弄刚开始学话的孩子。

这些事情听起来都太不相称了。

主殿司

主殿司的职位可真不错。在下级女官的官职中，这个职位是最值得羡慕的，如果身份高贵的人担任这个职务就好了。如果她们年轻且长得漂亮，衣着又干净整齐，那就更好了。如果是富有经验的年长的人，遇到事情非常沉稳，举止庄重大方，也是令人满意的。有时候又不禁想，要是能收养一个相貌端庄的主殿司做女儿就好了。不为别的，只要根据季节帮她置办搭配的衣服、唐装等，根据流行的款式给她定制衣服，就很不错！还可以叫她在宫里行走行走呢！

男性劳役

男性劳役中的随身侍役一职是最体面的。如果是名门的后生，没有贴身的侍役服侍未免显得太寒酸了。辨官的职位也很好。尽管如此，他们还是不够完美，他们穿的制服底衫下裾太短了，且没有随身侍者。

头辨

曾经有一次，头辨同一位女官在后宫苑的板障下聊了很久。我故意伸过头去问女官那是谁。谁知道，对方竟然非常正式地说："是头辨来拜访呀。"我说："那也太过亲密了。要是大辨到这儿来，您就会被晾到一边儿去了。"头辨听了竟然大笑起来：

“这是谁告诉你的啊，我正在请求‘别那么干’呢！”

头辨素来不喜欢矫揉造作，更和那些好色的风流事儿没有什么关系。后宫的人看他平时都是平凡简朴的模样，认为这就是他的性格，只有我更了解他的内在美。我对皇后说：“这个人不是一般人啊。”皇后也很了解他。可他总是跟我说：“有人说：‘女为悦己者容，士为知己者死。’”

我和他曾立下誓言，要“情深密似江滨柳”。可是年轻女官们就是喜欢胡说损人，真没办法！她们说：“他呀，清高得难以接近。一点儿也不像其他人，你看别人都喜欢读经唱歌，这位可好，根本不爱搭理人，好像人们都欠他的一样。”头辨对女性也有自己的看法，他经常说：“女人啊，不管眼睛、鼻子和眉毛生得怎样，只要嘴巴、下颚和脖颈生得美丽可爱，声音也不太难听，我就很喜欢了。可若是脸长得太不讨人喜欢，我也受不了。”因此，下巴瘦小、面目难看的女官不免会对他心生恨意，总到皇后面前去说他的坏话。

如果头辨有什么事情需要禀奏皇后，总会找我，因为最初就是我从中帮他引荐的。就算是我不当值，在房中休息，他也会来找我，不是派人来叫我就是干脆自己到门口央求我。如果我回家了，或者不在宫中的时候，他不是写信就是亲自造访。他对我说：“请禀报皇后娘娘，‘头辨说如何如何’等等。”我告诉他可以找其他女官帮忙，他不同意，我只能劝他：“做事儿还是要懂得变通，太固执可不好。”可是他竟然固执地说：“我的本性就是这样啊！”还强调：“最不可改变的就是人心了。”我疑惑地问：“那你倒是说说‘不怕改过’是什么意思？”他见状又说：“人们说咱俩关系好，谈话这么亲密就不用害羞了。你过来，让我看看你的脸。”我回答说：“我的脸很丑啊，您说‘最不喜欢那种人’，我就是那样子的人喔！”“那就不让我看罢！如果真是不喜欢你，可就糟了。”他说这话倒是很当真，即使有机会看到我的脸，他也赶紧用袖子之类的东西挡住自己的视线。为此，我只好相信：这人真是说话算数啊！

三月底，春季就要过去了。这时穿冬衣有点儿热了，殿上的人大多数都换上了简单的罩袍。这日，我和式部一起在厢房中歇息的时候，与里面房间相隔的门突然开了。皇上和皇后一起来了。我们一点儿防备也没有，全都慌了。他们两位看着屋内的这种情景都笑了。我们连忙把唐衣拉过来，盖住头发。他们两位径自进入屋内，整个房间里乱糟糟的，到处都是卧具。两位就在这里看着宫廷北侧阵门那些进进出出的人。有些殿上人完全没有感觉到他们的存在，正要过来跟我们说话。

皇上笑着开玩笑说：“不要告诉他们。”然后又命令我们：“你们二位过来。”我回答说：“等我梳妆妥当就来。”可实际上我并没有去。皇上和皇后返回内里。他们走后，我和式部就聊起来，刚才看到的那情景真是太扎眼了。正在这时候，南门几帐的缝隙里出现一个黑乎乎的影子。我们以为是则隆在那里坐着，并没有放在心上。我们接着聊，不想竟看到一张笑嘻嘻的脸，我们当时一致认为，那就是则隆吧！可是仔细瞅瞅，才知道是另外一个人。我们笑着把几帐拉好，然后躲起来。再仔细一看，才发现他是头辨。原来他故意藏着，不让我们看出是他。唉，本来不想让他看到我的脸，现在他还是看到了，真是遗憾！式部虽然跟我在一起，可是她的脸朝向我，因此对方没有看到她的脸。头辨干脆钻出来了，还说：“总算是看清楚了。”“还以为是则隆呢，都没有在意。你现在怎么又光明正大地看人了，不是说‘不相看’吗？”“可是人家都说‘女人晨起时，脸是最美的'，所以我到处转转偷看一些，忽然想到，没准儿能看到你，就过来了。皇上来的时候，我就在这里了，你们都没有发现。”此后，他的胆子就更大了，每次到我房间来都是掀开帘子就进。

殿上点名

殿上点名的时候特别有趣。还要当御前面问伺候皇上的人的姓名，真有意思。一大群殿上人跑过去，踢踢踏踏的脚步声在皇后宫殿的东边停了下来。我们大家都仔细地听着，假如听到自己情人的名字时，心中免不得要小鹿乱撞了吧？假如听到生死未卜、杳无音信的人的名字时，心中更会有所震动了吧？比方说，某某的声音是不是好听啊，毕竟好久没有听到此人的消息了。有时候，我们这些女官悄悄讨论的话题，还有议论殿上人回答的声音是不是好听啊之类的，真有趣。

殿上点名刚一结束，泷口武士的拉弓声就响起来了，这个声音响过后，又一阵脚步声传来，原来是藏人们从木板桥的走廊上走过来。他们刚走到东北边的高栏边时，就冲着皇上半跪下来，皇上问身后的泷口说：“某某人可在？”那些场面也很有意思，大家报名的声音或洪亮或微弱。还有的人可能缺席了，必须要禀告和解释，藏人问：“怎么没来？”泷口武士就要解释这些人没来的原因。照理说，藏人听完陈述的理由才能走开。有一次，方弘则不然，他没有听完就转身走了，贵公子警告他，气得他冲着泷口等武士们大发脾气，嚷嚷着要处罚他们。在泷口等人看来，这些都是笑柄。

还有一次，方弘把鞋子放在了后凉殿放御膳的架子上，之后就忘了拿走了。大家忙着驱邪避秽，嚷嚷着：“真不知道这是谁的鞋子！”主殿司的女官和其他人等诚心庇护他，说：“我们也不知道这是谁的。”可他自己竟然抢着说：“呀，这脏东西是我方弘的啊！”弄得大家一阵大笑。

如何叫使唤的人的名字

如果年轻贵人对着下役的侍女直呼其名，这样做可是很不妥当的。难道即使清楚地知道人家的名字，也要装成想不起来吗？正是。

如果夜晚时分到女子的办公地点，却弄不清人家叫什么名字当然也不妥。在宫里该请示主殿司，若是他在一般的地方，可以令管家去叫。如果自己喊，难免让人凭声音认出人。如果是召唤女童侍者或者下女，可以自己叫，这并不碍事儿。

小孩及婴儿

又白又胖的小孩和婴儿才可爱。地方官等人最好也是胖子，因为太瘦的人总是让人感觉很紧张。

牧童

让牧童穿简陋的衣服可以说是最糟糕的事情了。其他跟在牛后面走的侍从，倒是没有太大的影响。可是走在牛前面的牛童最惹人注意，容易让人反感。如果跟在车辆后面的男仆是一帮不起眼的人，也是令人讨厌的。看起来像是随身侍从的瘦高个儿男子，如果穿着黑色裤袴，狩衣半新不旧，但是穿得很妥帖，下摆却不太干净，这样的人迈着矫健的步子跟着车子走，这种装扮就算不错了。如果他穿上破旧粗劣的服装，就更不合适了。有时候他们可能会穿得破些，但是是否懂得穿衣打扮，行家只要看一眼就能知道。对于有些人，主人是不能原谅的，他们只优待宫中所赐的侍者，家中雇佣的女童侍者却穿得很邋遢。家里的人和周围的人一样，当有客人或者来使访问的时候，若是看见这里都是漂亮得体的女童侍者，岂不是脸上都增光了？

经过人家门前

有一次，我的牛车经过一户人家的门前，当时，一个打扮得像仆役的男子正在地上铺席子。有个十来岁的男孩子，头发很漂亮，长长地垂着。还有一个五六岁模样的男孩儿，脸颊红扑扑的，头发扎着垂在脖子两边。这孩子正在玩一个什么东西——看上去像是奇怪的弓箭或者小树枝一类的。孩子的模样很可爱，我当时真想让牛车停下来，将他抱上车。之后，车子就从那地方过去了，有一阵熏香的味道从院子的深处飘来，芬芳之气给人一种风流优雅之感。

我们又从一户贵人的宅院前经过，恰好当时中门开着，能看见一辆漂亮的槟榔毛牛车在里面，那样子美极了。车厢上挂着的垂帘是鲜艳的暗红，车辕在辕台架上稳稳地靠着。宅院中，

五、六品的官有好几位，他们正将袍子的下摆提上来往腰里别，肩头插着洁白的手板，在那儿来回走动。还有一些其他侍者，穿着正式服装，还背着箭筒，出出进进的，跟宅院的富丽堂皇倒是很搭配。忽然又一个厨娘模样的人出来，样子也很清爽。她问：“某某君上的侍从在不在啊？”这景象很有趣。

瀑布

最好的瀑布是无声瀑布，名字很有趣。还有布留瀑布，因为法皇陛下曾御驾亲临，其名声也因此显得不同一般。那智瀑布也是非常动人的，因为它位于观音灵地的熊野。另外，轰鸣瀑布也不错。

桥

最好的桥是浅水桥，长柄桥、天彦桥、滨名桥、一桥、佐野船桥、歌结桥、轰鸣桥、小川桥、栈桥、濑田桥、木曾路桥、崛江桥、鹊桥、往来桥、小野的浮桥也很不错。山菅桥的名字很好听。假寐桥也算是好的。

里

逢坂里是最好的。还有眺望里、人妻里、寝觉里、赖里、麻生里、夕日里、远地里、伏见里、长居里也算不错。不知道妻取里，到底说的是自己娶了老婆呢，还是自己的老婆被别人娶走了？这些名字无论怎么看，都很有趣。

草

最可赏的草当数菖蒲、菰蒲，还有葵。贺茂祭是古代传下来的习俗，用这些草做头发的装饰品是传统的习惯。

葵叶的形状很可人。

车前草的名字很特别，可以让人想到“矜持”二字，真是有趣啊。

蛇床子、苔、三棱草、羊齿草也很好。

残雪未退时，可以看见嫩绿的青草、木蚋草、酢酱草，这些显得比一般草更有趣，因为人们常常用它们做锦缎的图案。

危草生长在凸起的山崖上，一副毫无依傍的样子，名字倒是很贴切。

万年草长在峭壁上，更让人觉得可怜，在比悬崖还没有依靠的地方，更没有什么可以依赖的了。纯石灰墙上长不出草来，倒是显得遗憾了。事无草，人们希望没有什么忧虑所以给它起这个名字吧，又或者是想要消除所有的坏事。无论如何，这种草都很有趣。

忍草也是很有风趣的，它们在屋轩和凸起的地方都能坚韧地生长，真是让人惊叹啊。莎草和茅花都很讨人喜欢，滨茅的叶子更讨人喜爱。小菅、浮萍、胡麻、筱、浅茅、青鞭草都很好，还有荠菜和平芝也很有趣。不知道起风的时候，木贼草会发出什么样的声响，真是让人浮想联翩。

荷叶伏在水面上，也是一副可爱的样子。荷叶的确是值得欣赏的，大大小小的荷叶在平静的水面上悠然自在地舒展开，随着风吹而摇摆，真是太美了。有时候将荷叶摘回来，还能盛放东西等等，真好玩儿啊！八重葎、山菅兰、山蓝、日阴、滨木绵、苇等草也很好。葛叶很漂亮，风吹过时，它会翻转，露出背面的白色，也很有意思。

诗歌集

诗歌集中最为要紧的几部是:《万叶集》《古今集》和《后撰集》。

歌题

歌题最好用邑。其他也可以用诸如：葛、三棱草、驹、霰、筱、日阴、菰、浅濑、壶堇、鸳鸯、翠蔓、梨、枣、草皮、浅茅、牵牛花等等。

草花

石竹花是最好的草花。大唐的石竹当然是上成品种，本国的也很不错。

龙牙黄花、桔梗花、花瓣可变换颜色的菊花，都很好。刈萱草也是。龙胆草虽然枝蔓杂乱，但是下霜以后，花朵仍然能保持着鲜艳的颜色，不像其他的植物那样容易干枯衰败，这也是它的可爱之处。虽然镰柄花不是什么值得夸耀的植物，但也有可取之处，忽略它那奇怪的名字不谈，倒也称得上可爱。抚子花的颜色不深，但是它有些像藤花，春秋开放，煞有情调。壶堇也属于此类，这种花干枯之后不适合做押花。绣線菊也是。

说起“夕颜”这种花，和朝颜花很相似，因此人们经常将它们一并谈论，这倒也不足为奇。很可惜，它结出的花籽并不好看。很奇怪，怎么会长成那个样子呢？最不济，也该像酢酱的花籽那样啊。不过话说回来，“夕颜”这花的名字委实不错。

其实，苇花倒是没有什么好看的，不过它是用来供奉神明的，想到这一层，我就觉得它们不是寻常的植物。这种植物在刚刚冒芽的时候，非常好看。它们在水边生长的样子，是我特别喜爱的。或许，人们会说，说到草花，当然得说说芒草了。的确，正是因为漫山遍野的芒草，才使得秋天的原野更富有情趣：它们的穗微微泛红，尤其被露水沾染的时候，色彩更浓。说起来，还真没有比这更耐看的了。秋天将尽的时候，就没有什么好看的了。秋花已经败落凋零，这种情形一直会持续到冬天结束，仿佛一头银发的人在风中摇摇晃晃，这情景看上去像是一个人走过一生，正在回味往事的样子。也许是因为有人曾经这样打比方，人们诸多感慨才都由此而发吧？

颜色浑厚的胡枝子枝干柔软，它们在风中带着晨露招摇的样子，倒是可以一看。牡鹿特别喜欢它，而且喜欢站在近处观赏，那样子让人们更容易喜欢上胡枝子。向日葵虽说不是多么美丽，但是它能随着太阳光而转头，而且显得比一般植物高，这也很有趣。棣棠花和野杜鹃的颜色都不够鲜亮，但是却有咏叹的歌写道：“采来细细赏玩”，由此可见，它们也不是平凡之物了。蔷薇的枝叶细碎繁密，也算不错。一直在下雨的天，刚刚放晴的时候，在水边或者木台阶边，能看到这种花绽开了花朵。如果有昏黄的斜阳照射，那姿色就显得更美了。

担心的事

让人忧心的事情就像是法师在睿山修炼了十二年后，他母亲的心情；在陌生的地方，又适逢没有月亮的夜晚，怕被同行的路人看清楚，不敢携带灯火，又不得不跟人并肩而坐；雇了一个还不太了解的仆人，派他带着贵重物品出门办事，但仆人却迟迟未归；婴儿还不会说话，却一个劲儿地挺着背哭叫，又不肯让人抱；在黑暗的地方吃草莓；看游行之类的热闹，人群中却没有一个相识的人。

无以言表的事情

无以言表的事情有很多，比方说，夏天和冬天，黑夜和白昼就属于这类。阴雨天和阳光明媚的日子，少年和老人，开心的人和生气的人，类似的事情都是无以言表的事物，还有爱和恨、蓝和黄、雨和雾等。一个人变了心，就无法和从前相爱的时候进行比较，那感觉仿佛判若两人。

栖居在常青树上的乌鸦

在常青树上能够聚集生长的地方，经常会引来众多乌鸦栖居。人们经常在半夜被吵醒，实在是喧闹得很，它们从这根树枝上飞到那根树枝上，迷迷糊糊地啼鸣。不过跟白天它们那副讨人厌的样子比起来，这种情景倒是更有趣了。

情人幽会

夏季是情人幽会的最好季节。夏夜短暂，在不知不觉中，天就亮了，所以人们经常是不得不休息。而且门窗都是敞开着的，人们索性趁着乘凉，可以顺便赏览一下庭院的景色。情人之间情话绵长，说也说不完，两个人说着说着，有飞鸟经过，他们却以为被人偷窥了秘密，真有情趣。

可是在冬季的寒冷夜晚，只能同情人在室内共眠，不过听着仿佛从很远的远方传来的钟声倒也不错。等到有鸡叫传来，先传来的是它们将自己的嘴巴窝在翅膀下的啼鸣，然后一声、两声、三声……鸡们纷纷叫起来，第一声觉得很远，之后就觉得离自己很近了，感觉就像是从院子里传来的声音，这也还是很有趣的。

情人来访

如果是情人来了，那自然是无话可说。不过若是一般意义上的男性朋友，只是顺便过来看看，没有什么特别的事儿，闲谈之后若是还不打算走，陪侍的男童害怕遇到帘内女官人多嘴杂，就开始发牢骚了：“斧子柄都要烂掉了！”说完还打了一个长长的呵欠，不耐烦地嘟囔道：“唉，真是烦恼啊，受不了了，天都黑了。”说这话的本来就是个无关痛痒的人，大家也就不苛责他了。倒是这位久坐之人，本以为是个懂分寸知进退的，现在看来真是让人失望啊！

还有一种不敢在言行中过于表现的男人，他们只会大声感叹：“啊！啊！”还有人会在歌曲中唱道：“水下行。”他们的感情如此深厚，真是令人感动啊！在板障或篱笆旁的人会故意大声喊“怕是要下雨啦”等等，真是让人讨厌。

这种事情大多发生在普通人身上，那些身份地位较高的人，即便是年轻贵公子的侍从也极少有这种举动。因此要先将很多侍从的脾气秉性了解清楚，才能让他们当自己的侍从。

罕有事

世间罕见的事情有很多，就如同岳父夸赞女婿，又好比婆婆疼惜儿媳妇。

用银质小钳子拔毛很好用。

仆人不讲自己主子的坏话。

有的人没有缺点，脾气也不坏并且长得好，性格好，有风度，善于交际，简直一点儿毛病都没有。

在同一处担任官职，还能小心客气地对待对方，可如果不让他人看出自己的本性，也不大可能吧？

抄写物语、歌集的时候，不会把原书弄上墨迹。

即使在书册上小心翼翼地书写，也免不了会弄脏书册。

没有一个男人、女人或法师对自己的诺言真心不渝。

好仆役和好侍者。

那些专门加工丝绸的人，能送来一批真正称得上好的货品。

宫廷女官的居所

在宫廷女官的居所中，最好的位置是靠近走廊的房间。将上面的窗户撑起来，风儿便会轻轻地吹过，夏天也不至于太热。冬天如果有雪花飘洒进来，那就更美妙了。因为地方小，不大方便，如果有小童进来，尤其显得挤。不过可以让其到屏风后面去，这样他们不仅不会大声嬉笑，反而很有趣。白天难免感觉紧张兮兮的，晚上可以稍稍放松。

还有一些有趣的经历。整夜都能听见殿上人等的脚步声来来去去，有时候忽然有止步的人，只用一只手轻轻敲门，屋内人便立刻觉察道：原来是那人啊！这时候也挺好玩儿。如果敲门的人敲了一会儿，屋里面没有人应答，他就会认为屋里人睡熟了。这时，屋子里又传来开始转动身体弄得衣服窸窣直响的声音，外面的敲门人又寻思：难道还醒着？屋里人能清楚地听见外面的人扇扇子的声音。如果是在冬天，即使屋里传来拨弄炭火筷子的声音，也会让外面的男子觉得是暗示，于是他会敲门，最后干脆直接叫人了。有时候，屋里人还需要在阴暗处仔细聆听外面有什么动静。

有时候，外面传来唱歌朗诵的声音，很多人聚集在一处，此时的他们不会来敲门。可是如果开着门，那些本没有打算进来的人也忍不住要停住脚步了，这也是一件有趣的事儿，因为没有地方可以坐，人们只能站到天亮。帘子都是富有风情的青色，做几帐用的帷幕的颜色也鲜艳好看，女官们穿着各种颜色的裙子、衣裳，衣角儿在帷幕下端稍稍地露出来一些，能被人们看到。外面有年轻的公子和六品藏人，公子们的服装露出了底下的直衣，而藏人则穿着青袍子。因为不好站在门附近，他们只能在墙边站着。看他们的袖子聚在一起也是件趣事。

还有些男子穿着色彩鲜艳的裤袴、直衣，还穿着各色的底衣。要是这样的人掀开帘子，隔着拉门探进去半截身子，就更好玩了。从外面看，尤其有趣。那个人可能是来借非常漂亮的砚台来写写信或者借镜子来理理头发。这些事情都很有趣。

门口虽然有三尺长的几帐，可是帘子的帽额与几帐间还是有一些隙缝。如果外头站着的人，或者里面的女官的脸庞突然从空隙间闪过，那就更有趣了。太高或者太矮的人不会有这种情况，但是一般的身高都免不了会如此。

为贺茂临时祭试乐

为贺茂临时祭试乐是件最有趣的事情了。主殿寮派来当职的仆役，即使他们冷得直缩脖子，也要高高地举着火把，恨不得将脖子都缩进衣领里面呢！高举的火把差点儿把前面的东西引燃，真是危险。可大家全然不觉，仍然在那里演奏，有的人还在吹笛子。贵族公子们比平日里要喜庆得多，一个个穿戴整齐，衣帽装束毫不马虎，在女官住所的附近聊着天。还有殿上人等的随从人员，他们用压低的声音吆喝着，为自己的主子们开路。在音乐声中掺和进这种吆喝声显得既特别又有趣。

拉门一直开着，要等试乐的人都走了，才能关上。没想到，里面却传来贵公子的咏叹声："富贵的花草啊，生于荒田之中。"这比刚才显得更有趣了。有人经过门口，也不进来，真不知道他是什么样儿的正经人呢！大家都哄笑起来，还有人说："等等吧，常言道'舍夜何须行且急'"或者别的诸如此类的话。真不知道他们是着急办事儿去，还是不舒服了，他们像后面被人追着一样，赶紧着急地跑走了。

后宫院内林木

皇后在后宫院居住时期，那里的建筑物高高耸立，树木繁茂，好像和人有几分不易亲近的距离，但自有一番情调，很是奇妙。传说正房中经常闹鬼，大家就把它隔开了。南面的厢房是皇后的居所，还设了几帐。我们这些女官就在南面的厢房伺候皇后，参内的人要经过近卫门才能进入左卫门那边。殿上人前驱的预警声和公卿们的相比要短促些，大家便据此声音的长短取了"大前驱"和"小前驱"的绰号。听得多了，就能根据声音分辨出是谁，有时候说："这是某人"；有时候又说："这不是某人"等等。派个人去看看到底是何人，猜中的人显出得意的神色，说道："你看，我说什么来着！"这气氛真热闹，也很有趣。

女官们晓月的时候在院中走动，此时满院子都是雾气。皇后听闻，也早早地起来了。在御前伺候的女官也都去下庭苑玩耍了。我在天快亮的时候提议说："走，我们去左卫门看看！"大家都积极地跟着前往。很多殿上人这时候一边走，一边咏道："什么什么一声秋"。于是，我们赶紧躲到后宫里去了，但他们讲话的声音还是能听得很清楚，只听一个人感叹说："噢，原来在赏月呀！"殿上人来来往往，从不间断，白天夜间都是如此，就连达官显贵们退出或者参上的时候，也多半会到我们这里来，不过事情紧急的时候就不来了。

没有道理的事情

什么是没有道理的事呢？就好比一个人已经决心正式出来仕官，却又害怕了，或者嫌麻烦了。本来，流言蜚语已经很可怕了，偏偏不如意的事情还时有发生，于是他便絮絮叨叨地说："要是有什么好法子能让我退了就好了。"等到真的退了，他又开始厌烦起家里的父母来。你看看，他又嚷嚷道："还是去宫里好了。"——养子还要受他的脸色看。本来看不上某个男子，不想招他为女婿，可是后来不得已还是招为婿了，等女婿上门的时候，发现并不像自己想得那样好，又追悔莫及。

不值得同情的事情

找别人代写的歌词还得了夸奖，这也不算什么，是不值得同情的。

有人要出远门了，想在当地找个认识的熟人帮忙写信。他费了很大周折才找到个在当地有熟人的人，请他写了一封介绍信。可不成想，那熟人嫌弃信中的言辞不够真诚而生气，因此没有给送信人一个答复，这还不算完，他还责难人。

让人酣畅淋漓的事情

成为卯杖法师算是酣畅淋漓的事情之一。成为神乐的指挥者、大雨中的池塘莲花、祭灵时的马队长，还有祭灵时当选为撑大旗之人都是让人酣畅淋漓的事情。

让人得意的事情

傀儡戏院的班主算是得意者。还有，任官除目的时候，成为最好郡国的国守也是得意之事。

御佛名会的第二天

御佛名会的第二天，皇上想请皇后看看地狱图的屏风，就差人将画送到后宫来了。

皇上说："看看这个。"那幅图画得非常可怕，简直让人汗毛倒立，但我回禀说："我不看，真不能看。"说完吓得赶紧躲回厢房躺下了。

那天的雨很大，皇上觉得无聊，便差殿上人来，举行管弦乐宴会。少纳言道方演奏了琵琶，真是美妙极了。济政君弹筝，中将经房吹笙，行义吹笛子。一曲演奏完毕，正当大家乱弹琵琶的时候，大纳言君突然咏叹道："琵琶声停物语迟。"听闻此言，刚才吓得躲起来躺下的我也出来了，我说："怕菩萨责难惩罚，可这是件有趣儿的事儿啊，谁也抵挡不住。"说完大伙又来嘲笑我。

可我觉得有趣是因为，大纳言吟咏的那句诗和刚才的场景特别贴切，好像是专门为此情此景而作的，并不是因为他的声音有多好听。

草庵

有一次，头中将听了闲话，信以为真，狠狠地贬损了我。他还与殿上的人说："真后悔当初竟然当她是个人来着。"我听了感觉真是尴尬，可是我也只能笑笑，说："若是谣传是真的也就算了。想必他将来不会这样看我了吧？"我没在意此事。

日子就这样一天天过。头中将时常从清凉殿北廊的黑门前经过，如果听闻我的声音，就用袖子挡住自己的脸，根本不往这边看，那副样子，像是对我恨之入骨。我也不好说什么，只能保持沉默。正值二月底，有一天适逢下雨，很无聊。那日恰好他在宫中当职，因此在殿上留宿。他让人传话来："虽然恨她，不想搭理她，可是怪无聊的，还是叫她过来，与她聊聊好了。"我并没有理他，只是说："我不信！"我整天都在自己的房间里待着。到了晚上，才去皇后那里伺候。没想到皇后已经歇息了。在厢房的近廊处，同伴们都凑在灯火边儿玩猜字游戏。见到我来，她们高兴地唤我："哎呀，你来得正好，快点儿过来吧，跟我们一起玩。"可我却没有什么兴致，真是后悔，皇后都歇息了，我干什么还要来参见呢！于是我便自己守着火炉待着。谁知道她们竟然凑到我跟前来聊天。这时候，正好有人朗朗高声地来报："某某人来此候教。"

我还不明白是怎么回事，心里直纳闷："真奇怪，我刚到怎么就有人找我呢？"我赶紧派人去看，原来是主殿司的人。来人禀报我说："我家主人吩咐了，必须亲自启奏……"看来，我只能出去看看到底是什么事情了。"头中将命我呈上，请尽快回信。"怎么回事儿？他不是恨透我了吗？怎么又写了信？也不知道是什么内容。我现在不方便打开看，只好将信放在怀里，又对来人说："过一会儿就写回信了。"我又接着跟大家聊天，可是没一会儿工夫，那人又回来了。他又说："主人吩咐说'得不到回信，就要将原信带回去'，请快点儿写吧。"听了这话，我更觉得纳闷了，难不成是《伊势物语》？于是我就把信打开了。在青色的信笺上写着优雅的汉字，内容很平常，没有什么令人担忧的。上面写着："兰省花时锦帐下"，后面还附加了一句话："下一句是什么呢？"要是皇后娘娘在就好了，可以给她看看。现在没个商量的人，可该如何是好呢？唉，真不好意思用汉字写回信，要是歪歪扭扭地写上去，岂不成了笑话？可是也容不得多想了。来人正在催着回信，我只好从火盆里取了炭灰，在白纸的一端空白处写道："草庵谁相寻？"后来，对方没有再回信，这事儿就过去了。

接着，我们大家就歇息了。第二天清晨，我就回了自己的住所却听见源中将嗓音洪亮地说："草庵是这里吗？是这里吗？"我说："哎哟，真是奇了，我这里还没有那么寒酸吧？应该是问‘玉楼’还差不多，我还可以答应一声。”我一说完，对方便回答说：“你在啊，我差点儿就去后宫了，本想去那里找你的。”然后，他便说起昨天晚上的事儿：“昨晚，几乎那么有身份的人都去头中将宿值的地方去了，就连一些六品官员都来了。大家一起谈古论今，后来提到了你。接着头中将说你们不来往了，可是他心里还记挂着你，本以为你会去找他说话，他就等啊等，可是你却没有搭理他。他说不管你是不是搭理他，他总要弄个明白。于是大家就开始商量这信要怎么写。写好送去之后，没想到，得到的回话竟是：‘现在不方便看。’信使说‘她说完就回去了’，结果大家又把信使赶回去，还告诉他，不要管那么多，就算是抓住她的衣袖也要让她写回信，她要是坚持不写，就把原来那封信要回来。虽然下着大雨，但那人很快就回来了，他说：‘这是回信。’他递上来的正是头中将一开始发出的信。头中将不免失落：‘果然还是被退回来了。’让人意外的是，他看了之后连忙叫起来：‘喔喔——’大家听了都很纳闷，不知道是怎么回事儿，赶紧凑过去看。这下，屋子里的人全都止不住地惊叹起来：‘啊呀，真是太厉害了！’有人七嘴八舌地出主意：‘头中将，你把前面一句也写出来，再送回去，写啊！’结果弄到天明，也没商量出到底应怎样写。随后，大家商量的结果是此事必须要传播出去。”

源中将一直讲，我都羞得无地自容了。他又说：“以后就叫你‘草庵’好了。”话音刚落，他就匆匆忙忙地走了。我不由地感叹说：“这个不好，这么难听的名字传到后代的耳朵里，可丢死人了。”就在这时，修理亮则光来了。他对我说：“我来给你讲个喜事儿吧。本以为你在后宫那边，原来你在这里啊，我还专程跑过去一趟呢！”他这一番话把我弄糊涂了，我不禁疑惑地问："什么事儿啊？没听说有叙官的消息啊！是不是升了个什么官儿？"谁知道他竟然说："不是这个，不是这个。是昨晚的大喜事儿呢！我昨晚听说的，真是让我面儿上有光啊，都等不及天亮了！"于是，他把事情详详细细地从头到尾讲了一遍。刚才源中将讲的也是这么回事，过程都是一样的："头中将说'看看她的回信再决定吧，到底当有没有她这个人，就看她怎么回信了。'他刚说完，信使就回来了，'若是信使空着手，什么也没拿回来，这样倒也算巧妙。看着信使拿着的回信，我心里就不踏实了：要是回信的内容不妥，我多丢脸啊，真是好担心啊。'可我真没有想到回信竟被大家称赞，大家都说不同凡响，他们说：'阿哥，你听着……'我心里高兴极了，但表面上还装作无所谓地说：'我可一点儿也不懂这些事儿呢。'谁知道他们说，不是要我弄明白，也不是批评我，而是让我把这件事儿讲出去。哎呀，我怎么好意思，我是阿哥啊。大家继续商量，我听他们说想添加前一句，可是又没法儿加；又说要另外写一封信，可要是写不好，不是平添遗憾了吗？他们担心这个，担心那个的，弄来弄去，一直折腾到半夜。对你我而言，这岂不是天大的好事儿吗？叙官除目怎么能跟这个相比，那算得了什么？"

我听了很生气，现在才算弄明白，原来那封信是很多人一起商量写出来的结果。想到这里，我心里也不免有些后怕，好在没有丢脸。不过从那之后，"阿哥、阿妹"这两个称号倒是被宣扬出去了。最后，连皇上都知道了。在宫廷中，大家也不叫修理亮的官称了，全都叫他"阿哥"，这就是他的绰号了。

我们还在说话，皇后下诏来要我们即刻觐见，于是我们便进宫参见。想不到，皇后要说的也是这件事。据说，皇上也听说这件事了。他说："殿上的男子都将那句诗写在扇面上了。"

这种事情还用得着到处宣传吗？真是羞死人了。

头中将在这件事情后改变了对我的看法，见到我，也不再用袖子遮脸了。

留居红梅殿

第二年二月二十五日，皇后搬到后宫居住，我不是近侍，因此还在红梅殿居住。第二天，头中将派人来送信，信上说："昨天夜里去参拜鞍马寺，可巧的是，今天忌讳的方位就是这边，我还得再找个住处。希望天亮前，能赶回京城去。我有话要对你说，你等等我吧，别让我又一次次地敲门。"这时候，御匣殿那边来人，说皇上要召见我，于是，我赶紧去参上了。

第二天，我竟然起晚了。留守的下女告诉我说："昨天夜里，有人使劲儿地敲门，好不容易才叫醒我。来人说'她去上方了吗，请替我转告啊！'我跟他说：'说了也没用。'就去睡觉了。"我听了这话心里有些自责。正好，主殿司来报告说："头之殿请人来送话，说：'有事情商谈'，请……"我赶紧说："我这里正有事情，要到皇后那儿去，请他也过去吧。"我很慌张，担心他开门进来，又怕将事情弄得太麻烦，只好将红梅殿东边的可撑起的遮阳板子抬高，说："有请。"想不到他真的走进来了，那样子潇洒又帅气。

他穿的直衣很漂亮，白面红里的，而且里子的颜色鲜艳明快，简直无法形容。深紫色的裤袴布满了藤枝交错的浮纹，红色的底衫更是色彩绚丽。下边还重叠着几层衣服，有淡紫色、白色，还有些其他的颜色。廊子不够宽，他坐着的时候，只能伸进来一只脚，上半身只能靠着帘子，那样子只有画中或者故事里才会有。

殿前有梅花，白色的在西边，红色的在东边。此时的梅花虽然已经凋谢了许多，但是仍然很好看。那天，我真想邀请别人也一起来观赏啊——那种日影熙和娴静的样子真是美妙。若是有年轻的女官在帘内，必然是将端庄秀丽的长发一直垂到面颊和双肩上，她们并肩而坐，当然好看啦！可惜我这年纪一大把的人，头发早就变得毛毛糙糙。况且，我现在穿着浅灰色的丧服，各种暗淡无光的衣服一层层地裹着，根本没有什么可看的。皇后又不在，连外衣我也懒得讲求搭配，坐在这里的时候只随便穿了件褂子。真是遗憾！在这种情况下，竟然一点儿光彩也没有。

“我去参上，要不要帮你捎带什么话？你呢？什么时候去？”他又接着说，“昨晚出来得不是时候，天还没亮呢！可是我早就跟你说了，怕你久等，因此趁着月光明亮的时候就跑出来了，一路从西京方向跑到这里，好一阵儿敲门。那个值班的下女迷迷糊糊地起来，说话的样子真是没法说！”他一边说着一边笑，“你也是，怎么让这样一个人在身边，真是难受！”原来是这样啊。我真是又觉得好笑，又觉得可怜。头中将很快就走了。假如外面有人看着，一定会误以为里面有一个风流美貌的女子吧？相反，若是有人站在我背后，恐怕不会以为外面是一个了不起的男性。

傍晚去参上，御前的女官们都聚集在皇后面前，讨论《宇津保物语》的好坏，当时大家正说得欢，说到源凉和仲忠的时候，皇后也加入了讨论。一个女官说：“首先要有清楚明白的判断，皇后娘娘说的是‘他的出身、身份都太卑微’了。”我回答说："不，这不是关键所在。仙人都会因为听到弹奏的琴声而到凡间来呢，可是他们的人品却不见得高尚，仲忠娶了帝王的女儿，可是源凉有吗？"看我袒护仲忠，她又说："你瞧瞧她，你瞧。"皇后此时插话说："今天齐信来过了，你要是看见了，肯定不知道怎么夸他呢！这就显得不是什么大事儿了。"大家又跟着纷纷称赞起来，说："果然是啊，比一般的要出众啊！""我正是来禀告此事的，可是却无意中与大家聊开《宇津保物语》的话题来。"于是我把事情原原本本地讲了一遍，大家都笑了，她们说："哎呦，我们都拜见了，可是却没有谁像你，一针一线都观察了个仔细呢！"

头中将说："西京那边真是荒僻啊，我当时忍不住想：如果有人目睹必然会增加这里的凄凉之感，崩塌的墙壁上都是青苔。"宰相君又问道："瓦上有松吗？"接着，他又发表了一番感慨，吟诵道"西去都门几多地"一类的。听她们嚷嚷倒是很有趣呢！

退居乡里以后

很多殿上人在我退居乡里后经常上门拜访，大家不免对我有些议论。平日里，我的性格也不是很内向消沉的，因此对别人说的话也从没有放在心上，并无怨恨，况且，有人不分昼夜地来访，我又怎么好意思狠心骗人家说"不在"，然后让人家难堪地走了呢？真是烦人，那些关系不怎么密切的人也来拜访。因此，此次退居后，一般人我都没告诉会住在哪里，只告诉了经房君和济政君等。

左卫门尉则光来的时候，在闲谈中说："宰相中将昨天追问得我很紧呢，还说‘怎么还有连阿妹住哪儿都不知道的！’我就是不肯说，死死守着，真难受啊！”他还说：“后来我差点儿没忍住，左中将端坐着，我看他假装跟没事儿一样，真怕跟他对视的时候忍不住笑出来，正好我看见在餐桌上放着一团像是海带一样的怪东西，为了掩饰，我就抓起来吃，才混过去。只是人们看我不到吃饭时间就吃东西觉得很奇怪，想必会传出去吧！不过倒是让我给蒙混过去了，我什么也没说。真好玩！”我嘱咐他不要说出去，就这样又过了几天。

一天晚上，有人使劲儿敲门，因为实在是太晚了，我不禁纳闷：是谁来了呢？这门离得又不远，为什么那么用力地敲门呢？我叫人去看看，原来是泷口卫士，真是意外。他说是左卫门督派他来送信的。众人已经睡了，于是我赶紧将灯移到一边儿去，读了起来。信中说：“明天是宫中诵经结愿的日子，恰是宰相中将宿值。他让我说出阿妹住在哪里，我被逼急了，望你谅解我，恐怕是没法儿隐瞒了。我到底该怎样回答呢？盼你给个提示，我就按照你说的转告他。”我没有回信，只用纸张包了一把海带，让他带走了。后来，则光再来的时候说：“那天晚上真是逼问得我紧，我只好带着宰相到处乱走，他一直责备我，真是难受极了！你是不是搞弄错了，怎么没写回信，只包了一把海带？”我说：“怎么会错了，有谁会用海带送人的，是你没有明白而已。”我气得不想理他，一句话也不想说，只是在砚台边儿的纸上写道：

再三叮咛啊，不要明说，
海女的家在海底，
已经吃了海带啊，怎么还不明白？

我写完将这张纸递到帘子外，他看到竟然说：“原来是在咏歌啊，那我真是不敢拜读了。”真是没道理，他竟然用扇子把纸条翻过后跑了。

我们一直是彼此相互关照、亲密交谈的，即便如此，也不免会产生矛盾，渐渐变得疏远了。有一天，我收到一封信：“我们兄妹之间的情谊，请你一定要记得，就算有什么不愉快的事情，也务必要记得我，去探望你时，请将我视为你的兄长。”则光经常挂在嘴边的话是：“思念我的人千万不要给我写歌来。谁要是送歌给我，我就认为她跟我有仇。如果不是跟我有仇，不想跟我断交的人，是不会给我咏歌的！”我又写了一首：

妹背山啊，渐渐崩塌了，
吉野川奔流横亘其中，
间隙已经出现啊，就不用再后悔了。

他没有回信，难道说他对这首歌也无动于衷吗？

则光后来升官，晋为五品，担任远江郡的国守去了，但我们两个人心中的芥蒂却始终没有解开。

乡里小住

那次我到左卫门的卫所去了以后就请假回乡，想在乡里住一段时间。不久，皇后就下了函令，信函中说：“经常怀念起晨朝之事，这些令我印象很深刻，可你怎么能把先前的旧事都忘了？如此冷漠薄情？”我赶紧写了回信，表示遵命。可是私底下又给别的女官写了信：“我怎么可能印象不深刻，想必皇后娘娘欣赏它时，也有一种‘仙女下凡’的感觉吧！”没想到皇后又回了信，说：“你怎么可以说这种话，真是让仲忠丢光面子了！今天晚上你务必放下所有事情，赶紧回宫，否则真是要发大难了。”然后我赶紧又写了封回信：“一般的责难已经非常难受了，真不敢了，‘发大难’就更承受不起了。我立即就前去，哪怕舍命……”于是我赶紧进宫了。

得到别人的同情

能得到别人的同情，是最好的事情了。这对男人的好处不言自明，就算对女人，也是非常有益的。即便完全事不关己，只用嫌弃的口吻说出来，旁人听了，也会有忧虑。遇见别人左右为难，嘴上也最好说：“这可如何是好啊！”哪怕当时心里不是这么想的，从别人那里听说了什么不幸的事，要说：“真是可怜，那个人现在的心情肯定好不了吧！”这样的话传到事主的耳朵里，比当着他的面说还要让他感动。平日里，他会想方设法地让说话的人知道：“你的好意我已经心领了。”

平常就关系密切，或是一定会登门拜访你的人，对你有同情心很正常，这不会让人特别感动。倒是平日里不怎么来往的人，对你能这样友好相待，很是让人惊喜。对别人抱有同情心看似很容易，其实不然。按理说，一个人很有才干，同时还能温柔和顺，是非常难得的，应该很少见。但是，说不定世上其实有很多这样的人呢！

职院的诵经活动

在职院居住的时候，皇后曾在西厢不断地举行诵经活动。所有的佛像都被挂起来了，法师们都一副无可言喻的尊贵模样。

大概是第二天以后，走廊方向传来了下人的争辩声。只听一个人说："那些供奉的东西，总有些会剩下吧？""你这是什么话？这边还在供奉呢！"不知是谁说这样的话，大家赶紧出去，想看个明白。原来是个尼姑，看起来已经有些年纪了，穿着一件狩袴，又旧又破，又瘦又短，像是一个直筒子，仅过腰带五寸的模样。另外，她还披上了一件破衣裳，真不知道那到底算不算是件衣服。那尼姑长得像是一只猴子，就是她在那儿说话呢。我问："她在说什么？"谁知她竟然拿腔拿调地说："我本是佛门弟子，想请他们施舍一点儿食物，可是和尚太小气了，竟然不给。"她的声音倒是优雅响亮，真让人意外。事实上，在这种时候，如果声音沙哑些，或许能赢得更多的同情。可是好像她并不知道这个道理，一副很明朗利索的样子。我纳闷了，于是对她说："难道非是菩萨的贡品不成？别的不吃吗？这想法倒是挺贵气的。"我话语中含着讽刺，她大约听出来了，说："哪里，怎么会不吃别的，他们没说有其他的吃的，所以我才这样说的。"然后，我叫人来给她拿了水果点心等等，包好了施舍给她。想不到，她竟然欢天喜地没完没了地说起话来。

年轻女官们也都来了。大家都七嘴八舌地问她各种问题："你有丈夫吗？""家住什么地方啊？"可对于这些，她闭口不谈，却讲各种趣事和玩笑给大家听。有人问她："你会唱歌跳舞吗？"还没等人家问完，她就在一边儿唱起来了："谁和我共眠，常陆介与我同眠，他的肌肤细腻……"她唱完一个又一个：

"南山峰上有红叶，名声不好呀，名声不好……"她唱了好多首，一边唱，一边摇晃着脑袋，真是讨厌极了。大家笑呵呵地赶她走，说："回去吧，快回去！"真好玩儿。我说："这么个可怜的人，应该赏给她点儿什么呢？"刚巧，皇后听见了，说："是够可怜的，我真听不下去了，只好捂着一双耳朵。怎么能让她唱这些呢？快去赏给她一件衣裳，让她拿走吧！"于是就有人去拿了件衣服来，对她说："皇后娘娘赏给你的，好好爱惜吧，你看你的衣裳都破了。"没想到，她竟然趴在地上叩拜，还跳起了舞，那件衣服就搭在她的肩头。唉，真是讨厌！大伙都回里面，不理她了。

此后，她经常来这里徘徊，想让人们注意到她。大家还给她起了绰号，叫她"常陆介"，就是歌中的那句词的人名。这女子还是穿着先前那脏兮兮的衣服，大伙儿有些生气了：不知道上次给她的衣服弄到哪儿去了？右近内侍前去参上时，还曾听到皇后谈到她："有如此一个女子，跟这里的宫女们倒是能一块儿聊聊，现在还总是来玩儿呢！"之后，皇后让近侍的小兵卫讲一讲，让右近知道这事儿。右近听了以后，笑着说："真想看看这个人呢，要是她来了，务必让我见见啊，这个人是皇后娘娘疼爱的，我就不抢了。"

后来又有个优雅的尼姑到这儿来乞讨，大家把她叫过来问这问那。这个人显得有些急促和慌乱，一副令人同情的样子。于是，有人拿了一件衣裳赏给她，她行了跪谢礼，收下了，还高兴得直落泪。可事情不巧，她回去的时候遇见了"常陆介"。此后，好久没看到"常陆介"的人影。话说回来，谁会惦记她这样的人呢？

雪山

十二月十几日下了场厚厚的雪。大家开始在盖子上堆雪，后来干脆在院子里堆了座雪山。有人假托皇后传令，传召众侍者和杂役来堆一座高大的雪山。后宫的众多杂役都奉命前来，还在那里安排了指挥，后来藏人所那边也来了三四个人，主殿司那边断断续续地来了二十多个人。此外，那些退居回家的人也来了许多。人们都说："今天不参加堆雪山的人没有犒赏，只有参与的人才有份儿。"得到消息的人都忙不迭地前来加入，只有家远的人没有得到通知。

一座高大的雪山在院子里堆成了。雪山堆成以后，官司就来了，赏了每人两匹绢。在廊外，绢匹刚一拿来，就有人凑近乎来鞠躬领取了。他们收了绢后，将其置于腰间，然后就退下了。其中有一部分人穿着仆役制服，还有一部分人穿着平日里穿的狩衣。

皇后说："这雪山能保持到什么时候啊？"四周的女官们都说大概可以保持十几天。皇后转头问我，让我说说能保持多久。于是我说："应该能保持到正月十五吧？"皇后不大相信，觉得应该到不了。大家又说："可能连年底都到不了呢！"我也觉得没有把握，心想："估计真的维持不了那么久，少说点儿时间好了，应该说是月初的，唉。"可我还是不死心，又想："不管那么多了，话已经说出口了，就算到不了那时候……"于是嘴硬地要坚持到底。

大约是二十几日的时候，下了些雨。雪山变矮了一些，但是雪还没有完全融化。我开始不停地祈祷："白山观音啊，让雪山不要融化，千万不要融化！"大家都说我真是太傻了，连我自己都这么觉得。

堆雪山那天，式部丞忠隆奉皇上之命前来，于是我们摆酒宴请他入席讲话。他说：“今天大家都在堆雪山呢，哎呀，有人在皇宫御前的壶庭里也堆起来了。还有东宫和弘徽殿的人，也都堆了。京极殿的人也不例外。”听了他的详细介绍，我立刻附上了一首歌：

孤零零的雪山啊，独立此处，
谁知道大雪已覆盖各处，
变得古旧了啊，没有了新鲜之感。

接着，他又让旁边的女官咏了出来，结果忠隆却开玩笑地说：“如果我作一首来回应你的这首歌，怕是要让你的这首和歌受辱了呢！”于是便起身告辞了。我听说，他本人很喜欢诗歌，这种人怎么会逃走呢？真是奇怪。皇后得知此事之后，说：“依我看，他要作的那首歌怕是非常好吧！”

月底时，雪山好像又变小了，不过看上去还是挺高的。大家中午在廊子里休息时，“常陆介”也来了，大家都很意外。我问她：“怎么这么久都没来？”她说：“没什么特别的，只是有些事情让自己不怎么高兴而已。”然后有人追问她：“什么事情让你不高兴啦？”她才说：“只是当时觉得不开心罢了。”接着，她咏道：

可叹可羡啊，那个海女，
到底怎样赢得众人喜爱，
得到的赏赐多得呀，不胜枚举！

她一说完就狡猾地笑了。大家都讨厌她，没人搭理她，于是她很知趣地去爬雪山了。她在那里徘徊了很久，哆哆嗦嗦地踩了会儿雪，之后就走了。后来有人将这番经过告诉了右近，谁知道右近竟然责怪起来："怎么不叫人送她过来，真是的。她该有多尴尬啊，让她一个人难堪地去踩了半天雪。"大家听了这样的回话又是一阵哄笑。

雪山没有变，还是老样子。又是新的一年了。

正月初一又是雨雪交加。"真好，又下雪了。"大家正在高兴的当口，皇后吩咐说："这样不行，把现在新下的雪除去，只能留原来的雪。"

这天晚上，我在皇后御前伺候着，第二天早早就退了下来。来了一位穿着宿值制服的人，其衣服是青色的，颜色如同柚子叶一般，在袖口处，还系着蓝色的纸，上面有一封信函，信上还附着松针。他颤颤巍巍地进来，我问："你从哪儿来的？"对方回答说："是从斋院来的！"我感到有点儿奇怪，便拿了信函，赶紧去皇后那里了。

皇后还没有起来。我想拉开寝宫的格子门，于是想拉过棋盘来当脚踏台，无奈我一个人竟然搬不动，只好拖住一头使劲儿地拉扯，但是由于桌子太重了，我抬起一边，弄得地上吱吱直响，这声音吵醒了皇后。她问："你弄什么呢？"我只好说："贺茂斋院那边来了信，所以我只能急急忙忙地奉上了。"皇后说："是这样啊，这大清早就来信啊。"之后，她起来看信函。信函里有两个大约五寸长的卯槌，其上半部分用纸包着，上面还装饰着山橘、日险、山菅等等细嫩的纸条。瞧那纸包裹的部分，形状特别像是卯杖头，很好看。不过，里面并没有信。

“怎么可能没有呢？应该有啊。”皇后又经过仔细查看，才发现卯杖头上包裹的纸张上写着字：

我曾听到啊，斧声阵阵，
空谷回音叮叮当当，
砍伐木材啊，准备做祝杖。

皇后开始书写回信，那样子真是气质优雅，十分高贵。给斋院回信当然要费些心思了，必须小心翼翼，以免写坏了。她聚精会神的劲头是谁都能看得出来的。那个斋主的使者得到了赏赐：一件白衣裳，还有一件深红色衣裳——这大概是女装，还是红面梅里的。信使得了赏赐就将衣服搭在肩头，那缤纷的色彩与他经过的雪山相互映衬，真是好看极了。不过，没能知道皇后回信的内容，倒是有些小小的遗憾了。

那座雪山跟越地的山可真像啊，堆积的白雪没有一点儿要融化的意思。不过如今可惨了，雪山变得黑黢黢的，一点儿也不好看了。我认为必然是我赢，我确定。我希望它能坚持到正月十五那天，这样，我们祈祷的时候会更用心。女官们还是絮絮叨叨地说：“可能过不了初七呢！”到底会怎样，女官们都想看看结果。可是三天之后，皇后忽然决定要回宫，这太可惜了：这座雪山最后会怎样，怕是没法看到了。就在我不由地感到遗憾的时候，女官们也叹息起来，说：“真想知道结果呢！”她们还把这种心思说给皇后听。我自然也在惦记着雪山的事儿，希望让皇后看到是我猜对了。可是现在也没有什么办法啊。大家忙忙碌碌地搬运物品的时候，我看见一个木守，他住在宫外面一个搭建的小房子里。我抽空儿把他叫过来，在廊边对他说：

“帮我看着这座雪山吧，只要看守到正月十五日就行了。只要你好好守到那一天，不光是皇后会重重赏你，我也会好好答谢你的。千万不要让小孩子或者什么人去踩坏了。”之后，我拿了一些果品送给他。平时，他都是向御膳房的女官和女仆乞讨这些东西，她们经常被他惹恼。那人接过东西以后，笑着对我说：“这件事情好办，交给我，可是就怕孩子们爬上去玩儿。”我立刻对他说：“你不要对他们客气，如果有人不听就来告诉我。”之后，我就跟随皇后进宫了。我一直伺候皇后到初七才回家。

在这些日子里，我一直惦记着雪山，经常找人去查看，宫中那些下等劳役都很帮忙。初七那天，人们将节会上剩下的食物给那个木守捎去了一些。使者回来笑着说，木守还高兴地跪拜呢！

退居在家的时候，这件事情也算是一件大事，我依然经常派人去察看。初十，听人说那雪山还有五六尺高，我真是高兴。不料，到了正月十三那天，夜里突然下起了大雨。真是可惜了，怕是这下子大雪就融化了吧！“要是多等一天该多好！”晚上我失眠了，起来叹息的时候，我被人嘲笑了，大家都说我已经疯了。有人起床了，要走，我还在那儿坐着，完全没有休息的想法，派人去叫下人过来，下人偏偏好久也没起床，可真让我生气。终于等到下人起来了，我才派她去查看，她回来对我说：“已经变得很小了，跟一个草垫子差不多吧。那些孩子根本无法靠近，木守尽职尽责地看护着雪山，他一直唠叨：‘明天不要化，后天不要化，就能得到赏赐啦。’”这下我又忍不住高兴起来，兴奋地想：“哎呀，明天快点儿来吧，到那时候，我要咏一首歌，然后把雪装在器皿里，连同和歌一起呈给皇后。”我内心的焦虑和急切之情，真是无法用语言表达出来。天还没有亮，我就叫人来，拿了一个大桧木匣子去，吩咐下人：“装些干净的雪进来，不要装脏的。”可是那人回来的时候却带回来一个空匣子，真是气人，还告诉我说：“雪早就没有了！”

本来想和大家一起传诵费了很大心思写的和歌，真是枉费心机了。“怎么回事儿呢？不是说昨天的雪还有很多吗，怎么才一晚上，就全都融化了，一点儿也不剩吗？”真是泄气，派去的那人这时候说：“木守还遗憾呢，他搓着两只手说：‘唉，真是的，赏赐也泡汤啦。’”大家正在议论这件事儿的时候，来了一个人，是皇后从宫里派来问话的，问我：那些雪保留到今天了吗？我心里真是不服啊，可是我很无奈，只能说：“别人都说那雪过不了年的，可是居然留到了昨天夜里，真是太难得啦，或许是我这个人太贪心了,想让它留到今天。请你转奏给皇后娘娘，我猜是有什么人嫉妒吧，昨夜把雪给铲了。”

二十日，我去拜见皇后娘娘，禀报的最首要的事情就是那些雪。我讲了这件事的经过，包括派去的人像“舍身不顾”的法师一样，拿着一个空匣子回来了，更没想到的是，对方回来的还那么快，真是让人意外。本打算在盒子上堆成一个小雪山，将一首美妙的和歌写在白纸上的。皇后听了这些事情不禁微微一笑，女官们在周围也跟着笑了起来。皇后说：“真是罪过啊，你这么费心，不该让你失望的，实话对你说吧，我派人在十四日那天的夜里把雪给铲了。你信中说得一点儿错都没有。这可真是有趣，太巧了。那个木守的老头一直求情来着，唉，大家只好用皇后的命令吓唬他，还嘱咐他要是那女官派人来询问，不许说是皇后的意思，要是说错话就把他的房子给拆了。后来那些雪都被铲走了，被扔到左近司南边的院墙外了。回来的人禀报说：‘那雪很坚硬呢，而且还很高。’想来若是不铲的话，撑到二十日也是可能的。或许能挨到今年的初雪都说不准呢。皇上也听说此事了，他还对殿上人说：‘她看得可真是远呢，还有，她还真敢跟众人争辩啊！’噢，你的那首和歌呢？咏出来好了。如今事情水落石出了，其实你已经赢了，把你的和歌咏出来吧。”大伙儿也学着皇后的口气让我咏歌，可是我心里真是难过极了，说：“听了这些，还怎能咏得出来呢？”真是伤心透了。这时候皇上也来了，他说：“朕一直认为皇后最宠爱的人就是你了，现在我真是弄不明白了呢！”我听了这话更难过了，几乎是哭着说：“唉，伤心啊。原本后来又下雪了，我还很开心，可是皇后娘娘却说‘那是无聊的事情’了，更令我想不到的是，她竟然让人去‘铲了’。”皇上听了就笑起来，说：“这说明她心里真是怕你赢了呢！”

华美辉煌的事物

华美辉煌的东西有很多，譬如：大唐的织锦、佩戴在身上装饰用的刀剑、佛像的木片嵌画、松树上悬挂着的颜色漂亮的长串藤花。

六品藏人也很让人羡慕。身份高贵的年轻公子们都不能随便穿锦缎袍子，可是他们却能穿，那种葱绿色的袍子真可谓辉煌至极啊！

有些人原本位居藏人之下，在某个公卿的府上身居四五品的末位，可是因为他是某人的儿子，突然就高升了，成了藏人，让人觉得他的家境更显赫了。有时候，他们跟在主人身边伺候的样子非常气派，比如奉皇上的命令宣旨的时候，或大臣的宅院里举行盛典，以御赐甘栗使者的身份前往时。看上去，他们像是从天上下凡来到人间的。

有的人家里的女儿在皇宫里做了妃嫔，有些还在家里做小姐，藏人奉了天子之命，前来给小姐们送信，请其面圣。当御函被推入帘内后，女官们便从帘内推出坐垫，华服露出袖子的一端，还有其他的种种礼数，十分讲究，排场真是非同一般。如果传信的藏人还兼任卫府尉官，就更神气了，他们的衣服还拖着长长的衣裾呢。家中的主人要亲自给这位藏人奉酒，想像一下，藏人此时心里应该也荣光之感倍增吧。平日里，那些不敢近前，只能谨慎地远远伺候的贵公子们，现在虽然态度仍然谦逊有礼，可这仅仅是表面上的事情，实际上，他们已经是平起平坐了。等他们能到皇上近前伺候时，人们对他们就更羡慕和嫉妒了。若是皇上要写信，他们就会赶快磨墨或打扇，真是步步紧跟地伺候着。在任职的三年或者四年中，他们的有些行为是不够尊重自己身份的，比如穿衣打扮太不讲究，衣服褪色、熏香太次，与殿上的人来往过密等等。叙官临近的时候，马上就要从殿上人的职位上退下了，可能他们会非常难受吧，或许比丢了命还要紧呢。还有些人，让人看着就难受，他们早早地就开始想尽办法钻营，希望能得到晋升为某类官职的机会，比如到某个地方去做郡守之类的。以前，每到春天里，就有藏人开始哭泣，因为他们要退职了，舍不得啊。可是现在呢，听说他们老早就开始为前途奔忙了。

有些人非常博学多才，可是却不能立即赞誉他们。有些人赢得了人们的尊敬，即便相貌丑陋，出身贫寒，看上去没有什么特长，可是在贵人身边伺候，人们可以向她们询问一些事情，或伺候侍读等等，也很风光。如果皇上能称赞他的祈愿文或者诗歌等等的序文，那他就更加光荣了。

还有那些法师，他们学识渊博，更用不着赞誉了。跟众僧一起定时诵经，比独自一人诵《法华经》要好得多。天色渐渐昏暗，经文上的字迹越来越看不清楚，人们便纷纷问道：“怎么回事儿，读经用的灯也应该送过来了啊。”这时，只有才学出众的僧人还在低声诵经，其他人等已经没法继续诵读了。

白天，皇后行幸的仪式、产房仪式、册立仪式，都很辉煌。在立后仪式上，凤座高台上陈设着辟邪之物——高丽犬和唐狮子各一个，还有天皇御用的膳桌。灶神的灵位由内膳司毕恭毕敬地迎接。

还有，摄政官和关白外出或去春日神社里朝拜的时候，衣着都很华美，他们身穿葡萄色面料的衣裳，要知道，紫色的东西总能给人一种高贵华丽之感，即使是花朵、丝线和纸张也是如此。紫色的花朵中只有杜若因外形略差而显得不足，不过它的颜色可没有什么可挑剔的地方。六品藏人的宿值制服特别好看，估计也是因为采用紫色的缘故。宽阔的院子里铺满了雪，皇叔们抱着年幼的皇太子，那些年轻英俊的公卿们找来殿上人牵引御马，那种游玩和观赏的情景真是人间乐事，世上没有什么别的事情能比得上啊！

优美者

什么样算是优美呢？像纤细俊秀的贵族公子身穿直衣的样子，就算优美了。还有，美貌的女孩子随意地穿着裙裤，再搭配上腋间敞开的汗衫，卯槌从袖边露出，还能看见香袋那长长的饰带。她用扇子遮住脸，在高栏边上倚靠着，也很优美。

年轻貌美的女官练字的时候，掀起夏天几帐的下半部分，可以露出白绫单衣，上面还披着紫色的薄衣。那薄薄的纸张还用染着颜色深浅不一的丝线装订起来。树枝上的柳叶细密，青色薄纸的信函也系在上面。长须笼上染着的颜色非常漂亮，也很有情趣，上面还有五叶松枝。带有三重骨枝的桧木片扇子如果改为五重就不好看了，显得太笨重。

桧木笼盒做工考究，白色的丝线也看起来很纤细。半新半旧的桧木茸顶屋，下面的菖蒲摆放得整齐一致。几帐架子上有明显的木纹，在色彩清爽的帘子和光洁好看的丝带的掩映下，再加上有风徐徐吹来，吹得丝带飘舞着，煞是好看。夏天的帘子上端有清新的幅额布边。

帘子外的高栏边上有一只可爱的猫，脖子上系有白色的名牌儿红带子，如果猫拖着略显沉重的绳子来回跑动，也很优美。

到了端午，负责分送赏禄的女藏人也很优美。她们头上戴着菖蒲装饰，还有红色的带子和领巾、裙带等等，并不算打眼。打扮好了以后，她们就会为排列整齐的亲王和公卿贵人们分赠香包，真是优雅得很呢！接受礼物的人也很优雅，他们会将香包系在腰上，行答礼舞。还有手里拿着香火的女童，身穿白衣服的小忌君，也非常优美。六品藏人穿的葱绿色的直衣，临时祭上跳舞的人。端午节的时候，在五节的舞姬身边的女童也很优美，值得欣赏。

皇后准备的五节舞姬

为了在五节庆典上能有舞姬，皇后特别甄选了十二位陪侍的女官。或许有人会说，后宫提供的人选并不合适，于是便从宫里选出十个人，真不知道是什么意思。还有两个人是亲姐妹，分别来自太后宫和淑景宫。

辰日，皇后让舞姬们穿上长白底青花的唐衣，女童的正装也是同一花色。这些事先并没有告诉女官，并且对宫中的其他女官和殿上人等也都是高度保密的。等到其他人都打扮妥当的时候，天色已经暗了，这时候才令众人全都穿上已经定好的舞衣：红色的丝带打着漂亮的结，飘飘地垂着，好看极了。那些白衣服本来就很光亮，全部用手工绘制了图案，一般情况下，这些花色都是用木板印上去的。女官本就穿着用锦缎制的唐衣，如今又搭配了这种服装，感觉新鲜罕见。女童的衣着打扮也非常优雅、别致，就连下役侍女们穿的衣服也是与女官们的差不多，她们紧紧地跟在后面伺候着。那些公卿、殿上人等，看到这情景，觉得既惊讶又有趣，于是戏称之为“小忌女官”。那些小忌公子们就坐在外面，和内里的女官们聊起天来。

皇后下旨说：“五节舞姬的住处要是早早地整理恐怕不太好，会让别人看个一清二楚的。所以一定要保存妥当，直到当晚完事之后。”于是，大家遵旨照办，片刻不敢耽搁。在最里面居住的舞姬身上再也没有发生什么不妥的事情。各个几帐间的缝隙虽然也都做了连接，不过华服漂亮的衣服袖子还是露出来了。有个侍女叫小辫，她说：“这里也应该连接好。”帘子外的实方中将听到后，立刻赶过来，帮她打结子。趁此机会，中将有意无意地咏道：

结了冰的山泉啊，像是被青色染了一样，
坚固的冰就像是你的心难以融化，

打结子有什么用啊，还是要解开。

小辨还年轻，是个小姑娘，在这种人多的场合下不便说话，因此没有答歌，年龄稍大点儿的女官们也不回答，全都假装没听见。后宫里的执司们倒是熬不住了，等了很久，见都没有人答歌，竟然从外面来到内里，走到女官们跟前，好像悄悄地问了一句：“怎么不答歌呢？”我坐的位置只与她们相隔四五个人，听得很清楚。中将的歌非比寻常，即便我有什么巧妙的答歌，也不方便咏唱。可是怎么答才好呢，真替她着急啊！更气人的是，那个执司的人竟然责怪起来，说：“这么扭捏算什么啊，都是作诗咏歌的人，即便答歌一般也应该尽快答啊。”我实在是忍无可忍了：

薄薄的一层冰啊，容易破碎，
只要一点点阳光就会融化，
松松地打个结子啊，轻轻一解就开了。

我咏了一首这样的答歌，一个叫阿元的女官将答歌转告给了中将。阿元是个胆小的人，她一首答歌也没能完整地咏出来，中将侧耳倾听，还问着：“什么？什么？”可巧，这位女官好表现且口吃，一时间竟也说不完整了。这样倒也不错，正巧可以掩饰我那答歌的不高明之处。

皇后下令让那些暂时称病休息的女官们都集合起来，为了应付舞姬们出出进进的各种事务，给每个宫女都分配了任务。所以这里的人多得很，因此，他跟我们在一处未免会觉得太吵了。右马头相尹有一位千金也是一位舞姬，在家中排行老四，她的一位姐姐是染殿式部卿宫妃。这个姑娘长得非常漂亮，年仅十二岁。到了辰日的最后一个夜晚，她也没有出任何差错和乱象。舞蹈完毕之后，由舞姬率领大伙离去，大家从仁寿宫经清凉殿，沿着东边的走廊走过去，直接回到皇后的宫殿。整个场面真是美极了。

眉目俊秀的役者

眉目俊秀的役者带着礼仪上使用的佩刀，身前还有束带，好威风的一副模样！在长长的藤花串上，若是系上紫色的纸张，也很雅致。

后宫的五节庆典

后宫里的五节庆典最为不寻常。无论在庆典中遇见谁，似乎都有一种异常美妙的感觉。主殿司中的各位女官的头发上，用簪子装饰着各色的布条，大小跟辟邪牌差不多，真是有趣。很多女官在清凉寺的拱桥上坐着，每个人都梳着发髻，还用紫色的细带点缀着，真是好看。难怪那些照顾和陪伴舞姬的下女和女童们都觉得脸面上有光。还有巡行的男子们，他们穿着加冠元服，手里捧着山蓝和石松子，也很有趣。那些殿上人手里拿着扇子一类的东西，直衣半脱半穿，一边唱歌一边打拍子："行船的水呀，起浪涛。"他们就这样从五节舞姬的住所前经过，太好玩了。这难免会让那些陪侍舞姬的女官们心中有一丝忐忑。况且，那些殿上人有时会忽然一阵哄笑，怎么能不被吓一跳呢？

执事的藏人穿着特别引人注目的红丝底裳。虽然已经备有坐垫，可是这时候根本没有人在垫子上好好地坐着，谁还顾得上呢？女官们都在靠外的位置坐着，这样更方便瞧热闹。我们这里的好坏，是任由那些人评论的。所有人现在只想着五节庆典，根本没有想其他事情的空当。

在御前试舞的那晚，执事的藏人非常严肃和果断，他们宣布：只有负责梳头的女官和相关的女童可以进入，其他人不准进入，他们还凶巴巴地挡住门。殿上人央求说："放一个人进去吧，就一个。"可是看门的人非常坚决地说："不行，我们会受责难的。"没想到后宫有一群女官，大约有二十人，完全忽略了这些面露凶相的藏人，硬是闯过来，开门进去了。由于事发突然，藏人都张着嘴巴愣在原地了，大家茫然无助地嘀咕着："哎呦，这是多不讲理啊！"那样子可笑极了。陪侍也就这样跟着进去了。藏人们气得直咬牙。皇上来了，想必皇上很有兴致。

更有意思的是龙舞的夜晚。每个人将脸都朝向灯光，看上去充满了稚气，真是可爱极了。

没有名字的琵琶

有一天，我听人说："皇上带来一把琵琶，没有名字，有人正在弹呢。"我去看了才知道，那乐器怎么能弹呢，只能用手指拨弄琴弦而已。我请教皇后这把琴的名字，可是皇后却非常机智地说："连个名字都没有，真是不足取呢。"真佩服她的聪明。

淑景舍的女主人来访，跟皇后聊天的时候说："我那儿有一管笙笛，是家父传下来的，有些来由。"僧都君听了就开始央求说："能不能把它赐给隆丹呢，不如我们交换啊，我这里有一具好琴。"可是淑景舍的女主人根本不理会，接着说其他话题，虽然僧都君一再说，但是也没有得到回应。最后皇后说："你心里一直在想：'不,不能替换'吧？"这种才情自是难以估量的。可惜的是，僧都君根本不知道这是笛子的名称，心中未免感觉遗憾吧。这是后宫里发生的事情，其实皇上手里有那把"不能替换"的笙笛。

天皇收藏的东西都有珍奇的名字，无论是笙笛，还是琴瑟，都是如此。琵琶的名称有：玄上、牧马、井手、渭桥、无名等。我记得一些各种各样的名称：水龙、小水龙、宇多法师、钉打、二叶等等；还有叫作朽目、盐灶、二贯等的和琴，还有很多都忘记了。只是有一句话，头中将经常挂在嘴边，我倒是始终记得："宣阳殿里第一架。"

后宫御帘之前

那些殿上人在后宫御帘前弹琴、吹笛子，整整持续了一天。他们退出来的时候，格子门窗还是撑起来的，皇后这边此时已经点上灯火了，因此，里面的情景，完全可以从外面看得清清楚楚的。皇后用手扶着竖起来的琵琶，她的衣裳是红色的，鲜亮无比，难以形容。她身上的衣服层层叠叠，而且都是富有光泽的，黑色的琵琶也是光亮的，一层层美丽的袖子落在琵琶上，还有她那抱着琵琶的神态，真是让人看得出神。有时候赶巧儿，大家还能看到皇后那白净的额边，真是美丽而优雅。我对身边的同伴说："那位半遮面的女子应该没有她这样漂亮，毕竟那不过是一个一般的妇女。”谁知道这位女官听了，竟然从人群中勉强挤过去，将我的话专门奏于皇后了。皇后听完问：“少纳言讲的是什么，你知道吗？”那个女官竟然又把这话带回来，说给我听，真是太有趣了。

乳母大辅返回日向

今天，皇后的乳母大辅返回日向，因此乳母得了很多赏赐给自己的扇子。其中有一把，上面的图画得很漂亮：画中是阳光照耀下的官邸、旅舍等等。另一面画的是京城的景色：一个人在倾盆大雨中沉思，还有皇后的亲笔题词：

长雨猛兮难盼晴，
京城一片烟水漫，
何不向日兮思续索？

女主人这样好，乳母怎么舍得离去，而选择别的地方呢！

爱憎

成为别人所憎恶的人，必定是让人在世间最无法愉快的事情。一个人不管性格多么怪异，也不想让别人都憎恶自己吧？然而，不管是在宫中任职的人，还是兄弟手足之间，都有被大家喜欢的人，也有被大家厌恶的人。这样的事实在让人很遗憾。

在身份地位尊贵的人中间，自然会有这种情况，其实就算是在身份卑下的人中，也有些父母会特别爱某个儿子，使得外人也对其高看一眼，就连在接待时也不敢马虎。本身就很有才干的孩子，谁会不喜欢？受到父母的偏爱也很正常。如果孩子平凡无奇，父母念及此就多疼爱他一点儿，这也是非常感人的。

为人父母、一国君主或是偶尔打交道的人等等，不管是谁，如果他们能一直心怀善念，我想这样是最好不过了。

让人懊恼的事

让人懊恼的事情有很多，比如寄出去的信，原本写好的咏歌或者回信，派人送走后又觉得有那么一两个字要改；还有在缝纫的时候，以为缝好了，刚把针线收起来，却发现自己忘记打结了，要么就是正面和反面缝颠倒了。这可真叫人无奈啊！

皇后还在南院母家居住的时候，有一天，她曾经到西厢房去看父亲。当时，女官们一时间没有事情做，都聚集在正厅里面玩耍和嬉闹，还有人在回廊上溜达。突然传来一道命令，说是让大家赶紧做针线缝纫活儿，十万火急，还送来了不带花纹的丝质面料。于是大家都在正厅前面坐好，手里都拿着布料比赛，看谁缝得最快。大家疯狂地开始缝纫，大家背对着背，谁也不看谁，每个人都加紧缝制。最先缝好的是命妇乳母，她手里的活儿是身长连袖的部分。可是她太着急了，为了取胜竟然没有弄清表里，放下的时候连结都没有打好，等到要缝合时，才发现了错处。真是太匆忙了。大伙笑成了一团。有人说赶快重新缝，她却不服输，说道："谁愿意弄错啊，要是有花纹的绸缎弄错理应返工，可是这种丝质的料子又没有什么花纹，如何判定表里？就算是缝错了，谁还愿意重新缝啊？还是叫那些没有参与缝纫的人来改吧！”她既不能放在那儿不管，也不肯缝纫，只好叫人来。后来是源少纳言、新中纳言等人重新缝制改好的。我远远地看着她们那闹哄哄的表情，真是有趣。这是皇后为了当晚见皇上赶制的，因此皇后说：“先缝好的人就是对我好的人。”

寄信的时候弄错了，最不想让那人看到的内容却给他寄了去，真是够恼恨的。那种不肯认错的使者，还会强词夺理，真想过去抽他一个嘴巴，可是又碍于有旁观者，还要为他保留些颜面。

芒草和胡枝子等等刚刚种好，正在欣赏它们的时候，却来了一队男子，抬着个长长的柜子，噼里啪啦利利索索地就把它们给挖掘走了，真是让人既愤恨又无计可施。若是有个身份地位都很高的男子在场，他们就不敢如此放肆了。可是我再怎么严肃地制止，也无济于事，他们还说：“只要一点点就好啦！”最终强行给挖走了，这种不可理喻的人真能把人给活活气死。

有时候，某位有权有势的人家的家仆来到地方官吏的宅院里，一副趾高气扬不讲道理的样子，那神态非常恼人：你想怎样？你能怎样？让看的人都忍不住生气。

有一封信不巧被某个人看见，他还偏偏跑来抢走这封信到院子里去读，真是让人够气恼的。一个女子就算是赶去追，也只能在帘子处止步，可她真想不顾一切地就这样追出去。

男女之间为了芝麻大的事情闹矛盾，不肯同睡。女的从被窝里挪出来，男的凑过来，想要给她一个拥抱。女的却很倔强，偏偏不肯。男的也开始赌气，说：“随便你！”说完就裹着被子睡着了。女的身上只穿着一件单衣，觉得很冷：人人都睡了，只有自己在赌气，总不能就这样一个人坐下去啊！夜越深，她的懊恼就越深：真后悔，刚才要是趁早起来，干脆地走了就好了，现在又想睡觉了。那女的正在琢磨时，却听见里外都有响动，好吓人，一骨碌，想马上就钻到男的身边去。不成想，当她掀起被子的时候，发现男的是在装睡，嘴里还说："你倒是接着逞能啊！"唉，真是叫人恼恨！

让人受不了的事

有些事情让人很是受不了。举例说来，家里来了客人，家人却在聊天的时候把自己隐私的事也说了出去，尽管一再阻拦也没有用，这样的心情就叫人受不了！有的人喝多了，酒气冲天，一遍又一遍地重复着相同的话，根本停不下来。当他们口若悬河地散播着关于某人的流言时，殊不知，那人就在近旁。即使做这等事的是个下人，没有什么地位，也让人受不了啊。

去外边游玩或者借宿，被那地方的男仆人们嘲笑。

十分宠爱一个并不可爱的婴儿，学婴儿说话，也是叫人受不了的。

见识短浅的人在学问渊博的人面前大谈古人什么的，炫耀自己的知识，很让人受不了。最让人受不了的，是自己写了诗，非要读给人家听，还总是将别人夸奖过的话语挂在嘴边。

别人说话的时候，自己睡着觉却浑然不觉的人；因为自己一时兴起，就在琴艺精湛的人面前弹奏，但是那琴弦竟然还没有调好；在喜庆的场合里，常常不和妻子的家人来往的女婿恰好遇见了他的岳父。这些都令人受不了。

意外而令人扫兴的事

突然之间发生的倒霉事情也不少，比如正在打磨梳子的时候，不小心碰着了什么东西，梳子断了。

牛车翻了。原以为像这样的大物件能一直维持原样，真是做梦也想不到，它就那么翻倒了。

无论是大人还是小孩，只要见着人，就对别人的事情说长道短，而且说的都是人家认为羞耻的私隐。

本来约定好见面的，结果等了整整一夜都没人来。快到清晨的时候，好容易渐渐地把这件事忘在了脑后，睡去了，结果突然被乌鸦的叫声吵醒，发现已经到了中午。这样的事情，真是让人心烦得很！

跟你一起投骰子玩双六的人总是把你的摇筒拿走，这种情况也着实让人扫兴！

有的人不分青红皂白就找你理论，结果说的是你根本就不知道的事情，遇到这样的事情，实在是很令人扫兴的。

还有更令人扫兴的事情，就是不小心打翻了东西，弄得到处都是。

举行射箭比赛的时候，费了很大的劲儿才颤抖着拉开弓箭，射出去后，发现箭却朝着偏离靶心的方向飞出去。

遗憾的事情

不巧的事情有很多，比如说正赶上节日或礼拜的时候不下雪，偏偏下起了雨。

恰逢值得庆贺的日子，偏偏宫里头因为避讳方位不能庆贺。

一直眼巴巴地盼着赛事、游玩、宴会这样的事情快点儿来到，好不容易临近了，却不巧因故取消了。

喜欢孩子的父母却没有要孩子的命，两人一直过着平淡的日子。

在举办诸如音乐会这样的宴会时，因为有想给人家看的东西而打发使者去请，本来想着这人一定会来的，结果使者却带着话回来，说对方恰好有事情，不能赴宴，这真让人遗憾。

在宫廷里面当差的男男女女中，有些地位相同的人一起到寺庙里住宿或者去做别的什么，只见他们衣着华丽，显出风流富贵的气质，坐在马车上十分夺人眼球。这时恰好碰上了地位更加尊贵的人，两车相遇的时候，人家看都不看他一眼，这样的事情真不巧，而且让人很尴尬。只能盼望着遇见比自己身份地位低的人，他们瞧见了自己，一定会到别处去吹嘘吧？如果这么想，也许就没有那么遗憾了。

咏杜鹃

皇后在五月斋戒的时候，还住在职院里。贮藏室外面有两间屋子，此时特意布置成了和平日里不同的样子，看起来别有一番情趣。初一的时候，突然开始下雨，然后就这样持续着，忽晴忽阴的，让人有些厌烦。我说：“去听杜鹃的叫声吧！”女官们听我这样说，都纷纷地赞同。

贺茂神社那里，有个地方叫什么的来着，反正不是七夕的鹊桥，是个听起来很奇怪的名字。听人讲，到了那里，不管白天还是晚上都听得到杜鹃的叫声，但另外一些人说那是蝉的声音，于是大家就决定去那里看个究竟。初五清早，在宫中司役的指挥下，车子从宫中的北阵门出去了。由于此时是梅雨时节，没有人阻拦，于是他们将车子径直开进去，在靠近台阶的地方停下来了。一辆车上能坐四个人，被留下来的人十分羡慕，说："多加辆车吧。"但是皇后不同意，制止了。因此我们只能丢下他们。我们路过马场，听见里面十分吵嚷，就问："发生了什么事？"侍从回答说："是里面正在进行射箭比赛呢，我们停一会儿看看吧。"因此我们就停车了，只听有人说："来了好些人，右近中将也来了。"但我们看见那些来回走动的人只有六位侍从，因此催着说："不想看了，快点儿走。"就这样一直走着，看着沿途的风景，叫人想起了贺茂祭的情形，挺有意思。在去的路上，他们经过明顺朝臣的住宅时，就顺便停下车，去那里看了看。房屋十分简陋，有一番乡野的气息。纸门上画着马，屏风是用竹质的有斜纹的木片做成的，还有草织的黑色帘子，都特意保存了古风。房屋布置得十分简单，虽然看起来狭小却别有风情。而且传言一点儿也没错，这里的杜鹃啼叫声听起来十分吵嚷。

遗憾的是，皇后和那么多想同我们一起来的人，都没能听见这声音。这里的主人，也就是明顺朝臣说道："来到了乡野之间，就一定要见见有乡野气息的物件。"说着就让人拿来了稻子，还有一些别的东西。长相清秀的侍女和邻居的姑娘们都被唤来，大约五六个人，为我们表演打谷。主人还吩咐两个人拉来了石磨——这是我从来都没见过的东西。他们一边拉磨，一边还唱着什么，真是有趣极了。我们到这里来，本是为了听杜鹃鸣叫声的，现在大家都在一起笑，看着新奇的玩意儿，将最初的目的都忘到脑后了。

之后，又有人将盛着食物的高脚盘子端上来，这盘子是在中国画上常常能看见的那种，不过大家看都不看一眼。这时主人说:“这里只有乡野的粗茶淡饭,但有时候来的人还是会说‘有没有别的什么东西’，你们这样就不像是一般的人了。”然后，主人又在那里自顾自地说着:“这可是我亲手摘的野菜。”我打趣道:“怎么让我们像（下级）女官一样，把盘子放在桌子上吃呢？”主人听了，赶快说:“那就端起来吃吧。我都忘记了，从各位平时的行为可以看出来，大家都是自由惯了的人啊！”他一边这样说着，一边从高脚盘子里面把食物取出来，突然侍从们跑过来催促道:“要下雨了！”于是我们赶忙坐到车里。我建议大家最好在这里作咏杜鹃的诗，但大家说:“回去的路上也可以写的。”路边有很多开得很茂盛的花，大家采下许多花，把车厢和车帘的旁边都插满了，牛车上好像挂起了鲜花做成的帘子一样。跟随牛车的侍从们也十分卖力地插着，非要在编织的帘子上找个缝隙。大家都叫着:“这里还能插”，“那里也能插”，好像非要插满了才回去。真希望有人能看见我们现在这副样子，不过实在遗憾，当时只有一些和尚和身份低微的人在场，都是不值得一提的。

就快要回到皇宫了，我还是不甘心，说:“就这样回来真遗憾，一定要让大家看到这车子，都来讨论这车子的样子才行！”于是他们在一条殿宅院附近停下车，派了个使者过去传话道:“我们听了杜鹃的叫声，正要回宫，不知道待从君在吗？”使者回来的时候带话说:“就快出来了。他刚在卧房中休息呢，现在去穿裤子了，请稍等一会儿。”说完，他让车子向着东门，加快速度赶去。没想到正好遇见对方，也不知道他什么时候收拾好的，只见他一边系腰带一边喘气，赶过来说着:“真是好久不见啊！”他的后面还跟着些人——侍从、杂役之类的，看起来都是赶着出来的，连鞋子也没来得及穿好。我焦急地催着车子快点儿跑。

到了东门的时候，他们赶上来了，还没讲话就笑了：“这一点儿也不像是现实世界中的车，不信你们自己下车看一眼。”跟着来的人都在那里嚷着笑着。

“作的诗在哪里呀，让我听听。”

“得先让皇后看过才行，你等下吧。”正这样说着话，突然就下雨了，于是大家埋怨着说：“真不知道是怎么回事，偏偏这门就是个没有顶儿的，和其他门不一样，今天看起来尤其让人讨厌。”

对方这时候也开口道：“现在是没法子回去了，刚才害怕赶不上，一门心思地往前跑，就这样来了。现在要是也这样回去，那可就没意思了。”

“和我一起回到宫里呗。”

“我带着这样的乌帽子，怎么和你一起进宫呢？”

“让人拿走就是。”

说话的时候，雨又下大了。跟着车的侍从们没拿伞，硬是拽着车子进了门。有人从一条殿宅院那边派人拿伞来迎他们，他们只好跟回去。他们走得很慢，一边走还一边不时地回头望，看样子是有些遗憾。他们手中还拿着往车上插的花，那副模样很是有趣。

到了宫中，大家都去拜见皇后，讲述今天发生的各种事情。没外出的女官们都很遗憾，有的言语中透着嫉妒，有的抱怨着没能去成。听到待从君从路上赶着过来的时候，大家都哈哈大笑起来。之后皇后问起作的诗来，大家只好实话实说，禀奏一路上根本没有作诗的时间。皇后说："这样啊，若是被殿上的人知道了，是不会轻易放过你们的。在那个能听杜鹃叫的地方，随便写些诗就很好，这样煞有介事地倒是显得没意思了。唉，你们就在这里写吧。"皇后的话说得有理，我自己也觉得扫兴，就和大伙儿商量。这时候，待从君寄来信笺，在青色的纸上专门写下诗句：

杜鹃声声啼啊，循声去找，
早知你们有如此雅兴，
愿一同前往啊，把我的心也带去。

我怕人家着急地等回诗，就让人去取砚台，想马上回复，结果皇后赶忙说着："就用我的吧。"她还在砚台前特意铺上纸，我推让着，说："还是请宰相君来写吧。"皇后说："最好还是由你来写吧。"正说着，突然就下雨了，周围黑黑的，雷声轰响，我赶忙放下木格窗子，把要写答诗的事情都忘记了。

雷声一直持续到快要天黑的时候才稍微平息下来，大家这才赶紧准备写答诗，谁知道又来了很多王公大臣，他们是专门为了雷鸣的事情来慰问的。没法子，只好在西边的房间中接待了他们，这样，写答诗的事情又耽搁了，其他人说："当然应该是由指定的人写答诗了。"然后就无人过问了。看来，今天不是写答诗的日子，我这样想着，心里闷闷的，笑着道："要早知道会这样，宁可人家不知道出门的事才好。"皇后有些不满意，说着："和同行的人们商量一下吧，就现在写首答诗，能不能写就看你的意愿了。""但是现在已经没有写的兴致了。""怎么会呢？"说是这样说，可这件事终究还是被搁下了。

差不多过了两天，宰相君在聊起这件事的时候问道：“你们自己采蕨菜那件事，你怎么看？……”这话恰好被皇后听见了，她打趣道：“想起的是哪件事啊？”说着在手边的纸上写下：

嫩绿的蕨菜啊，实在惹人怜爱。

写完后催促着说：“快添上一句！”真有趣！于是我也写了一句：

杜鹃啼鸣啊，到处寻找，那声音真是非常动人。

皇后见到我写的句子后笑道：“你也真好意思写啊，怎么会这样重视杜鹃的事情呢？”我被说得真是尴尬，只好狡辩道：“本来发誓的，说不再写诗了。假如到了节日里，人人都写诗的时候，您叫我也写上一首，这样我就没法儿再待在您的身边了。我不懂得诗的格律什么的，适逢春秋，看见梅花菊花，只是随口咏上几句罢了。能比其他人写得好些，是因为好歹我父亲是有个名气的诗人。我只是想让其他人这样评价我‘真不愧是某某的孩子，写得真不错呢’，也正是因为这样，我才有写的动力。要是写出了不好的诗句，自己还不晓得，怎么能对得起故去的父亲呢？”皇后听见我这样认真地说着，就笑道：“那就按你的意思走吧，我以后不会再强迫你作诗了。”我听到她这样说就放心了，以后也没再为了写诗的事情烦恼。不知不觉已经到了守更的时候，内大臣君开始安排各种事宜了。

夜深的时候，皇后出了题，下令让女官们写诗。大家都在费尽心思地写的时候，只有我自己待在皇后的身旁，不是启奏，就是就陪着她聊天。内大臣君看见了，就说：“快点儿作诗，怎么还待在那里呢？”我答道：“娘娘允许我以后不再作诗了，现在我不必再为作诗的事情烦恼。”“真的吗？太奇怪了！皇后娘娘为什么做这样的准许？好可惜啊！其他的时候我不管了，今天晚上,你可一定要写一首！”我没有理会他一遍又一遍的劝说，还是待在皇后身边，不肯离开。一会儿，其他人的诗都写好了，就等着一决高下了。这时，皇后拿出一张纸，写了些字递给我，我拿起来一看，上面写着：

真是怪事啊，想不明白，
你本是词家元辅的后人，
今天有诗会啊，却逃跑了！

真有趣，我也忍不住笑了。内大臣十分好奇，问道：“写的什么啊？”

要不是因为有所顾忌，即使是让我作一千首诗，我也一定会呈上的啊！就写上这些呈上吧：

盛名之下啊，让人累，
要不是名士的后代，
今晚的诗会啊，定一马当先。

一乘之法

皇后的身边有她的兄弟、贵族们、宫殿里的人等等在侍候。

我一个人背靠着厢房柱子，和其他女官们聊天。过了一会儿，皇后派人送来信纸，我拿起来一读，上面竟然写着：

“要我疼爱你吗？如果不是放在第一位疼爱，会怎么样呢？”

也许，我曾经在皇后面前这样讲过吧，说：“凡事要不是被人放在第一位来恩宠疼爱，还不如让人憎恨来得痛快。若是叫我勉强接受第二或者第三位，还不如叫我去死算了。我一定要在第一位。”其他的女官都嘲笑我说：“你这是一乘之法啊。”这大概就是皇后写这些的原因吧。

看过了纸上的字，我便拿起笔写道：“要是生在分九品的极乐世界中，即使是在下品也没有关系。”

“怎么没有那样的骄傲了？这样不好，说过的话要始终如一才行啊！”

“要分对方是谁的。”我说。

“这样还是不好的，应将放在心中第一位的人排在第一位人来疼爱，这才好。”皇后的话说得真是在理。

上等扇子骨

中纳言君把扇子呈递给皇后，说：“人家这次真是找到了上等的扇子骨呢，我本来想贴好纸之后呈上的，但现在还在到处找能贴的纸，不敢随便用普通的纸。”皇后问道：“到底是什么样的扇子骨？”他在那里高声说着：“这扇子骨哪儿都好，大家都说未曾见过这么好的扇子骨呢，说实在的，这样好的我也是从未见过。”听他这样说，我也忍不住了：“这哪里是扇子骨，这恐怕是海月的骨！”不想他笑着道：“这话讲得好，算成我说的吧。”

这本是不值一提的事，也是不好意思说出口的，但人家用“不要说漏一点儿”嘱托我，我只能全部写出来了。

信经

正值雨季，整天下雨，今天又是这样。式部丞信经被皇上差遣来后宫拜见。大家按照以前的样子为他准备好了坐席，谁知道他却将坐垫移到远处坐下。我想让他尴尬，故意说：“这是给谁的坐垫啊？”哪知他却回答道：“在这样的雨天里，若是坐上去，弄上脚印子，会带来不便，而且又很脏，这恐怕不好啊！”

“怎么会呢，可以给您准备洗脚的东西。”

“您的心思细腻，口才也好，怎么会这样说呢。如果我不提及脚印的事情，您也一定不会这样说吧！”我确实听他多次提及，真是有趣。

这人一直自顾自地不停念叨，让我有些厌烦了，于是我便找个机会对他说：“从前，在太后的宫中，有个叫犬吐的杂役女官，她很是有名。在任职期间死掉的美浓郡守名叫藤原时柄，当他还是个藏人的时候，曾到杂役女官的住处去，说：“这就是那有名的犬吐吗？真是看不出来呢。”这位女官居然回答他：“怕是要看时节而定。”即使是专门找到的对手，也想不出这样精到的妙语啊。听说那时在场的贵族们全都折服了。恐怕这不是虚传吧，要不然怎么会时至今日还如此说呢？“可这也不是多亏了藤原时柄能够根据场合说话吗？诗文也都是依着所出的题目才能有上乘之作。”“好吧，您言之有理。既然如此，不如我出个题目您来作歌吧。”“当然可以，但只出一个难作题目，不如多出几个。”我们正说呢，皇后就把题目写下来了，信经惊讶地说：“真是叫人怕了，我想要退出了。”他借这个机会想要溜出去。“他大概知道自己笨，汉字和文章都写不好，怕招人耻笑，所以才不愿意展示的吧？”女官们都在背后笑他，真是有趣呢！

从前，信经担任禁中保管处长官，那时不知要送到什么人手中一个样图，上面写着“照这个样子制作”。这几个汉字的样子，世界上没人能比他写得更奇怪了！我就在旁边添了几个字：“要是照着这个样子做了，肯定会被当成奇怪的东西”，然后让他们将图样送到了殿上。殿上的人看了，没有一个不哈哈大笑的，估计信经已经恨我恨到家了。

淑景舍君上登华殿

淑景舍君入东宫做妃子时，对于进宫的典礼等各种事情自然都做足了排场。正月十日的时候她入了宫，从那之后一直和皇后有密切的书信来往，但两人却从来没有见过信，后来有消息说，淑景舍君正月十二日有拜访的计划。因此，下人们都细心地打扫了宫殿，每一处都用心布置好，女官们也都等候着，人人都既兴奋又紧张。拜访的时间定在半夜，没一会儿天就亮了。登华殿东厢的第二间被设为接待处。第二天早晨，木头格子窗早早地就被打开了。破晓的时候，皇上与皇后两人一起乘着车到了。皇后在殿堂的南方，屏风朝北而立，自西向东敞开，坐席上放着坐垫、火盆等等物件。在屏风的南侧，很多女官都在帐台前面侍候着。

有一次，我给皇后梳头的时候，她问过我："你见过淑景舍君吗？"

我回答她："未曾见过，只在积善寺的时候见过她的背影。"

"你在我背后，在柱子和屏风的旁边瞧上一眼吧，她长得可是很漂亮呢！"皇后说道。皇后的特许让人十分高兴，我心里也期待着这天快快到来。皇后的衣服上有明暗相间的花纹，里面是紫色的，她里面又穿了很多层衣服，都是光鲜的丝衣，就算她自己说着："红梅的衣服配着深紫色才能好看呢，我明白现在不适合穿这样的红梅衣服了，但那不适合搭配红色的青色，我就是不喜欢。"但是我现在看来，却觉得非常迷人，霓裳花容相辉映，让人心里充满好奇，很是向往。大概淑景舍君也是这样迷人吧！

皇后这时已经将膝盖从坐席上移下去了，我便跟到屏风旁边侍候着。有人在那里说："真是难看得不像样。"真是有趣呢！因为纸门大开着，所以能将里面看得一清二楚：太夫人的衣裳是白色的，下面又穿着两件红色的打衣，怕是因为皇后的女儿在场，她才穿成像女官一样的衣服吧。太夫人身上搭着衣裳，在最里面的地方，面朝东规矩地坐着。从我所在的位置看过去，就只能看得见衣服了。淑景舍君在稍稍偏北的地方面朝南坐着。她身上的红梅衣裳有深浅不一的花纹，外衣是褐色的，还稍稍透着一些红，最外面的青色袍子上花纹鲜艳，显得十分有青春气息。她的脸虽用扇子遮着，但也能看出来她长得非常漂亮。主公穿的上衣是浅紫色的，下身穿着一条青色裤子，里面打底的衣裳有好几件，是红色的。衣服上的纽扣扣得十分整齐。他面朝这边坐着，背靠在房间里的柱子上。他看着自己的两个女儿和平日一样说笑打闹，眼中充满了笑意。淑景舍君看起来很可人，她规矩地坐着的样子就像是画里的人儿；皇后看起来别有一番风情，成熟且雍容大度。红色的衣服衬出了她的美丽，真叫人无法形容，那美丽是没人能够比得上的。

早晨用来洗漱的水被端上来了。淑景舍那边有两个女童和四个女官侍候着，这些人是从宣耀和贞观二殿奉旨过来的。唐式的走廊上只有六个女官侍候着。因为地方狭小，护送淑景舍过来之后，一半的女官先返回去了。两个女童穿的是白色的衣裳，内衣是紫色的；下面穿着青色与深红色的裙子，裙摆拖在后面。女官将洗漱用水递上来，女童又接过来递给女主人，看上去很有条理。帘子下透出一些和女官的礼服相同的衣料，原来那是相伊马头的女儿少将君和北野三品的女儿宰君的衣服，她们在靠近走廊的地方候着。我正看得出神，皇后洗漱用的水就由当职的采女呈上来了。她们身穿长裙，裙摆被染成了深蓝色。她们身上还穿着女官的礼服，带着裙带和围巾，脸上铺了一层白粉。只见她们从女官手中接过洗漱用具，这景象不仅透着宫廷的风格，还有唐朝味道，真是有趣。

到了用早膳的时候，负责梳头发的女官走上来，为女藏人和女官梳起了头发，她们一会儿是要伺候皇后她们用膳的，屏风也因为皇后要用膳而被撤到了一旁。我本是躲在后边偷看的，这下好像脱下了能让自己隐身的衣裳一样，还有些不甘心呢！没法子，我只能躲在帘子和帐子之间，在柱子旁接着偷偷地瞧。我自己没注意到，自己的裙摆、衣裳还有礼服都露到帘子外面去了，主公看见了就问："那里是什么人，就是隔着帐子偷看这里的那人？"皇后回答："大概是因为好奇而藏在那里的少纳言。""哎呀，这可真叫人不好意思了，我们认识很久了，这有两个丑女儿，让她见笑了。"说话的时候满脸却是得意洋洋！

淑景舍君那边儿也有人呈上了食物，关白公道：“这可真让人羡慕，诸位都能吃到早餐了。大家吃得快些吧，好给老头老太太赏赐些吃剩下的食物。”他们一天到晚就这样开着玩笑。期间有三位大臣觐见，分别是大纳言、三品中将和松君。主公迫不及待地将松君抱坐在自己的腿上。松君看起来顺从又机灵，身上穿着一层层的礼服，走廊有点儿窄，他的礼服铺了一地。大纳言气质非凡，很是好看。三品中将满是一副沉稳的模样，两个人都出众得很。不用说主公了，太夫人也有着叫人羡慕的福气。主公虽然说了拿座席叫座的话，但大纳言却说：“还得去趟衙门里。”然后便匆匆地离开了。

这时候，有式部丞的人奉了皇上的命令来拜见。皇上就命人在用膳殿上的北边放上坐席，请他坐下。皇后今天倒是早早地就写好了信，派人送出去了。她刚才的坐垫还没来得及收拾，又有周赖少将来了，他是作为皇后的使者来拜见淑景舍君的。那边的走廊狭窄，因此他呈上皇后的书信后，就在这边的走廊就座。淑景舍君先看了书信，然后将信按照主公、太夫人的顺序传阅。主公催着，叫快点儿写回信给人家。但淑景舍君却没有做出马上要回信之态，主公就又调笑着说：“是不是有人看着，所以不回信啊？不是这样的话早就回信了吧？”淑景舍因为父亲这样说而脸庞红了，不过脸上还带着点儿微笑，样子十分可人。“快写吧！”母亲也催促道。见父母这样催着，淑景舍就到里面去写回信了。于是太夫人就凑到她身旁帮着写，这让她更加害羞。

皇后将青绿色的外衣和裤子作为赏物赐给使者。三品中将将这些挂在使者的脖子上，赏赐多到使者好像都要挂不住了一样。松君不知道在说什么，非常开心，大家也都乐着，全在倾听着。主公就说："就算对人家说这是皇后的儿子，也不会有面子吧？"说到这里，怎么皇后还没一点儿动静呢？

到了未时，有人喊着"铺筵道"。还没等上片刻，就听见衣裳窸窸窣窣的声音，皇上和皇后都到了卧房中。他们两个人直接就走进帐子里去了，女官们也都到南边的房子里避着。殿上的侍从们站满了走廊和马道。主公将殿上的司役召来，命令侍从们把饭菜和水果都呈上来，说道："大家都放开些，喝高兴了啊！"于是大家真的都喝醉了，然后和女官们调侃说笑着，好不快活！

皇上到太阳下山的时候才起床，他命大纳言将衣服拿来，穿好就去了。大纳言、山井大纳言、三品中将以及内藏头这些人陪在他身边。

皇上派来马内侍作为使臣前来下令，说今天晚上请皇后等去清凉殿。"今晚不太合适啊。"皇后回答道。主公见皇后不同意，赶紧劝解道："快点儿领旨，不然不好。"一会儿，东宫又有使者被派遣过来，大家都吵嚷着，很是热闹，来的使者有东宫的女官，也有侍从，他们都催促皇后快一些，于是皇后说："那让妹妹先回去了，我再过去。"皇后的妹妹谦让道："怎能让我先走呢？""这样比较好。"两姐妹互相让着的样子，真是有趣呢！主公说："那就让路远的人先行离开吧。"于是淑景舍君就先走了。皇后在主公将淑景舍君送回去后才去拜见皇上。大家陪着皇后去清凉殿的时候，提到主公之前讲的笑话，全都笑得前仰后合，差点儿没从吊桥上跌了下去。

作咏梅的诗

皇宫里面的梅花都凋谢了。某人送上一首咏梅之作，我就简单地回答说：“梅花已凋谢了。”碰巧北边的走廊上有很多人，都是宫殿中的。多嘴的人就将此事说了出去，却让皇上听说了。不料皇上竟赞许着说：“比起作一首并不出彩的诗来，这样的应对更好，回答得极好啊！”

对诗

二月底的时候，天空刮起了大风，天色灰暗，还下起了雪。这时候，宫殿北边有人走来，我仔细一看：是主殿的司役，他说着：“打扰啦。”我将帘子移开，他将一卷纸从帘子下面送进来，说：“宰相中将公任君有命令送来。”我看上面只写了：

今天方才感觉到啊，已有些许春意。

这句子与今天的天气状况是十分吻合的，但要怎么添上剩下的句子呢？真是让人费脑筋啊。“谁愿意添上呢？”向整个席间的人都问了一遍，有人就说：“让 ××× 来吧。”但在这么多厉害人的跟前，谁能不害羞呢？大家当然不敢随随便便添写了。我心中烦恼，想找皇后说说，谁知正赶上皇上临幸她，两人都在寝室中。这时，主殿的司役催促着说：“赶紧给个回信吧！”这叫人怎么办呢？要是拖延了时间还没对出好句子，那更是说不过去了。不想了，于是我直接提起笔就写了：

阴云密布啊，寒冷彻骨，
雪纷纷好似花飘散。

虽然写了所对的句子，但我还是有些担心。不知道对方读起来有什么想法呢？很想知道这句子在他人眼中怎样，可是又怕被人笑话，算了，还不如不说吧！俊贤中将说："快让皇上将她升为内侍吧。人人都这样说呢！"这就是我听到的全部对那句子相关的议论了，这些是我从当时任中将的右兵卫佐那里听的。

长远的事

长远的事情，就好像是千日斋戒才开始。
要织半臂衫才刚捻带子。
想要去陆奥郡旅行的人，才刚刚到达逢坂关。
刚出生的婴儿，就盼望他长大成人。
一个人开始研读《大般若经》的第一天。
为了修行去山中隐居的僧侣，刚刚开始爬山的时候。

使人怜悯的表情

能让人心生怜悯的表情，比如正不停地流鼻涕，一边擦一边说话。

还有就是拔眉毛时的眼神。

方弘

方弘真是个让人觉得好笑的男子，不晓得他的父母亲对此作何感想?

跟了他很久的侍从，常常遭人追问:“你怎么会成为他的侍从？当他的侍从是什么感觉？”不过,他的家里比起一般人家来，所穿的打底衣裳和外衣等倒是更讲究一些。

“巴不得给其他人也穿一回这些。”他竟用这种口气说话，真是奇怪。有一次，他要用宿值的衣服，便叫人回家去拿，于是命令道:“叫两个男子去取。”侍从回答:“就叫一个人回去吧。”但方弘回他:“真奇怪，两个人应该取的物件，一个人如何拿得动？你说说容量为一升的水瓶怎样装下两升水呢？”没人知道他讲的是什么，不过大家都笑得够呛。

有其他地方来的使者催促:“赶紧回话吧。”方弘回他:“真讨厌，为什么这样着急，难道是‘煮豆燃豆萁’？不知道哪个人将殿中的笔墨私藏了，招人偷的恐怕只有饭和酒吧？”大家听他这样说，又被逗笑了。

皇太后身体微恙，皇上命令方弘前来瞧瞧。有人问:“在皇后那里的人都有谁？”方弘回答说有谁谁，还列出了四五个人名。当别人再问他还有谁的时候，他竟然回答说:“还有睡着了的人。”这话引得大家捧腹。这难道不是怪异的话吗?

有一天，趁着没人，他到了我的房间，对我说:“我有点儿事情想要请教您。听人说那什么……”“什么呢？”我到了帐子旁边，问他。他竟将其他人口中的“全身都靠近了来”讲成“五体都过来了”，这话能不让人发笑吗！除目后的第二天，晚间点油灯的活儿正是方弘当值。地板上铺了十分崭新的地布，方弘穿着沾了油的袜子走在上面，结果袜子牢牢地粘在地板上了。他想要抽身，一走动，灯台便被带倒了。由于他的袜子和地板粘在一起，他一走路就像发生了地震一样，搞得屋子里面一团乱。

依照规定，藏人头吃饭的时候是不坐的，谁都没被允许坐下，方弘却拿了一碟豆子，自己藏在小屏风的后面，自己偷偷地吃着。大家将小屏风移开，让他的脸露出来，看着他滑稽的样子，众人又笑开了。

男人的心思

仔细想想，男人的心思啊，真是让人难以琢磨，这样让人捉摸不定的东西还真是世间少有呢！有好好的相貌端正的女人不要，却要娶个相貌丑陋的为妻，真是让人难以理解啊！在宫中当值，或是出身于世家的男子，能见到的漂亮女人很多，本就可以从中挑选自己的爱人。即便那女子身份高不可攀，但只要自己十分倾心，也不妨以破釜沉舟的勇气去争取一番。有些没见过世面的人，只是听说某女子有多好的名声，即便她出身普通，也想尽办法将她娶过来。但是，有些女子，即使是女人也不喜欢她，偏偏有些男子就喜欢这样的，不知道他们到底在想什么！

容貌端正，性情温柔，写得一手好字，作诗还特别有趣，这样的女子给一个男人写了一封信。可他呢，回信倒是写得像模像样的，而后却不搭理人家，惹得女子独自悲伤难过。放着这样的女人不要，却奔向别的女人的怀抱，这男人实在让人想不通。虽然这没发生在我身上，但是同样身为女人，我还是非常气愤，觉得男人此举实在让人费解。可是，那个男子自己却无所谓，一副完全不将那女子放在心上的样子。

关

最好的关就是逢坂关了，其他的像是须磨关、白川关、衣关、岫田关、铃鹿关、花关，名字也不错。戒惕关、直越关也很有意思。横走关、清见关、见日关，这些名字都是怎么起的呢？其缘由真让人好奇啊！

好好关，不知道是要人们怎样慎重考虑呢？真想一探究竟啊！无益关怎么就“无益”了呢？难道因为“无益”，让人们不要来，所以也叫勿来关吗？要是到逢坂关来相会的男女，也怀揣“无益”的念头的话，就只能和孤独寂寞相伴了。

足柄关这名字也很有意思。

林

最好的树林就是大荒木林了。信天林、思儿林、木枯林、信太林、生田林、木幡林、打木林、菊田林、岩濑林、立闻林、常磐林、宽林、神南备林、假寐林、浮田林、植月林、石田林、谁某林、夜立林，这些都不错。世立林，这个名字听上去很是怪异，根本谈不上林，它只有一棵树，怎么能称作林呢？

过淀渡

四月末去长谷寺参拜。淀渡是十分出名的，去长谷寺的路上要渡过那里，由船将车载过去。我看见菖蒲和菰蒲草在水面上露出了一点儿尖，就叫人摘了些。看到它们真是让人有些出乎意料，长得真是长呢！我们还看见很多船来来回回，船上满载着菰蒲草，别有一番滋味。我不禁想起了《高濑的淀渡》，大概这诗中描写的就是此番情景吧？五月三日回来的时候，下起了小雨。我看见有人在摘菖蒲，头上戴着小号的斗笠，一些男人挽起裤腿露出脚踝，同行的还有一些小孩子。这场面和我曾经在屏风上看见的画的一些情景十分相似。

温泉

最好的温泉就是七栗泉。此外还有马泉、玉造泉。

听起来怪异的声音

元旦时车子的响声听起来很奇怪。其他的怪音还有元旦时的鸡叫声，人们清晨咳嗽的声音，更不用说清晨响起的乐曲声了。

比画上看起来要好的事物

看起来比画上还要好的事物，像是石竹花、樱花、棣棠花，这些都是实际上看起来比画上更好的，还有物语里极力描述的容貌出众的男女。

画出来看着更好的东西

实际上看起来不如画上的，像是松树、秋天的原野、山居、山路、鹤、鹿。

冬

冬天，最大的特点就是出奇的冷。

夏

夏天，以热到无以类比为最好。

让人感动的事

像守孝的孩子、鹿的啼叫这样的事，都是令人感动的事。

年轻的男子，有着尊贵的身份，追求精进，拂晓时分就开始朝拜，他们恭敬地坐着，与家人别离的场景也是让人十分感动的。想来，和他平日感情颇深的妻子也一定醒着，认真地竖耳听着动静吧？她一直担心自己的相公去朝拜时，路上是否会平安无事。要是能顺顺利利朝拜完回家，那就真的是很幸运的事情了。

我知道那顶灰色的帽子是不好看的，本来是很有身份的人，都刻意将自己打扮得穷酸了。不过右卫门佐宣孝却对此说："穿得如同平常就行了，没必要这样子。菩萨又不会命令人们一定要衣衫褴褛地来朝拜。"于是，三月末的时候，他身穿白色的上衣和深紫色的裤子，还穿着外套，外套是外面绿里面黄那种，颜色很鲜艳。他的儿子主殿亮隆光身上穿着青色的袄和红色的外套，他裤子面料上的花纹很是讲究。父子俩一起前去朝拜，去朝拜的和朝拜回来的人看到他们都很吃惊，大家感叹着说："这条路上从古到今都没见过穿成这样的！"四月末的时候，父子两人一起从山上走下来。六月十几号的时候，筑前守去世了，空出来的职位由宣孝担任，大家就评价说："看看，和咱们说的一样吧！"这和让人感动的事情没有什么关系，就是写到去御岳朝拜的事，顺便记下来罢了。

九月底十月初的时候，便能隐隐约约听见蟋蟀的叫声了，母鸡也在此时开始孵鸡蛋了。到了深秋的时候，庭院里杂草上的露水在阳光下五光十色的，像玉光一样。水里头的竹子被风吹着，我一直醒着，无论白天还是黑夜，都能听到那声音，特别是晚上的时候。有的人偏要挑拨那相互爱慕的年轻恋人的关系，想让他们不得满足心愿。山中已经有雪了。样貌清秀的男女在吊丧时身穿黑色衣服。

每月的二十六日、二十七日，人们聊了一整夜后，到了破晓时分，会发现外面的天上还隐隐约约挂着月亮。秋天的原野别有一番情调。僧人年事已高，还刻苦修道。蔓草丛生的废弃屋子中还有蓬草茁壮地生长，月亮的光照在上面，柔和的风也吹着它。

于正月借宿寺庙

正月，住在寺庙中，天空中飘着雪花，格外地冷。天气非常寒冷的时候会更有趣。如果天空中有将要下雨的迹象，那就没趣了。

有一次，我去到初濑的寺庙朝拜，等到收拾完礼堂的空当儿，将车子停在栈桥边，看见有年轻僧人穿着只系着衣带的衣服，他们脚踩高底木屐，过桥的时候脸上没有一丝畏惧的神情。他们还随口念着某段经书，要么就念着《俱舍颂》中的某节。这样的地方和这样的情景很是相称，真是有趣呢。到了我们过桥的时候，大家都觉得很危险，就都靠在边儿上抓着栏杆，再想起人家走的时候，就像是走在普通的过道上一样，可真是有趣。僧人来请我们，说："礼堂收拾好了。"还拿来了一些鞋子，叫我们下车。

有的人提起了裙裾，还有的人穿着很正经，又是长裤又是唐衣的，十分复杂。大家穿着黑面的男士鞋，像是在宫里走似的在走廊上踱步，也是很有趣呢。跟在后面的是个年轻男子，他既是主人也是客人，总是时不时地提醒大家："这里有个坑""那里有个坎"。不知道是谁，忽而走到女主人旁边去，忽而又走到人群前头。主人家的人便提醒道："这里有不少有身份的人在，该等等，不要走得这么近。"那人说道："遵命。"随即便退到了后面。但是也有不管不顾的人，一门心思想着："我要比其他人都先到达佛堂中。"所以即使是到了佛堂里，也有很多人已经坐好了，我要穿过他们才能到前面去，真是恼人。不过隔着栅栏望向佛堂中的时候，我的心中还是有所触动，忍不住地想："怎么能有好几个月都没来朝拜呢？"心中的敬仰之情也油然而起了。

佛像前供着的灯和普通的灯不一样，里面不知道还有什么人供着，把灯点得十分明亮。佛像被灯光照得透亮，让人不由自主地敬畏起来。坐在礼堂中请愿的僧侣，每人手中都拿着前来朝拜的人写的愿望书。大堂里面到处是请愿的声音，根本不能一一分辨出来。他们都尽力地大声朗诵着，还能模模糊糊地听见："献上千盏明灯，为了某某的愿望请求……"我将带子系在胸前，正准备参拜，有个僧人过来说："把这个呈上去。"说完，他递过来一个茴香味的木枝子，摆出的姿势看起来十分正式。

栏杆那边来了其他的僧人，问："要请求的愿望已经朗诵过了，不知道你们在寺庙中住几天呢？"接着说："某某现在还住在寺中呢！"他们一边说着，一边将火盆拿了过来，还拿来一些水果和盛满水的瓢以及没有手柄的木桶，都是借给我用的。"跟随的侍从们休息的地方在那边的僧房。"侍从们听僧人这么说，就跟着到僧房去了。

只要是听见诵经时敲钟的声音，我总会想着：那是不是为我而敲响的呢？这样一想，我的心中也就多了很多安慰。在旁边的房屋里，有一位有身份的男子，他庄重地顶礼叩拜着，举手投足间都透着韵味。我为他不休止的叩拜行为而感动，每当他停止叩拜，开始朗读经书的时候，就会透出另一种庄严的感觉。这边，房间里的我很想听他大声朗诵经文，谁知我听见的声响，竟是擤鼻涕的声音。虽然是对方很小心弄的小动静，但听着还是叫人心中不舒服。我多想知道他心里的愿望到底是什么，然后帮他实现啊！

在寺庙中住得久了，总觉得在白天里一般就闲着了。男侍从和男童全都去了下面的僧房，我正一个人无趣地待在礼堂，突然听见响亮的号声，吓了一跳，是有人吹起了法号！一位男子让侍从捧着一卷整整齐齐地放好的愿望书，上面又摆上衣物等诵经时用的物件。他大声地叫着僧童，声音听起来响亮极了。突然又听见响亮的声音，是诵经的钟声，我正想着是谁在诵经，就听见僧人把那位高贵的人的姓名诵读出来。紧接着他们开始祈祷，祝愿生产顺利。我心中也开始担忧：不知道是不是能顺利地生产？这些人简直想要为世世代代都祈祷一遍。平日里，像这样的各种吵闹声很常见。正月的时候比这时还要嘈杂得多，前来朝拜的人络绎不绝。时间都用来看这些人了，哪有工夫修行呢？

天快黑时要是有人来了，多半是要住下的。那些人的屏风大得好像搬不动，不过小僧人们抬着它倒是走得很稳，他们放好坐席，没一会儿工夫，就又出现在住宿者的房间，给留宿的人整整齐齐地挂上帘子，然后一个个安排进去。小僧人们熟练地行动着，十分干净利落。不一会儿，窸窸窣窣的衣服声响起——有很多人来了。这之中大概有女人在对将要回去的人说话，声音温柔动听："这样的是要注意的，还要小心火。"还能听见小孩子可爱的声音，大约七八岁的样子，一直叫着侍从，像是有什么事情要吩咐他们。一个三岁左右的孩子大概是受了惊吓，睡得迷迷糊糊的，那不停咳嗽的声音听着也很可爱。还有个小孩一直吵闹，叫着奶娘的名字，说要找妈妈，让人好想知道那孩子的妈妈是哪一位呢。

整整一个晚上，僧人们大声朗读经书的声音一直在我耳边响着，叫人睡不着。到了后半夜，诵读结束了，我刚刚有些睡意，却又有人诵读起经文来了，读的是和这寺庙中的佛相关的篇章。我仔细听着这声音，忽然有些感动。并不是说诵读声有多么庄严，而是那诵经的人可能是个夜巡的僧人，正披着件单衣在诵读呢！

也有晚上不住宿的人。白天时，有身份的男子身穿灰色的裤子，那裤子是用锦缎做的，还穿着白色的衣裳，他穿了好几件，还带着一个年轻的男孩子——看上去像是他儿子，衣服也很漂亮。此外还有很多侍从跟随着的衣着华美的少年，很是有趣呢。他们将屏风展开一些就开始叩拜了。

我对陌生的脸孔最是好奇，想知道他们都是谁。看见熟悉的脸孔我心里就想：这可能是某某。这么看人也挺有意思。女子住宿的房间外，总有男子在那里徘徊，至于佛祖那边，他们连一眼都没看。他们看着不像是普通的人，总是和寺中的司役嘀嘀咕咕地小声说些什么，说完就走了。

二月底三月初是住在寺中最好的时候，这时候樱花都开了。有几个样貌清秀的男子——应该是有身份的人，专门打扮成普通人的样子出来游玩。他们身穿红色的棉袄，内里是白色的，还有青色的，裤脚扎起来，透着贵气。侍从们也穿着和他们相称的衣服，每人手中都有装食物的袋子，式样很讲究。侍童们的穿着也很讲究：衣裳是红色的，紫色里子，要么就穿着好看的青色外套。他们底下穿着裙裤，上面有各色的花纹。他们身边跟着的男子，看样子是侍从吧，手中拿着一束樱花枝子站在礼堂前，还敲打着金鼓，真是有趣极了。我从住宿的这间屋子望出去，看见某人正好我认得，心里不情愿他就这样走过去了，一直在想着，怎样才能让他知道我也在这里呢？有这样的想法，怕是很奇怪吧？

像上面说的那样，到寺中借宿也好，到某个不熟悉的地方去也好，要是跟着的人只有自己的侍从们，就会很无趣。要是想聊天，就得和同自己身份地位差不多又志趣相投的朋友一起去，有一两个就好，多了当然更好。虽然身边的侍从里也有伶牙俐齿的，但我总觉得太过熟悉了。如此看来，男人们差不多也都是这样想的吧，不然他们怎么会特意叫上朋友一起呢？

闲言碎语

听到有人说闲言碎语，就在一边气呼呼的，实在是不应该。谁还能做到完全不对别人说长道短呢？其实，有些话是必须要说的，不过让人们将自己的事抛到一边，在那边说别人的闲话，也是不符合人的本性的。而且在背后对人家的事评头品足，让当事人给听了去，说不定还会招来怨恨。可见，总说别人的闲话可不是好事儿。如果是平日里比较关切的人的事情，跟别人谈论会觉得对不住他，于是就什么也不说。要不然，干脆就大家一起说道说道，然后笑笑，让它过去吧！

看着寒酸的事

看着寒酸的事情，比如在六七月的正午，骨瘦如柴的黄牛拉着破破烂烂的车子，只能缓慢地前行；还有在不下雨的时候搭起雨篷的车子，在雨天的时候又把篷子撤掉；不管天气是寒冷还是炎热，上了年纪的老乞丐总是让人觉得很可怜；穿着破破烂烂衣服的穷苦女子，背上还背着孩子；木板搭成的小屋，又黑又破，在大雨中被淋透了，脏兮兮的；雨天里给人牵马的人，夏天还好些，到了冬天的时候，恐怕上衣和裤子都粘在一起了。

看了觉得热的事

有些事情让人看着就觉得热，比方说侍卫长身上穿的狩衣，由许许多多小碎布缝在一起的袈裟，还有参加宫廷仪式的少将的服装。一个肥胖而且头发还特别多的人也让人觉得热。到了六七月，正是做祈祷的时候，在大中午做祈祷的阿阇梨。

让人不好意思的事

让人不好意思的事情，比如男人们的心思，还有遇到在夜里做祈祷的易醒的僧人。小偷悄悄地进入屋内，谁也不知道他会躲在哪里偷看。应该也有趁着夜色，将他人的物件据为己有的人，小偷知道了这样的行为定会发笑，这本就相当于偷盗了。

遇到夜间做祈祷的僧人确实让人不好意思了。那些年纪尚小的女官们聚在一起，免不了要说长道短地议论一番嘲笑人的、抱怨人的话，没想到全被一边的僧人听见了，这确实是让人不好意思啊。“烦死了，真的太吵了！”皇后跟前的女官很气愤地阻止她们，但大家还是没完没了地说着。说完之后，她们都自顾自地睡觉去了。也不知道僧人心中会怎么想那些女官，真的让人很不好意思！

男人的薄情

男人们看见某女人的时候，心中就想着：“真遗憾，不是我喜欢的那一类。”可是他们当着女人的面却又说着甜言蜜语，让女孩子上当受骗，真叫人难以忍受！而且那些风流的花花公子们——好色的家伙，更不会在女人面前露了馅，暴露自己的本质。这还不是全部，他们常常在女孩子之间将对方说的坏话传来传去。女人却总像立场不坚定的傻瓜，还自以为是地想着：“他最爱的人一定是我，不然也不会这样说其他的女孩子啊！”普通的男人都是这样，就算碰见了对我很好的男子，我也会想：无论他怎样做都不过是个花心肠的。于是也就不怎么有兴趣了。

对于那些身处困境、叫人怜悯的女孩子，男人们常常没有同情心，一点儿也不将她们放在心上。他们这都是怎样的心思？真让人理解不了！他们总是喜欢说其他男人，伶牙俐齿地批评人家的作为。没有什么依靠的女官们，总是会被他们哄了去，一旦出事，他们就赶紧自己摆脱干净。

不成体统之事

不像话的事情有很多，比如潮水退去后在沙滩上搁浅了的船只。

短头发的女人把假发取下来，梳自己头发的样子。

大风把树吹得横倒在地上，树根都被拔到地面上的样子。

相扑选手比赛输了的样子。

没有高贵身份也没有什么本事的人，却在那里训斥侍从的样子。

不戴帽子，露出了发髻的老者。

妻子为了一点儿小事，就从家中跑出来，还以为丈夫一定会慌张地到处找自己。谁知道对方什么动静也没有，一点儿也不像想要寻找她的样子。她无处可去，只能自己回家。

学狮子和狗跳舞的人，到了兴高采烈的时候自顾自地跳舞，脚下发出的声音。

祷告

作祷告的时候，朗诵佛眼真言是最高贵的，也最优雅。

叫人窘迫的事

叫人窘迫的事，比如有的人明明在喊别人，却以为喊的是自己，更为窘迫的就是这种情况发生在受赏的时候。

说别人闲话的时候还讲了人家坏话，结果被小孩子听见后全都告诉给当事人了。

有人在讲述悲伤的事情时，一直流着眼泪，听者虽然心中也为他难过，但不知怎么的，就是没法儿哭出来，只好装出流下眼泪的样子，和平时哭的样子一点儿也不同；但是当他听见有高兴的事情时，反而控制不住自己一直掉眼泪。

皇上到石清水八幡神社去朝拜，回来的途中经过皇太后的住宅，于是下马车向母亲行礼，这真是让人感动的事。皇上是九五至尊，面对自己母亲时还能如此尊重，自然是让人感动的，因为这是无上的荣耀啊！可皇上竟然将脸上的妆都哭花了，这当然让人窘迫了！当时，宣读皇上谕旨的使者是宰相中将藤原齐信。他要去太后住的地方拜见，看起来真是威风凛凛。只有四个侍从贴身跟着他，每个人都衣着华美。还有几个马夫，每一个都有一副好身材，脸上还铺着白粉。大街上被打扫得十分干净，他们就在上面快步奔走。距太后寝殿还有些距离的时候，他们下了马，站在帘子的旁边。看起来真是好极了。他们听过太后下的懿旨，马上到皇上那边去回奏，这样子看起来更加威风了。想想当时，皇太后的心应该高兴得快要跳起来了吧？我每每在这样的场合都很感动，眼泪都掉得止不住，同行的伙伴常常因此嘲笑我。普通人家的孩子有了出息，家长都会很高兴，更何况是皇太后的孩子呢！不知道我这样想，会不会有不敬的地方。

关白公

听说关白公要从清凉殿北边走廊的西门出去，女官们便到了走廊上，密密麻麻地站好，准备侍候。“这些女官们模样真好，不过你们见着我这个老头子，心中也一定嘲笑吧？”他一边这样说，一边信步从里面走出来。在那门口站着的女官，袖子上都有好看的花纹，这时她们都露出了袖子，将帘子一下子卷起来：只见关白公的鞋子被权中纳言拿着，他正侍候着关白公穿鞋呢。权中纳言的样貌端庄清秀，还有些威风。整间屋子因为他长长的衣摆而显得很狭小。“真了不得呀，大纳言是多么尊贵的人物，竟然为他取鞋！”这情景让大家都吃了一惊。山井大纳言紧跟在后面，他身后一个接一个地跟着人，这些人身上都披着黑色的袍子。他们从藤壶的墙边开始排列，一直到了登华殿前面。关白公从容地走到了大家面前。他刚整理了一下腰间带着的佩刀，中宫大夫就来到了登华殿的门口。我正想着中宫大夫见了关白公一定不会跪下，谁知道关白公刚走了一两步，中宫大夫马上就跪下了。关白公前世到底积了怎样的德，今生才能换来此等的回报？我看见这光景，当时就感动了。

这天，女官中纳言君恰好斋戒，只见她很庄重地诵读着经书，别的女官就围过来，开玩笑地说：“稍稍借我用一下念珠吧，我也要修行，为了来生能成为厉害的人物，就像关白公一样！”先不讲这话是不是真的开玩笑，总之关白公很是让人羡慕啊！皇后听见这话，就笑道：“要是能成佛，难道不比修行成为关白公强很多？”皇后说话时的样子真是美丽迷人啊！我将方才中宫大夫向关白公下跪的事情告诉了皇后，并总是一遍又一遍地提着，皇后就笑话我，说：“你讲话总是向着他的。”不过我想，假使皇后亲眼见了发生的事，一定会同意我所说的话吧。

九月时分

九月的某天，整夜都在下雨。清晨，雨停了，天气格外清爽，院子里的菊花上挂着露珠，仿佛就要滴落下来，样子十分好看。篱笆破掉了一部分，上面的花纹也有些磨损。在芒草上结的蜘蛛网也破掉了，弄得到处都是，蜘蛛网上还残留着一串串的雨滴，样子十分可人，别有一番情趣。太阳刚升起来的时候，胡枝子好像还被露水重重地压着。没人动它，露水一散去，它就自动地向上弹跳了去，真是有趣极了。我觉得这是有趣的事，可能在其他人看来却很无聊。

无耳草

本该在正月初七采的青草，有些人在初六就给采来了。他们把草铺了一地，还吵吵嚷嚷的。有些小孩子不认识那些草，便取了一种，问道："这草的名字是什么？""这……这是……"她们只能相互看着对方，却答不上来。只听到有人说："这草的名字，叫无耳。"我笑着说："有理有理，难怪大家一副听不见问话的样子。"还有的人采来了野菊花的新叶，样子很漂亮。

> 采呀摘啊，无耳草，
> 采了那么多有什么用？只是徒增伤感，
> 宁可像野菊啊，漂亮又讨巧！

我想这样咏一首和歌，但只怕他们听了也不解其意啊！

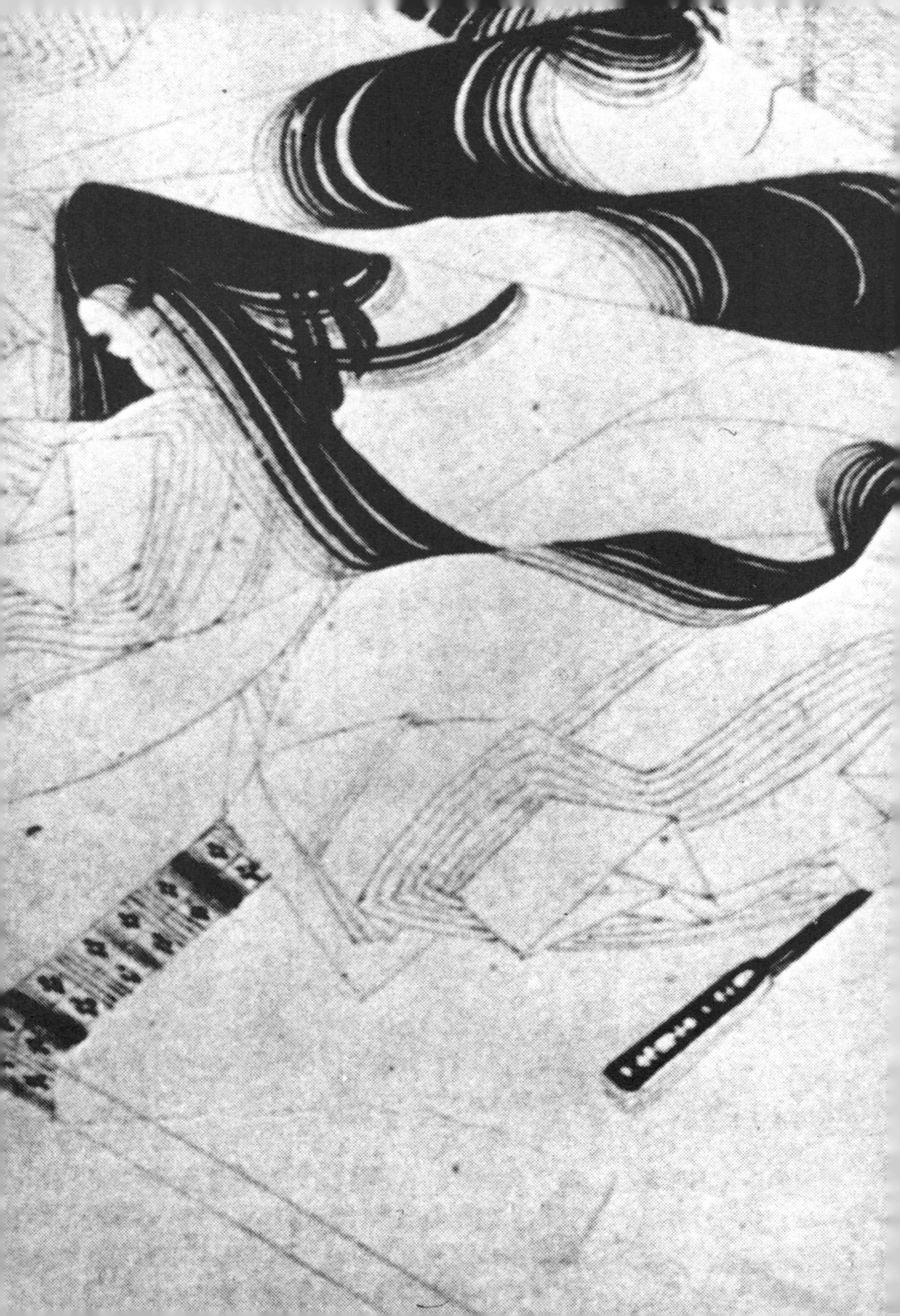

定考

二月举行定考，地点设在太政官厅。会怎样举行呢？大概就是在厅里挂上孔子像。还有一种古怪的贡品，叫作“伶俐”，要放在碗中呈上，分别给皇上和皇后。

餤饼

有一天，主殿司拿东西进来说：“从头弁那里送过来的。”那东西用白纸包着，看起来像画一样，还带着一个开满了梅花的枝子。“不知道是不是画啊。”我急忙打开看：是一种叫做餤饼的东西。上面附着像公文一样的文字：

> 献上餤饼一包，
> 按照惯例献上这样的东西。
>
> 少纳言殿下

上面还记下了日期，有“任那成行”的字样。在这字样的后面还写着：

> 小人本想亲自将东西呈上，但因我样貌丑陋，白天时不免羞愧，因此差人送上。

字写得很好看。我把上面附着的文字呈给皇后过目，她称赞道：“写得好，想法也很好啊。”皇后竟然接受了那封信。我说：

“应该怎样回给人家呢？该不该给送餤饼过来的人行赏呢？”皇后听见了，就说：“叫惟仲过来吧，都听见他的说话声了，问问他。”于是便叫人在走廊上喊道：“请左大弁晋见，有事要问他。”很快，他就穿着得体地过来了。“就是一点儿私事，没什么大不了的。想问问假设有下役之人给弁官或者少纳言送东西了，这时候要给赏赐吗？”“不用赏赐，只要请他留下用餐即可。不过怎么会问这样的问题呢？有什么人往宫中送东西了吗？”我于是说：“没有这样的事。”便把话岔开了。接着，他取来深红色的纸张，只在上面写道：“不愿意亲自把东西送过来，一定是个冷淡的人。”然后附上一枝红色的梅花枝子，便这样送了过去。没想到刚送过去那人就亲自过来了，说：“头弁来这里候着了。”我出去看他，他说：“我还以为你给我的回答，会是像答诗一样的东西。你却回答得这么机灵。只要是稍微有点儿自负的女孩子，都会作诗或者是表现出自己擅长的别的什么。不这样做的都是好交往的人。不过要是对我这样的凡夫俗子也咏诗，我也根本感觉不到那样的雅致呢！”我笑着打岔道：“你这不是和则光一个样儿了！”后来有人对我说，当着主公和很多人的面，头弁说起我们之间讲的这些话时，主公称赞了“她说得很好啊”之类的话。

我在这里记下来，显得有些吹嘘自己了。

衣裳的名称

“有新人就任六品，有人便用后宫东南墙角的木板做他用的笏板了，这是为什么呢？照这样来说，也可以用西边墙角的木板做五品用的笏板呀。”女官们全都这样讨论着，不晓得怎么会有这么多让人想不通的事情。“叫人弄不懂的，还有起了各种各样名称的衣服。将衣服做得细长其实还有些道理，叫作汗衫的衣服还不如直接叫作长衣呢！”“就和男孩子穿的一个样。”“怎么会称作唐衣呢？直接叫短衣更合适呢！”“不过，唐朝人穿的衣服，的确是这个式样。”“可以想到为什么叫作‘外衣’‘外挂’‘下衣’这样的。‘大口’也是可以的，毕竟比起它的长度来要宽得多。”“最没劲的就是叫作‘绔’的。还有不知道为什么要叫作‘指贯’的，还不如叫成是‘装腿的袋子’，反正是给腿穿的衣服嘛。”我听见她们吵吵嚷嚷地讨论着，便忍不住说道：“好吵啊！快闭上嘴去睡觉吧！”谁知道隔壁有个值夜的和尚，这会儿接话道：“这样不太好，随便讲一整晚也没关系。”和尚讲这话的语气，大约也是有些烦躁了，他吓了大家一跳，不过也是有趣的。

不可偏袒亲近的人

每月的初十这天，皇后都要为死去的先主公祈福，做供养佛经的仪式。九月初十的供养仪式是在宫内举行。当时来了很多人，有王公大臣，也有殿上人。担任讲师的人是清范，他所讲的是十分伤感的内容，听着他讲的这些，总让人感到世事无常。年纪尚轻的女官们听了，也跟着流下了眼泪。

供养仪式结束以后，在大家都喝着酒对着诗的时候，头中将齐信君突然朗诵起来：“月与秋期而身何去？”我觉得这样的句子真是妙极了，他是有怎样的慧心，才能想出这样的句子呢？

我正打算从人群中穿过到皇后身边去的时候，恰好皇后也出来了,就说:“这真是和今天的场景相匹配的好句子啊！”我说:“方才宴会很热闹，我却没空儿理会，就是想要快快来向您禀报这件事情呢，真是凑巧了。”谁知皇后听了，说：“怕是又深深打动你了吧？”

我经常被头中将召见，有时恰好碰上了，头中将就说：“看着你的样子，不像是特别讨厌我，可你却不愿意认认真真地和我深交，这一点叫我想不通啊。我们俩，算是认识很久的友人了，怎么能这么冷淡地相处呢？等到日后我不再在宫殿中当差了，也好有些有念想儿的东西啊。”我说:“想要深交，倒是不难。可要是那样的话，以后我想要称赞您的时候，就不方便了呀！对于皇上而言，我们这些女官有时就是称赞人的角色。您就在心中与我交好便可，要不然不知道惹来他人什么不好的看法呢！而且自己心里头不坦荡，也就不能什么话都说出来了。”听我这样说，头中将笑道：“为什么这样说呢？比起普通关系的人，交好的人更容易夸赞对方，不是吗？”我说：“这要不是我所厌恶的事情也就罢了，但我最厌恶的正是偏袒自己亲近的人，比如不管男女，听见他人说自己情人的坏话就会生气的人。”头中将说：“这是没什么说服力的话。”听他这样说，倒也有意思。

与头弁答诗

头弁到后宫与我聊天，聊着聊着就到了深夜。“明天就是宫殿里忌讳方位的日子了，一定要在丑时之前回到宫里去。”说完后，他就回宫了。

第二天早晨，他将藏人用来写公文的纸取了两张，在上面写道：

今天还有很多没说完的话呢！我心中很想与您彻夜长谈，可惜啊，鸡叫声一直提醒我赶快回去。

字倒是写得清秀漂亮，可是这话的内容，倒是很不符合事实，真有意思。我写了回信：

催您的，可是与孟尝君的门客相同的“鸡鸣”？

谁知他一收到就写回信：

孟尝君的“鸡”叫开了函谷关，让三千名食客得以逃脱，我这只鸡仅是叫开了逢坂关。

看见这封信后，我马上就写下了答诗：

天还没亮啊，鸡已啼鸣，
有人只学那声音好蒙骗守关之人，
逢坂关的守关啊，却没为所动。

他很快就写了答诗回来：

逢坂关啊，人人都可通过，
听说还没等到鸡鸣，

关门已开啊，人们已等着相会了。

谁知道僧都君竟然来磕头，将答诗前面的那封拿去了。后面的那一封，则被皇后笑称："对方的势头被描写逢坂关的诗压过了，都没再回一首答诗来，这样可不太好啊。"

后来，头弁说："殿上的人都看了你的信。""现在说您惦念着我，我是真的相信了。要是好诗不能被大家知道传唱，那就太可惜了，我怕写得不好，可还是让人家传了出去。"听我这样说，头弁大笑起来，说："还好，你是经过仔细思考才开口的人，说出来的话确实与众不同。原本我以为，你会像普通女子那样说出'想得不周全，写得不周到'之类的话呢！"我说："怎么能这样说呢，我感谢您都来不及啊！""要不是您把我的信藏起来，我可就要丢人了，以后，还请您多多关照。"我们这样说过话后，经房中将又对我说："你知不知道，头弁经常称赞你，前些日子我收到他的来信，还说到你呢。在别人面前称赞自己的人是惦念自己的人，这听起来叫人心中暖暖的。"看着他说话的样子，十分正式，真有趣。"这样，就算是喜上加喜的事情了，多亏了那位的称赞，现在您惦念的人里，也有了我的名字。""真奇怪，说的就像新鲜事儿似的。"中将道。

咏吴枝

五月的一天晚上，没有月亮，天空黑漆漆的。突然听见有许多人一起喊道："有没有女官啊？"皇后赶忙催大家道："快出去看看。"于是大家便奉命出去，问道："在那里大声叫喊的人是谁？”没有人回话，只听见有人轻手轻脚地掀起帘子，放了什么东西进来。仔细瞧过之后，发现竟然是吴竹的枝子。我说：“原来是‘此君邪’。”他们听见了，就说：“快把这件事情禀报给殿上吧。”这样说完，中将、新中将等六位藏人辈等全都离开了。

头弁没走，他问：“不知道他们是怎么想的，这是皇宫里的竹子，为了作诗而专门摘下来的，之后就有人提议说将它们带到后宫去，让女官们作诗。结果，你一下子就说出这是吴竹的枝子，他们却全走了！你总是说一些别人不知道的事情，真是有趣。这是跟谁学的呢？”“这枝子的名字，人家还是不晓得的，这下怕是该怪我了。”头弁听了我的话，附和着说：“是啊，一般人恐怕不知道这枝子的名称吧！”

刚才走掉的那些人，在我们聊天的时候又一起回来了，还吟咏着古诗“种而称此君”等句子。头弁问道：“殿上下的命令，你们怕是还没能完成吧，怎么就回去了呢？真奇怪。”那些人就回答说：“这样的事情，要怎么完成呢？能完成的话反倒不妥了。殿上的人，个个都在说这件事情呢，皇上听见了，也觉得很有兴趣呢。”大家一直重复地说着这件事情，头弁也和大家一起重复着，这场面很是热闹，惹得其他女官也都跑出来，想要瞧瞧这热闹的场面了。大家纷纷地找到殿上人，整晚地聊着。每个人都重复地说着同样的诗句，一直到回去的时候都没停下来。他们走到了左卫门的时候，我竟然还能听见他们议论呢！

第二天早上，正巧皇上在皇后那里，有个名叫少纳言的命妇随口说起了这件事，皇后就把我叫去，问道：“是不是有这样的事情？”“我不知道呢。也许那话本来就是随口一说，结果被大臣听去后，故意讲成了这样。”皇后听了我的解释，笑着说：

“就算是故意讲的……”不管是哪个女官，只要被殿上的人称赞了，皇后一晓得就会很开心。这场面真是有趣。

信笺

円融院去世一周年的时候，大家都脱掉了丧服，每个人心中都满怀着感伤。不论是天皇还是在院中当差的人，都想起了僧正遍昭写的“人人着花衣”。

某个大雨倾盆的日子，藤三品的殿中来了一个侍童，侍童个子很高，身上穿着像蓑虫一样的雨衣，手里还拿着一根白树枝。树枝的皮被削掉了，上面用线绑着一封信笺。侍童说：“献上此物。”接物品的女官问道：“这是哪里送来的？今明两天都是忌讳方位的日子，即使是这门也不能打开啊！”说着，就把信笺插在了柜子上。第二天清晨，藤三品将双手清洗干净，催促女官道：“可以把那封信笺拿过来了。”我依照礼仪接过了女官呈上来的信笺,信笺是用厚实的胡桃色纸做的,看起来怪怪的。当我将信笺慢慢展开的时候，像是有效仿年老法师癖好的人的笔迹逐渐映入眼帘，只见上面写道：

> 还不忍心脱下啊，丧服已皱，
> 在山中怀念故主的恩情，
> 京城之中啊，椎柴袖已经褪下！

看到信笺上写着这内容，藤三品很气恼：真是可恶极了！过分极了！是谁？难道是仁和寺的僧正吗？可是再想想，他不是会说出这样的话的人。那会是谁呢？是不是藤大纳言？以前，故院的总管就是他，可能就是他，这件事情，一定要快些禀告给皇上。不过阴阳师嘱咐过，今天是忌讳方位的日子，虽然藤三品心中十分焦虑，但还是忍着度过了这一天。第二天早晨，她写了回信，派人送到藤大纳言那里。不料她很快就收到对方的回信。

拿着这两封信，藤三品急忙去见皇后了。她启奏说："有这样的一件事情。"恰好赶上皇上移驾后宫，因此皇后只大概看了一眼："这笔迹不像是藤大纳言的，可能是大法师的。"藤三品说："那究竟是谁呢？在王公大臣和僧人中，都有谁比较多事呢？"皇上看见她那非要追究到底的样子，笑道："像是的，这信纸，似乎是见过的。"这样说着，就叫人从柜子里把另一封信拿出来了。藤三品已经忍不住了，说："到底是怎么回事？谁来告诉我啊，头都疼了！"她一边求着人，一边又许着愿，连她也被自己逗得笑起来。这时候皇上说："真的有些像。""送信笺的侍童原来在御膳房，是个打杂的。可能这点子是小卫兵想出来的。"这下连皇后都被逗笑了。藤三品将皇后的身子摇摇，一边生着气，一边笑着说："真是的，为何戏弄人家？我一点儿也没有怀疑那是经卷呢！我先洗了手，然后按着礼仪拜了下，这才打开看的。"她生气之中还带着自得的样子，真有意思。

此后，御膳房的人也因为这事笑了一会儿。藤三品回家后召来送信的侍童，让收了信笺的女官来看看，说道："就是这人。"然后问那侍童："这信是谁写了叫你拿来的？"但侍童只是笑，并不说话，一溜烟儿地跑掉了。后来，藤大纳言知道这件事后，也大笑不止。

无聊事

无聊的事情有很多，比方说在平日里住惯的地方，却因为有忌讳的事情，要搬到别的地方去。再比方说一直不能停下的双六游戏。到了除目这一天，有的人家还是没能得到官位，要是再赶上下雨，就更加觉得无聊了。

可以打发无聊的事情

可以打发无聊的事情，比方说，读像物语那样的书，也可以下棋，或者做双六游戏。

大约三四岁的孩子，正是学说话的年纪，看他们嘴里呜呜哇哇地说着什么也能解闷。

或者是看小孩子玩过家家的游戏，一个人在那里自言自语。

可以坐下品尝水果。

也可以观看年轻的男子说笑。

要是碰上了能言善辩的人，就算是赶上忌讳的日子，也要将对方请到家中去。

无可救药的事情

无药可救的人，正如样貌丑陋，还有一副坏脾气的家伙。

饭糊在锅里坏掉了。这一项是大家都很厌恶的，不过已经写出来，也就不再改了吧。

还有像是谚语中说的："火化尸体后，门前有一堆火。"这些事情是世上常有的，人人都晓得。所以其他人也就不会想看我写的吧。

我写《枕草子》，也没有抱着要让他人来看的想法，因此，我只想着把自己想到的事情，全都写下来，不管是猎奇的还是让人厌恶的。

神乐

世上最为奇妙的事情，大概就是临时祭御前的仪式了吧。还有更奇妙的事情，像是事先演练要在天皇面前演奏的乐曲。春天的时候，天气晴朗，管理打扫之事的司役在清凉殿前面的院子中，把要用的坐席面朝北摆好，表演者面对着皇上。但这样的事情，我不一定记得准确。

每个人的面前都有一个吃饭时要用的小桌子，由藏人所的人摆放好。到了这天，即使是跟随舞者的侍从们，也可以在皇上面前进出。殿上的人开始挨个儿敬酒，等到将青螺杯中的酒也喝完以后，就要离开坐席。这时候，有的人很快用手将盘中剩下的食物取来吃掉。就算是下役的男人干了这样的事情，都叫人十分厌恶，更不用说当着皇上的面这样做，更何况还是女人！本来以为没有人的，谁知道突然从厨房里蹦出个人来。这让贪心的人反而比那些很快取了些食物的人拿得少了。那些人想的还真美，把厨房也当成了贮藏室。坐席由负责清扫的司役们收拾妥当，庭院里面有些碎石子，主殿的司役每人手里都拿着一把扫帚，将石子清扫了去。在承香殿的前面，跟随舞者的侍从们一边打着节拍一边吹着笛子，正在表演。大家很心急地催着:“快点出来啊！”这时,清凉殿吴竹台的篱笆下,唱着《有度浜》的舞者从里面走出来。听他们演奏的琴声，实在是十分动人心弦。跳第一支舞的时候，两个舞者跑了出来，然后面朝西边站着，他们的袖口处挽得十分整齐。接着，所有的舞者依次出场了，他们随节拍踩着脚步，还整理着半袖的带子、衣领和帽子。他们唱的是《小松》之类的曲子，舞动的样子真是没有一点儿瑕疵。在我眼里，那种叫“大轮”的舞蹈，可真是热闹，就算一直不停地看，恐怕也不会觉得厌烦吧！可惜的是，一场表演结束后，人们心中还有期待，认为还会有下一场。一会儿，舞者们又用拨子开始弹奏琴弦，这一次跳的时候，直接从吴竹台的后面出场。他们将袍子顺着右边的肩膀脱下，那姿态十分优雅。下身穿的是丝织的裙子，十分靓丽。因为跳舞的原因,衣裳的下摆一会儿晃着到了这边,一会儿又晃到那边。呀，不可以再写了，否则就显得俗气了。

虽然我心中十分不舍，但这一次表演是真的结束了。王公大臣们也跟随他们一起退出去了，这情景让人有点儿落寞。到了贺茂临时祭，又有神乐返回皇宫，这倒是让人心中感到安慰了。庭院中生着火，有烟慢慢地升起来了，这时候，神乐的笛子吹响了，笛声嘹亮，音律绵细，音色动人。此时正好是一天中最寒冷的时光，就算身上穿着一件丝织的外衣，还是觉得有些凉。而拿着扇子的手，也早就被冻得没有了一点儿知觉。领队的舞者——喊叫愉快的才男过来，大家一起朝着他跑去，看着这样的场景，也能猜出他们心中是充满乐趣的。

要是正好赶上我不当差，在家待着的时候，就只能看见门外的队伍了。这是不能满足我的，因此我常常往神社中跑，去那里凑热闹。我把牛车停到了大树底下，远远看见用松树枝子做的火把十分明亮，还冒着烟。这时候看舞者们半袖的带子和鲜艳的衣裳，反而比白天更清楚了。只见他们踩着桥板，合着拍子唱歌跳舞，这样子很有意思，再加上桥下的流水潺潺作响，像是和笛声一起合奏，这样的情景，就算神明看了也一定会十分开心吧！有一位舞者，名字叫良少将，他每年都担任舞者，真让人钦佩啊！听说他死后，灵魂就留在了这贺茂神社的一之桥下。听了这样的说法，总让人觉得有些怕怕的，因此我就下定了决心，不要老想着这件事。这场祭祀华丽奇妙，让人十分难忘。

女官们都说着："等到八幡神社的临时祭也结束以后，才就真的无聊了。回到皇宫以后，怎么就没有舞蹈可看了呢？有的话得多热闹啊，看着那些舞者一个个领取俸禄，心中就一阵失落。"皇上听见她们这样说，就下旨："将他们再叫来吧！"大伙儿都到了皇后身边，高兴地叫道："要真是这样就太好了！"她们齐声说道："叫他们再跳舞吧。"果不其然，有人返回宫中跳舞了，真是叫人开心啊！有些舞者原本已经放松了精神，一听见这话，都吃惊地说："不会有这种事情吧？"知道是皇上亲自下的旨，大家全都慌了神，大脑像是被什么东西搅乱了一样，不知如何是好。那些早就退回自己住处的女官们也慌慌张张地回到清凉殿上来，这场景真好笑……她们顾不上是不是有别的侍从看见，或者会不会有殿上的人瞧见，都急急忙忙地将衣服重新拉下来，怪不得大家都被逗得哈哈大笑。

独自住在乡下

定子皇后的父亲去世之后，又发生了很多事情。皇后现在不在宫里，暂时移居小二条。因为身边总是有很多烦心的事情发生，我就请了长假，到乡下居住去了。但我也不会在这里住很长时间，毕竟皇后身边的事情，我总是放心不下。

有一天，右中将过来探望我，说："今天我去拜见皇后了，那场景，真让人觉得冷清！女官们穿着迎合季节的唐衣和裙子，从这衣裳可以见得，大家还是很用心的，都规规矩矩地服侍着呢。帘子的边儿上有条小缝隙，我就从那里往里头瞧着，看见七八个穿着黄色唐衣的人排成一排坐着。他们衣裳的里子是褐色的，里子外面还穿着紫色的衣裳，还有的人穿着面子是红色、里子是青色的衣裳，穿得都很漂亮。皇后面前的草长得很旺盛，已经很高了，我看见就说：'长得真高啊，怎么没叫人锄锄草呢？'谁知宰相君却开口道：'为了沾上露水特意留下的，皇后娘娘好观赏。'真有趣。女官们又说道：'那人也真忍心，就那样住到乡下去了。皇后娘娘心里还想着，不管发生什么都会和自己一起过来住的。'她们这样说，应该是想着我会把话带给你，要不然你就回去一次，宫里头还是有好看的景致的，露台前面栽种了一些牡丹花，看起来有些唐朝风韵。""她们不待见我，我也就不想回去了。"他听了我的话，笑着劝我说："这样的事情，不用太上心的。"

事实上，我并没有揣度皇后怎样看我，就是那些跟在皇后身边的女官，总是悄悄地说闲话："左大臣的手下和那人很是亲近呢！"我要到宫中去时，大家一看我从住的地方出来，就赶紧闭上嘴，像是把我孤立了。我从没碰见过这样的事情，心中实在生气，因此就算皇后下了诏也没回去，一直拖延到现在。但是皇后身边的人，仿佛将我看成是死对头一样地胡说一气，还胡乱编造出来许多根本没有的事情。日子就这么不同以往地一天天过去了，一直没有皇后的消息传来，我的心情很是低落。有一天，我正发着呆呢，宫中的侍女长送来一封信，说："皇后下令，让左京悄悄给我的。"侍女长说话的时候十分小心，不过也真是小心过头了。我看着信不像是找人代笔的，心里也有些激动。我打开信发现，信中没有写字，只有一片棣棠花的花瓣，还有一句诗：

虽然沉默不语，心中却满是想念。

这段时间以来一直没有皇后的消息，此时看见这句诗，我的心结一下子就打开了，不禁感动得涌出眼泪来。侍女长看我这样子，就说："有什么事情的时候，皇后娘娘总是想着您。大家也总是说：'她怎么请这么久的假，真是怪异啊。'您为什么还不回宫呢？"接着说："我要去别处了，以后再来。"本来她一走我就想要写回信的，但奇怪的是，刚才那信上写的什么，我一下子竟就不记得了。我自顾自地念叨着："太奇怪了！这是无人不知的有名诗句啊，却写不出来！"坐在我跟前的女童听见了，就说："是'下行之逝水'。"唉，不知怎么的我给忘了，竟然还得让小孩子提醒我，真是让人笑话了。

我呈上答信后没多久就回宫了。因为不知道皇后心中怎么想，所以和以前比起来，我倒有些紧张，于是我就躲到几帐后面站着。谁知道皇后竟然调笑我："那是谁呀？新来的吗？"还说："今天的场景倒是挺合那首答诗的，一天不见到你就不安心。”我一听，发现一切还是和以前一样。见到没什么变化，我就讲了女童提醒我写答诗的事情，结果把皇后逗笑了。皇后说道：“有时候确实会有这样的情况，明明记得滚瓜烂熟的诗句却怎么也想不起来。”接着又说：“以前玩猜谜游戏的时候，有个十分懂行、对这些事情了如指掌的人说：‘请一定让我在左上方第一位的地方。’他这样说了，听的人也就满怀期待，因为他们心里想着：他一定是胸有成竹才这样讲的。大家一起讨论出题的事情，最后做决定时对他说：‘有关谜题，想请教您一下。’他说：‘包在我身上。一定要做出好的来。’等快要到了做决定的时间，大家又去催他：‘你想的什么谜题？为了防止有重复，还是说出来听听吧。’他回答道：‘要是这样，你们还不如不拜托我。’虽然大家心里担心，但因为他不愿意，大家也就顺着他的意愿了。到了猜谜游戏的那一天，男男女女在左右两边分开坐好，还有一些年轻的殿上人也一同来参加游戏。坐在最右边和最左边第一位的人是大家最期待的，左方第一位的人对此十分精通，不知道他会说出怎样的谜题呢？只要他一出声，就算问问这是什么，都会让大家紧张起来。最后他开口说道：‘天上的弓。’右边的人一听可高兴了，再看左边的人，一听他这样说全都傻了，没有一个不在心中狠狠地怨恨的。大家免不了怀疑他是想输掉，故意让着对手的吧？结果右边的第一个人觉得自己被耍了，笑着说：‘不知道是什么。’接着又不高兴地说：‘这样的谜题真难啊,我一次也没听过。’左边第一个人就说：‘我们赢了，插一根签子吧。’右边的人争执道：‘他要是不知道这种题的谜底才怪呢，怎么能插签子呢？’左边的人也吵着：‘他说了猜不出来，那就是我们赢了。’大家这样吵着，最后由主持的人进行了裁决，说是左方的人赢了，插一根签子。右方第一个人被大家伙儿埋怨了：‘谜底要是大家都知道的东西，只是因为一时间想不起来就没说还情有可原，本来就清楚的却不说出来，这是怎么回事？’没办法，那人只好赔罪，让大家原谅他。”女官们听完后，都纷纷埋怨着：“怎么能就这样输掉呢？真是的！右边的人心中一定会记恨这件事的。”我是爱忘事的人，这个故事就是说我的吧？不过，也可能只是说大家都熟悉的事情而已。

桃树枝子

正月十日那天，天气阴暗，云层看起来极厚，可日光却又十分耀眼。

普通的农民家里有荒废的田地，在高低不平的土地上新长出了一株桃树。从底部开始长出一根枝条来，枝条一边呈青绿色，另一边由于正好被日光直晒着，艳丽中还透着一些暗红色。有一个穿着破烂衣裳的男孩子正在那儿爬树，男孩瘦瘦的，头发倒是漂亮。还有一个男孩子正站在树下，他穿着短靴，衣服别在腰间，央求说：“请拿一枝好的给我吧。”此外，还有三四个小女孩，每个都长着一头好看的秀发，衣服破破烂烂的，穿着走形的裙子在那里叫着：“主上让我们来拿一些能做成卯槌的枝子，也请拿一些给我们吧。”树上的男孩刚一丢下树枝，树底下的孩子就一哄而上，争着去抢那根树枝，然后又仰头瞧着树上的孩子说：“再多丢下来些。”真有趣啊！

有一个身穿黑色裤裤的青年，也跑过来要枝子。树上的男孩说：“请等一下。”谁知道这青年在树下开始摇晃起树干来，树上的孩子吓着了，便紧紧地抱住树干，害怕地叫着，真有意思。这样的场景在梅子成熟的季节也能见到。

游戏

两个样貌俊秀的男子玩双六游戏，整个白天都过去了还不知疲倦，到了晚上，他们挑起矮灯的灯芯，将其点亮接着玩。一到对方摇骰子的时候，他们就破口大骂，原因是骰子总是不能很快到筒子里去，对方总在盘子上放置筒子之类的。总是遇上外套的衣领刷上脸的情况，于是他们一边用一只手把领子扯下去，一边用另一只手把乌帽子推到脑后。只见其中一个人瞧着对手，一副不耐烦的样子，说："再怎么对着骰子许愿也不会输的。"那样子，还真是自信！

一位有身份的人下棋，总是摆出一副不在意自己形象的样子。他把直衣带子都解开了，随意地拿起棋子放下去。而他的身份低微的对手，却面向棋盘正襟危坐，每下一子就弓一次腰，还用手扶着袖口，真有趣啊。

叫人害怕的东西

叫人害怕的东西，比如橡树的果实。大火烧过后留下的残迹。芡实。菱角。头发很多的男人，洗完头发后晾干的样子。

看起来清爽的东西

看起来清爽的东西，比如陶瓷、崭新的金属碗、用来编织坐席的蒲草；往容器中倒水时，出现的反光；唐朝样式的新柜子。

看起来肮脏的东西

看起来肮脏的东西，比如老鼠窝；

早晨起床后一直不洗手的人；

白色的痰；

鼻子上挂着鼻涕，还到处乱跑的小孩子；

装油的器皿；

小麻雀；

在天气炎热的季节一直不洗澡的人；

穿旧了的衣服看起来总是很脏的，没有花纹的纯色衣服最是这样。

看起来不堪入目的东西

看着不堪入目的东西，比如说像是丞式部的笏板。很粗的黑色头发。

用布做成的新屏风，如果用得时间久了，自然就变成了黑色，那样倒是没有什么了。但是，新做成的屏风上面总是贴满了樱花的图案，还涂上很多五彩缤纷的颜料，像是胡椒粉、朱砂之类的。

乡村里柜子的拉门，总是土里土气的，看着不堪入目。

牛车挂席的下摆。

巡捕穿的裤子。

伊豫产的帘子上面的短粗装饰。

特别胖的和尚。

正宗的出云出产的坐席。

叫人心神不宁的事情

叫人心神不宁的事情，比如赛马。

制作扎头发的纸绳子。

父母亲因为生病，样子看上去和平常不一样了。特别是在疟疾流行的时候，他们焦虑得无心思记挂别的事情。

还没学会讲话的婴儿，不吃奶也不睡觉，就一直那样哭着。

心中有喜欢的人，还未向其表明心迹，突然听见那人的讲话声，当然会心神不宁。有时听其他人谈起他，也会忍不住心跳。

有个很讨厌的人来找自己，也会让人心神不宁。

昨天晚上约好要见的男子，到了今天早晨还没有消息，别人旁听了这事都会担心。还有，突然间收到情书，也会让人心神不宁的。

看起来可爱的东西

看起来可爱的东西，比如画在瓜果上的小孩子的脸。

要是有人学着老鼠吱吱地叫，小麻雀听见了，就会一蹦一蹦地过来。

若是用绳子绑住小麻雀的腿，大麻雀就会飞来，用叼在嘴里的虫子喂它。看见这样的情景，人们心中会感到温暖。

两岁的小孩子往大人这边爬过来，在路上看见了好玩的小虫子，就赶快用小手抓起来，急匆匆地想要给大人看，真是可爱啊！

剪着娃娃头的小女孩被刘海遮住了眼睛，她不用手弄刘海，反而把头歪着看东西，那样子确实是非常可爱啊！袖子绑在腰上后露出的手臂又白又嫩，看着也是很可爱的。

穿戴整齐的殿上侍童，个子小小的，到处走动的样子也是很可爱的。人们看见好看的婴儿就上去逗他玩，结果小家伙不一会儿就睡着了。那样子，真是可爱极了！

用来过家家的玩具。

去池塘中捞莲花的叶子，捞上来后发现那些是长得很小的叶子。葵花的小叶子，无论是什么形状，只要小小的一点儿，就会很可爱。

大概两岁的白白胖胖的小孩子，身上穿着挽起袖子的长紫衣，在那里爬来爬去的样子，看起来真是可爱。大约八九岁的男孩子用童音读书，也是很可爱的。

白白净净的长脚小鸡，模样好像穿上了短衣服似的，跟在人的后面，还一直叽叽叫，过一会儿又围着母鸡转去了。这样子看起来真是可爱。

还有鸭蛋和石竹花也很可爱。

招人讨厌的孩子

普通的孩子，没有什么过人之处，而且还看起来很疯癫，招人讨厌，一定是因为父母亲太过宠爱他造成的。

咳嗽，尤其是喜欢在有贵客的场合下咳嗽的孩子。

四五岁左右的邻家孩子，十分淘气，不仅把各处都弄得乱七八糟，还喜欢毁坏东西。双亲不在场的时候，为了惩戒他的不懂事，大家还能教育他一番；倘若他的母亲来了，孩子反倒像有了撑腰的似的，叫嚷着："妈妈，我要那个！"一边说着，一边使劲儿地摇晃着母亲。小孩子嘴里一直在说着什么，可是大人们却一直在认真谈话，没有听清，孩子就自己去取，结果弄撒了，搞得满地狼藉。这是最让人生气的行为，但母亲却没有阻止，只是说："别做这种事情嘛"，或者说："小心坏掉"，这可真让人不愉快。碍于人情，我只能在一边看着，不能说什么重话，真让人难受。

叫人害怕的事情

一听名字就叫人害怕的东西，如青渊、山洞、鳍板、黑铁、土块。像雷鸣这样的，不光是听起来让人害怕，还有大风、预示灾祸的云、矛星、牛蟹、监狱、监狱看守。锚，这东西不光是名字听起来可怕，实物看起来也很可怕。绑绳、草席、强盗，这些总是叫人害怕。雷阵雨、有毒的草莓、幽灵、鬼山芋、蔷薇、枳的外皮、炽炭、牡丹、牛头鬼也都是可怕的东西。

写出来比实际夸张的事物

有些事物看起来没什么大不了，一写出来比实际还夸张，像是覆盆子，还有鸭头草、胡桃、茨、荐、文章博士、在皇后宫中当权的大夫、杨梅。最夸张的就是“虎杖”，老虎怎样看都是一副威风凛凛的样子，即使是没有虎杖也没关系吧！

杂乱无章的事情

杂乱无章的事情，比如像是刺绣的背面。

猫的耳朵里面。

老鼠的幼崽，身上还没有长毛就全部跑到洞外。

皮质的裘衣，为了上里子而留出的缝隙。

还没有清扫的死角。

生了一大堆孩子的贫穷人家，不知道怎样养活孩子。

就算不是自己深爱的妻子久病在床，丈夫的心中也一定会感觉到烦恼吧。

扫码分享电子版

让人得志的事情

让人得志的事情，好比正月里的胡萝卜。

天子出行的时候，在马车前侍候的大夫。

六月和十二月的月底，取度量的竹节为天子量身的藏人。

举行祭祀的时候，朗读经文的礼仪官。在众僧面前，只见礼仪官们身着一身红色袈裟，大声读出各个僧人的名字，确实是件荣耀的事情。

在宫殿周围的层层墙垣。

在诵读经文和佛法的时候，管理装饰打扮的藏人们。

春季祭祀中的贴身侍卫。

宫中要举行盛大宴会时的游行队伍。

元旦时候的药童。

进献卯杖的法师。

五月的时候，给将要在皇上面前表演的舞者梳头发的人。

节日宴会中御膳房的采女。

举行盛大宴会当天的太政官书记。

七月参加相扑比赛的选手。

遇上雨天，市场上的雨披。

划桨的人。

看起来很辛苦的事情

看起来很辛苦的事情，比方说整夜照顾哭泣不止的婴儿的奶妈。

男子有两个相好的情人，却没法同时照顾周全，结果最后受两边人的怨恨。

专门除妖辟邪的法师碰见了厉害的妖怪。

祈祷过的事情，因为害怕不能实现而遭人嘲笑，就一遍遍地反复祈祷，这样子让人看着也是很辛苦的。

一个男子深深眷恋一个女子，可这男子疑心病很重。

在摄政和关白这样一级机构中当差，休息的时间自然很少，但这也算是好事。

精神紧张的人。

值得羡慕的事情

值得羡慕的事情，比方说自己诵读一段经文总是记不住，但世上就是有那么些人，如果是法师当然自不必说，却能够将经文背诵得滚瓜烂熟。看着人家能那样流利地背出来，自己就会想，等我能背得这样熟时，不知道会是什么时候了！当自己生病躺在床上，看见其他人自由自在地走来走去，真是羡慕极了！

要到稻荷神社去参拜，走到中座一带，发现这里十分难走。我艰难地慢慢走着，结果看见后面的人如履平地，已经走到自己前面去了，心中不免佩服。二月初五的那天，天刚刚亮人们就着急上路了，走到半途最难行的地方，正值中午，天气逐渐让人热得受不了了。大家带着哭腔埋怨："为什么我要到这里来住宿啊，本来也可以不用受这艰难的！"大家就地休息的时候，正好看见一个三十岁左右的女人，穿着专门为出游准备的衣服，将裙子的下摆轻轻提起。她一边往坡下走，一边对路过问候的人讲道：“我的心愿是能在寺中借宿七次，现在还剩下四次了。我已经去过三次，觉得没什么辛苦的。到了午后就该下山了。”在人群中，这女子本是不显眼的，但是现在却令人十分羡慕，我巴不得自己就是她！

不管男人、女人还是法师，只要他们的子孙有出息，总是让人羡慕的。

长着长头发的人，头发尖也很漂亮。

身份地位高贵的人，身边总是有一大堆人侍候，这也是让人羡慕的事情。

擅长书法和作诗的人，不管别人遇上什么事情，总是第一个想起他。

被很多女官侍候的贵族人士，要是想给地位崇高的人送一封信，怎么会找一个写出来像是鸟爪子刨上去的字的人呢？因此，有的女官已经回到住处去了，还被传上来代笔，贵族们给她用自己的笔墨纸砚，这怎么能不让人羡慕呢？像这样的事，原本是只要有资格的女官就可以写的，就算内容写得不算很好也无妨。但现在却不是这样，要是王公贵族的千金，或者是某个有身份的人推荐的女官，那就连纸张都要精心准备。如此这般，当然会招来其他女官嫉妒的闲话。

还有放风筝、吹笛子这些事情，都和学习书法是一样的，大家还没有练好的时候，心中总有“什么时候能达到别人那样的地步就好了”的想法。

天皇和天皇的奶妈都是值得羡慕的人。皇后身边的女官有资格出入后宫其他嫔妃的住处，也让人羡慕。

有的佛堂能朗诵《法华经》，所以早晚都能做祷告。

在玩双六游戏时，有能扔出好骰子的对手。

得道的高僧。

迫切想知道的事情

迫切想知道的事情，比方说染色的东西——卷染、分层染、分块染等等。

有人生孩子，大家很早就想知道生下的孩子是男是女。即使是身份低贱的人也很想知道，身份高贵的人就更想知道了。

拜官除目的第二天，清晨时分，即使知道除目的人里面有自己认识的人，还是忍不住想要早点儿知道结果。

期待自己喜欢的人写来的信。

叫人心急的事情

叫人心急的事情，比如有要缝的衣服，送到缝补的地方去之后等待拿回。

驾车出门等着看热闹，在车厢中不停地把帘子掀开，时不时地想着对方“来了吗”的心情。

已经到了临产的日子，产妇却一点儿要生产的迹象都没有。

身在远方的情人来了信，用面和的浆糊粘上了信封口，拆那个被粘得牢牢的信封口十分让人心急。

有热闹的事情，便急匆匆地跑出去看，结果车没有停在距看台近的地方，只能眼睁睁看着前面领头的人手中的白色手杖，心中十分焦急，恨不得下车自己走过去。

有人上门拜访，打开门一看，发现对方是自己不想见的，于是便和身边的人商量着怎么把那人早点儿打发掉。

等了很久，产妇好不容易将孩子生下来，才刚刚为孩子庆祝过五十日、百日的欢庆宴，还有好长的日子才能看见孩子长大的样子。

有衣服要缝、要穿针的时候，偏偏自己正在黑暗的地方。自己一个人穿针还好一点儿，有时候自己捏着将要缝的地方，别人却一直穿不进去，便只好开口求他："请别再穿了吧！"结果人家一脸执着，大有"一定要穿过去，无论怎样都不会放弃"的样子，那时候不免会令自己心情烦躁。

有时候，正着急出门却听见有人说："等等，我先去某处一回再将车子赶来。"于是就只能心急如焚地等待车子回来。

看见街上有辆牛车，心中很高兴，想着让它"快过来"，结果那车却往其他地方走了，令人很是沮丧。

最让人心急的就是想要去看热闹，在这边等着，却听见有人说："热闹已经开始啦。"那时候，心里最不是滋味了。

生完一个孩子的女人，怎么也怀不上第二胎。

与人约好了看热闹或是去寺院住宿的时候一起走，结果自己都把车停在对方院子里等他了，人家还是慢悠悠的，真是让人心急！等待的时候心里还想着：干脆扔下他先走算了！

本来着急地要用炭火，却要费好一会儿工夫才能点着，这也是很叫人心急的事情。

要给别人写答诗，明明想快点儿送过去的，可就是写不出句子来，真是急死个人。情人之间不一定要这样着急，但有时候也不能不急啊。通常男女交往的时候，总想着尽早把答诗交给对方，可是也免不了担心会令对方不满意：要是有什么不妥的地方就不好了。

有时候身体不舒服，又偏偏是夜半却心中害怕，不敢出去看。这时候就一直想着：快些到天亮吧！这也是叫人心急的事情啊！

皇后在太政厅

皇后为去世的父亲守孝期间，正好赶上六月底的除灾大典，可她还是要出宫参加。听说后宫的方位不吉利，于是她就在太政厅的朝膳室暂时住下。那天，夜空格外漆黑，又因为是六月末，晚上十分炎热。

在用瓦搭成的屋顶底下，空间狭小，令人感觉十分奇怪。通常，房屋中都有木头格子的窗户，但是这里却只有帘子。这倒是不常见，怪有趣的。女官们都跑到院子里去玩儿了。和那些装修正式的庭院相比，这里别有一番情趣。院子里多半栽种的是萱草，它们紧挨着篱笆，长得十分旺盛。院子里还有很多花，也都开得娇艳欲滴。附近就是漏刻司，在这里能听见那钟声，好像和平日里听到的很不相同。女官们都很好奇，于是她们二十几个人都去那里攀登钟楼了。我待在这边，能看清她们身上穿的衣裳：有淡灰色的裙子、唐装和纯色的凉衣，还有深红色的裤子等等。那样子虽然比不上仙女，却也称得上是天人下凡了。有些女官虽然也很年轻，但是因为地位相对高些，就没有和她们同去，只能眼睁睁地看着，满脸羡慕，真有趣。

等到天色黑了下来，女官们都趁黑加入进去了，连年纪大的女官也不例外。大家都到左近阵的路上去了，一边看热闹一边说说笑笑的。有人阻止道："别玩得太疯，女官们踩了要给公卿大人坐的凳子，还推倒了大臣的座椅，将它们都给弄坏了！"但大家都对他的劝阻视若无睹。

因为是很久以前修建的房屋，屋顶也是瓦制的，因此在屋里时会感觉到前所未有的闷热，夜里只好到帘子外面去睡。房子太破旧，满地都是掉下来的蜈蚣，房间里还有很大的蜂窝，嗡嗡乱飞的蜜蜂围绕在周围，真让人害怕。宫里每天都有人来拜访，他们甚至到天黑也舍不得离去，甚至和女官们坐着谈天，直到天亮。有人因此写句子调笑：

太政官啊，本来是严肃的地方，
谁能想到它现在竟人来人往，
每晚男男女女在这里走动啊，眉目传情。

真有趣。

已经到了深秋，天气却并不是很凉，我们住在这里，能听见很多秋虫的叫声。初八那天，皇后返回宫中。初七那天，我晚上抬头看了下天，发现星星之间的距离好像变近了，这大概也是空间狭小造成的吧！

宰相中将与源中将

宰相中将齐信和源中将宣方一同进宫。闲聊的时候，我突然问他们："明天要写怎样的诗呢？"齐信想都没想就直接回答说:“就以‘人间四月’为题吧。”真有趣。

心思细腻的人总是爱提过去的事情，女人就是这样。不过男人就不同了，一般来说，他们若能记住自己写过的句子就已经很不容易了。由此可见，齐信有着不同寻常的记性啊，也难怪帘子里的女官与帘外的殿上人都弄不清这事了。

四月初一，许多殿上人聚集在宫中第四间厢房的门口。渐渐地，人们散开了，只剩下宰相中将、源中将还有一个六品藏人一起诵读经书、写诗句。他们谈天结束后，头中将说:“天快亮了，都回去吧！”接着他吟道:“露为离别泪。”源中将听了，也很有兴致地一起吟诵。我说:“织女可真是性急呀！”源中将一听就生气了，说:“因为想到黎明时的离别，随便开口一说，这下可闹大了。”又接着说:“这里是不经过深思就不敢开口说话的地方啊。”

天亮了，宰相中将说了句:“天已亮，即便是葛城之神也无计可施了。”他这样调笑过后就溜走了。我本想在七夕那天说起这件事，转而又想到他已经是宰相了，七夕那天应该见不到吧?要是日后有机会见到他，我就对他说；没机会见到，就写一封信函，打发殿上的侍从们给他送过去。谁知七夕这天，他竟然进宫来了。我很高兴，一个人在那里想着:要是说起这件事，恐怕他会尴尬吧?要是装作若无其事的样子说出来，他也一定会侧着脑袋，佯装自己不知道的样子说:“想不起来了，是怎样的事情呢?”我就趁着这天他进宫的时候把事情讲了出来。但是没想到，我提起的时候，人家竟然没有一点儿不好意思，还说:“真是件有趣的事情啊！”唉，可怜我几个月以来一直盼着这一天，等得自己都心急了，想知道他会怎样说，结果人家就说出了我一直想听到的答案。源中将当时也在场呢，但他只是坐着，一副毫不知情的样子。宰相中将便提醒他:“是那天清晨的事情,怎么了,想不起来了吗?”源中将听后才猛然想起,说:“想起来了,有这样的事!”这也未免太差劲了些吧?

我经常用下棋比喻男女之间的交往,要是两人相互爱慕,我就会说:“先下手,先得利了”,要么就说:“男方要让几步棋了”。其他人不懂我这话的意思,但是如果我将其讲给齐信,他就能会意。每当源中将盯着我问:“说的是怎样的事情啊,是什么意思呢?”我又不肯说明的时候,他就会转向齐信,埋怨他道:“快些告诉我吧。”他们两人交情很好,所以齐信应该是说给他听了吧!假如男女交往,还没能好好聊一次就发展出亲密的关系,就可以形容为:“弃棋投降。”源中将听到我们的谈话,大概是为了让我知道他明白了,就故意找我说:“你有棋盘吗?我也想下棋呢。可以‘先下手’吗?我和头中将的棋艺差不多,希望你不见外才好。”听他说这样的话,我就敷衍道:“也不能见了什么人都下啊,这样不就没原则了吗?”结果源中将竟然对齐信说了这些话,齐信听后很开心,说:“听见这样的话,让人心情很愉快。”有情调的人,总是会对过去的事情念念不忘吧。

头中将晋升为宰相的时候,我曾多次在皇上面前觐言:“齐信的诗句写得非常好,他马上就要当宰相了,像‘萧会稽过古庙’这样的诗,还有谁能写得出来呢?遗憾的是,他就要升官了,真希望不要这样。”皇上听后,竟然笑着回答:“那就依你,不给他升官了。”真有趣。不过最终他还是晋升了。源中将为了证明自己不比其他人逊色,他总是趁这个机会自作多情地过来拜访。我就故意当着他的面说起宰相中将的事情:“其他人无论如何,也写不出他写的那首《未至三十期》这样好的诗啊。”源中将一听也作起诗来,好像要证明他也能写出那样的诗句。我故意打击他说："都不成句子！"他说道："这真叫人沮丧，到底怎样写，才能和他作出一样好的诗句呢？""宰相中将写《未至三十期》的时候，真是气质出众，叫旁人都移不开眼睛。"听我一直这样说，源中将气不打一处来，只能来回走动。正好有个男侍从到近卫阵来，他就叫人家过来，责骂道："……清少纳言这样说了，就是这个，你一定要讲给我听。"听说那人笑着将《未至十三期》告诉了源中将。之后源中将又到了我的窗外诵诗，猛然一听，还真有点儿像宰相的声音。我惊讶地问："是什么人呢？"源中将听后马上笑起来，说："有个有趣的事情，我讲给你听。你刚才问是谁的时候，声音很温柔，看来我学他学得还真像呢！"原来诗歌是他专门学的，我不禁有些感动，以后他再来诵诗，我总是走到靠近屋外的地方，和他闲聊一阵儿。"这都是托宰相中将的福，我才能来拜访啊。"他说道，这也令我很意外。有时候我明明在房间里休息，可还是叫侍女对他说："告诉他我去了后宫。"但一听到他诵诗的声音，我就忍不住了，就出去对他说："其实我没出去。"我将这些事情讲给皇后听，把她也逗笑了。

宫里到了忌讳的日子，有人呈给我一封信，说是源中将叫他拿来的。我打开后，看见上面写着：

> 本来是很想来拜访的，碍于今天是忌讳的日子而没能如愿。《未至三十期》怎么样？

我回信说：已经过了这个时期，快要到朱买臣教训妻子的年龄了。我的回信怕是又让他不甘心了，于是我便呈信给皇上，皇上到后宫来找我，说："这样难的典故，你还真是能想得到。"源中将宣方还说："朱买臣说这些话教训妻子时，确实已经四十多岁。这样说话，还真叫人心中不痛快。"说实话，他性格还真是怪异。

闲院太政大臣家的小姐弘徽殿身边有一个叫左京的女孩子，是侍从的孩子，大家总是调笑她说："源中将和她交往得很密切啊！"有一次，源中将进宫时赶上皇后在后宫，就禀报说："本来我也想经常过来宿值的，可是因为女官们的怠慢，不能拿到工具，没法儿做事。要是能给我宿值的工具使用就好了。"其他人附和道："是这样的。"我听见了，就插嘴说："可不是，谁都想有个床嘛，要是能躺下，哪有不想来的。"他一听，竟然说："我当你是朋友，因此才说这样的话，可是你却相信谣言。我再也不和你讲话了！"我看见他生气的样子，说："真奇怪，我说了怎样的话，你要这样放在心上？"我一边说着，一边碰碰旁边的女官，她立刻懂了我的意思，说："没听见有什么记恨的话，一定是因为其他的原因才生气的吧！"她一边说，一边大笑起来。这一下，源中将更生气了，说："肯定是清少纳言让你这样说的吧？""自己都不愿意听到的话，怎么会对着别人讲出来呢？"说完这句，我就准备回去。他还是气势汹汹地说："你就是故意散播谣言，想让殿上人看我的笑话吧？"我回嘴道："奇怪了，为什么只说我？又不是只有我一个人这样说！"不过因为这件事，自此以后，我俩再也没有来往过。

白操心的事情

白操心的事情，比方说式样精美的坐席，用的时间太久，边上的竹枝子凸出来。

画着唐朝人物的屏风表面已经坏了。

藤花挂在枯朽的松树上。

有着蓝色花纹的白底上，花纹都褪色了。

画家的眼睛渐渐老化。

帷幔的布长时间地受磨损，帘子上没有帽额。

七尺长的假发变成了黄褐色。

紫色的衣裳，颜色都掉了。

好色的人渐渐变老。

修建得精美的屋子和庭院被毁掉。

庭院里的池塘已经很久未清理，很多浮萍水草漂在上面。

不能亲近的人

不能亲近的人，比方说容易喜新厌旧，不重感情的人。

渐渐与岳父家不来往的女婿。

已经满头白发的六品人士。

夸夸其谈的人非要包揽事情，还一脸坦荡的样子。

玩双六游戏，头一次赢的人。

七八十岁的老人，很长一段时间都身体不适。

在刮大风的天气里，扬帆起航的人。

朗诵经文

朗诵经文，要不分昼夜，不停地诵读。

好像很近却很远的事

好像很近，实际上却很远的事，比方说在皇宫不远处举行的祭祀。

关系不紧密的亲戚和朋友。

曲曲折折的，去往鞍马寺的山路。

从除夕夜到正月初一的这段时间。

好像很远却很近的事

好像很远，实际上却很近的事，比方说极乐世界。还有坐同一条船渡河的陌生男女。

井

最好的井，当数掘兼的井了。

走井也很有意思，它在逢坂山。为什么要用山井来比喻“浅薄”呢？真有趣。

飞鸟井，因水之清冽而被人称赞。

玉井、少将井、樱井、后町井、千贯井，这些井的名称都有出处，也很有意思。

地方官吏

最好的地方官吏要数纪伊守和泉守。

权守

最好的权守，要数下野、甲斐、越后、筑后、阿波。

大夫

最好的大夫当数式部大夫、左卫门大夫，还有史大夫了。

六品藏人

不能指望六品藏人。想象一下，如果谁的官职晋升到五品以后，就会有人说：以前住着狭小的木板屋的某位大夫或者权守，现在已经为自己建起了新的篱笆。他们的车库里放着牛车，院子里也栽树了，还养些草作为牛的饲料。真是招人厌恶啊！

还有些人住的时候，要将庭院收拾干净，用紫色皮革做成帘子挂在房间四周，还挂上用布做成的门。晚上，他们会很正式地叫来下人，嘱咐道：“一定要关好门。”这样的人，往往不会成为什么厉害的人物，因此更招人讨厌了。

与其这样，不如在自己的父母家，或者是岳父岳母的家中住下，甚至可以在叔叔伯伯或者是堂兄弟家中住下。要是这些人都不行，那些因为调遣而走掉的官员留下的空房子，住进去也是很好的。最差的情况也可以借住在嫔妃或者亲王那里，他们通常都有好几间屋子，等到有合适的官职后再找房子，然后搬过去。

单身女人的住处

单身女人的住处常常看起来很萧瑟，里面有残破的土墙和漂满水草的池塘。庭院里到处都是青苔，虽然说不上杂草丛生，也让人觉得够荒凉了。但也并不是每个都这样，有的人也常常收拾屋子，一处一处地细心收拾着，门窗紧闭。看起来倒是挺有情趣，但她们还是不招人喜欢。

在宫中当差的女人

在宫中当差的女人家里，如果还有健康的父母就已经很好了。尽管来来往往的人能弄出各种声音，显得很嘈杂，马叫声也吵得很。不过，这些都无妨。

不过有人前来拜访的时候，不管是公事还是私事，总会说：

“不知道你没去当差”，或者“你什么时候回宫呢”这样的话。女官们心中想着：一定是对我们抱有好感吧，不然就不会前来拜访了，因此绝对不会不接待人家。但是这样又不免让家里人嫌弃，说“真吵啊”或者“都半夜了还来”这样的话，真是让人懊恼。后来，她们听见父母亲又对下人说：“锁门了吗？”下人用不耐烦的语气回答：“还有人做客呢。”“等客人走掉后就快点儿锁门，最近有人盗窃，一定要小心。”有的客人听见了这样的话，就会心中不悦。客人身边的侍从恐怕也在笑吧，只见客人身边的仆人们一会儿瞧主人一眼，然后心急地说：“为什么还不走啊？”客人身边的侍从学着佣人们的样子调笑他们，佣人们知道了一定会生气的。

没有明确表白过感情的人这样频繁地到访意中人的家，一定是心中依然怀有好感吧？有些男人性格保守，会说：“已经太晚了，我该回去了。”然后就走掉了。有的男人大概是深情吧，女方说：“快回去吧！”虽然这样催促了他多次，但他仍然留下来坐到天亮。每隔一会儿，佣人就会过来看一下，不明白主人为什么天都亮了还不走，实在是奇怪，于是就高声叫道：“哎呀，大晚上的为什么还开着门啊，真是的。”那样子，像是为了让主人听见故意说的。天快亮了,男人才依依不舍地走掉，女人去锁门的时候，心中一定有很深的怨念。只要和父母住，情况基本就都是这样的。不知道来访的人心里怎么想，一定不好受吧？还有和兄弟住在一起的，要是兄弟之间并不是特别亲密，心里也一定很难受吧？

不管白天还是晚上，门禁其实没有那么严的，常常有人来访，有的是王公大臣，有的是侍奉公卿的女官，格子门窗就那样一直开着。冬天的时候，到访者和主人常常彻夜长谈，客人走了，主人还在房间里目送他离去的背影，这真是有趣的场景。要是正好赶上有月亮的晚上，就更有情调了。有时男客人回去后，她们会一个人吹笛子，看来也是辗转难眠。这时候，她们会说说他人的事情，要么就诵读诗句，读着读着就睡着了。这样的事情，也很有意思。

雪夜谈天

天上下着小雪，地上的积雪也不是很厚，这样的天气是最有情致的。

又有时候，在积雪很厚的黄昏里，和两三个志同道合的朋友在一起，在外屋摆上火盆，一边取暖一边谈心，不知不觉地就聊到了天黑，由于周围白雪皑皑，女官们也就没有点灯，只是轻轻搅动火盆里的炭火。这样的场景真让人心动啊！

当大家聊到天色已晚时，这时候会忽然听见脚步声，女官们一边说着“真奇怪”,一边往外走,结果看见有男士前来拜访。那人说:“我知道你们今天会看雪，虽然我心中惦记，却有很多琐碎的事情等着处理，结果就拖延到了现在才过来。”这样讲的意思，大概就是说:“雪天会来探望你们吧。”于是大家一起坐着闲谈，有说有笑，聊着白天发生的各种事情。大家为来者准备了坐席，放在走廊上，但是他却把一只腿迈到门槛里面，一直聊着，男女之间隔着帘子，男士在帘外，女士在帘内。大家一直这样聊着，没有人感觉到疲惫。大家一直兴冲冲地聊到东方露出鱼肚白，男方才提出要道别了，他们一边走一边还说着：“那山上被白雪覆盖了。”真的很有情致。要是只有女孩子在聊天，大概是不会这样聊到天亮吧？能这样有趣地彻夜长谈，都是因为有位健谈的男士参与其中吧！这之后，女孩子就会凑到一起，谈论这位男士。

某位女官

在村上天皇时期，有一天下起了大雪，皇上就命令下人拿着盆子，接满雪后插上梅花，将它赏赐给女官。那天晚上，月光很明亮，这个女官就作诗句说：“雪月花时……”皇上听了，十分赞赏，说：“作诗本不是什么难事，难的是像这样能应情应景。”

还有一次，又轮到这个女官当差。殿上人都不在场，皇上独自站着，看到火盆里冒烟了，就把她叫来，说：“怎么回事？快去看看。”她查看过后，用诗句禀报说：

> 大海茫茫啊，海上有一个东西，
> 奉旨前去查看以为是船只摇晃，
> 原来是渔夫啊，打鱼归来。

真是好句子啊。原来，刚才火盆里冒烟是因为一个青蛙不小心跳进了火盆，被烧焦了。

御形宣旨的布偶

有一天，女官御生宣旨做了一个殿上童的布偶，大约有五寸大，还给它穿上了漂亮的衣服，将它的头发梳成左右两个发髻，左右两边绑着，女官给它起名叫“兼明王”，并将名字记录了下来。皇上看见之后十分高兴。

刚到皇后身边当差时

我刚开始侍奉皇后的时候，出过很多差错，说起来都尴尬得叫人想流眼泪。我每天晚上当差的时候，都在皇后身边的帐子外站着等候她的吩咐。因为太过小心，就算皇后拿图画出来让我看，我都不敢看一眼。皇后问我：“这张怎么样呢？”“那张好不好呢？”有的时候，我们一起在高脚灯下看画，那灯光太明亮，照得连头发丝儿都比白天看得清楚，真是让人害羞极了。但是没办法，我只好忍着害羞陪皇后一起看。那会儿天气正冷，皇后的手有时从袖口中伸出来，我羡慕不已：真是纤纤玉手啊，皮肤看起来也十分娇嫩，透着粉色。那时我还没怎么见过世面，看见这样的手，免不了心中惊叹：原来世界上还有这样的人啊！不知不觉地，就盯着这手看得出神了。

刚到破晓时分，我很想快点儿回自己的住处，谁知皇后却说：“葛城之神也会多待一会儿的。”但我还是不敢与她对视，于是便侧身躺下，紧闭格子门窗。一会儿，主殿的女官来了，看见我这样，就叫我打开格子门窗。听她这样说，另外的女官就要来开窗子，皇后却阻止她：“不要开。”皇后一说，那俩人便笑着离开了。皇后和我一直闲聊着，她也一直在问我的各种情况。时间不知不觉地过了很久，皇后问：“你肯定想回去了，那就回去吧。”说完这句话，她又补充道：“晚上早些过来。”

我一走，女官们就打开了各自的门窗，外面正下着大雪。

皇后已经派人来传过好几次话:“你白天就来吧,今天雪大,没人能看得清你。”和我同住的女官们也都催我:“为什么要躲避呢?皇后这样破例传你,一定有自己的理由,不领情可太不像话了。”她们一再催促,我也就动摇了,心中满怀不安,忐忑着进宫了。在进宫的路上,我看见屋顶上有很多积雪,可屋里却生着火,这样的景象很不容易见到,也真是有趣。到了宫里,我看见皇后身边没有其他人,但火却像往常一样烧得很旺。一些位高的女官在她身边,专门负责细小的生活琐事。在皇后的正对面放着火盆,火盆是用沉香木做的,上面还画着梨花瓣状的花纹。隔壁房间有个长方形的火盆,周围坐着很多女官,她们身穿唐衣,每个人看起来都很轻松自在,让人十分羡慕。我心中有些自卑地想:“要我像她们一样,应该还得过好长的时间吧?”房间里还有三四个人,她们好像正在看画片。

过了一会儿,里面传出很响的声音,只听见有人在喊:“关白公来了!”大家听后赶紧将乱七八糟的东西都整理了一下。我想着,要不然就退下吧。可又忍不住地好奇,便躲在旁边的帐子里,从缝隙偷偷地瞧着:原来是大纳言君来拜见了。因为下雪的原因,他身上穿的紫色衣裤就更加显眼了。他在柱子旁边坐下,皇后说:“因为下大雪,心中很是记挂,恰巧昨天和今天都赶上了避讳的日子。想着应该是没有能走来的路了,没想到您还是来了。”大纳言听皇后这样说,笑道:“我这副样子,还希望娘娘多可怜我了。”他们俩人聊天的样子,就像是物语里面的人物似的,真是举世无双!

皇后身上穿的是白色的衣服,有好几层。最外面穿着两件红色衣裳,那是中国唐朝的那种绸缎衣裳,皇后乌黑的头发散在上面,看起来好像做梦一样,我都被迷住了!

大纳言和女官谈话的时候，一直开着玩笑，女官们也毫不害羞地回应着他，就算是大纳言乱说的话也能答上。看着这难以置信的场景，我脑袋晕晕的，脸也红了。大纳言吃水果的时候，会叫上皇后一起吃。

大纳言君问：“躲在帐子后面的人是谁呀？”听他这样问，大家就回答说：“是某人。”看他向我这边走过来，我还以为是要去什么地方，谁知道他竟站到我身旁，对我说话。他说听说过有关我的种种事情，还询问：“那些都是真的吗？”就算是隔着帐子偷偷地看，也已经叫人很害羞了，现在这样近距离地和大纳言说话，简直让人不敢相信是真的！以前天皇出行的时候，我也出去凑热闹，远远地会看见侍奉天皇的大纳言望过来，我就赶忙拉下帘子，就怕被他看见了。当我再次拉开帘子时，一定要用扇子把脸遮住。这样害羞的我，怎么就到了皇后身边当差呢？想到这儿，我不免冷汗直冒，大纳言问我的话，我都不知道怎么回答好了。现在，连能挡脸的扇子也被大纳言拿走了，如果露出我披散头发的样子，该有多狼狈啊！一想到这儿，我就巴不得他赶紧走掉。但大纳言却坐在那里玩着扇子，一点儿也没有要走的意思，还问道：“这扇面是谁画的？”我只好用袖子遮住脸，结果衣服上蹭了一块一块的粉迹。

大纳言一直不走，让我十分尴尬，皇后大概是想到了这一点，就问他：“您来看看这是谁的笔迹？”“拿过来瞧瞧。”“还是您过来瞧吧。”“因为她我没法走呢！”看看大纳言这玩笑！真是新奇！像我这样身份地位的人，怕是不适合讲这样的玩笑吧？真让人尴尬！皇后拿出一份草子，内文是用草书假名写的，叫他一同鉴赏。他却说：“给她看看吧，她懂得很多笔迹呢！”他用这样巧妙的回答，无非是一定要我说罢了。

这样的一个人已经很叫人尴尬了，谁知又有人高声禀报说，有人来拜访，是个穿着直衣的人。新来的这位比大纳言还喜欢开玩笑，女官们全都听他讲话，一副兴致很高的样子，还时不时地开口插嘴道“殿上某人怎样怎样”。那时候，我心中只觉得这些人和凡人不同，就像是天神下凡一样，不过后来在宫里住得久了，习惯了这样的生活，也就不大惊小怪了。也许，那些刚来宫中当差的人，也有过我这样的心情，日子久了，也都会慢慢习惯的。

一次，皇后和我正在闲聊，突然问我："你是真的喜欢我吗？”可是我刚说完“怎么会不喜欢”的时候,突然有人打喷嚏，声音十分响亮。皇后就叹了口气，说："唉，你说的肯定是骗我的吧，还是不听了。”说着，她就到帐子中去了。可我怎么会骗她呢？对皇后，我何止是简单的喜欢啊！真正骗人的，是打喷嚏的那个人吧！到底是谁打的喷嚏？偏偏选在这时候！真烦人啊。每次有人的时候，要是我想打喷嚏，都会使劲儿地忍住不打出来，今天遇上这样的事情，能不生气吗？但那时候我刚刚进宫，很多事情都不方便讲，也就这样算了。一直等到天亮，我才回到自己的住处。回到住处后，我收到一封信。信是皇后找女官用浅绿色的纸代笔的，卷得很精致，打开后，只见上面写着：

怎样才能知晓啊，怎样才能判断？
如果天上没有能明辨的神仙，
满口的谎话啊，难以分辨！

看见这样的信真叫人开心，但也不免会烦恼。我的思绪很混乱，一直想着昨天那喷嚏究竟是谁打的。我简直想要去盘问了！于是，我也提笔写下一封回信：

或浅或浓啊，那是花的颜色，
情深情浅却不好分辨。
因为小事悲叹啊，别人又怎可知？

不管怎样，一定要让皇后看到这心意。倘若心中坦荡，也没有什么好惶恐的。可是即使送了信，我心中还是很难释怀，一直想着：究竟是谁呢？说巧不巧地就在那时候打喷嚏！

感到得意的事情

感到得意的事情，比方说在元旦那天第一个打喷嚏。

自己宠爱的儿子在激烈的竞争中胜出。

在除目的时候，有人得到调遣的机会，能到比较好的地方去，别人向他祝贺说："恭喜高升！"他还故意谦虚道："哪有哪有，只是个没事情做的官职罢了。"说这话的时候，他的表情更得意了。

在众多求婚者中当选，心中不免会得意地想：肯定是我。

降住了怪物的法师。

在猜谜游戏中，第一个猜中了的人。

射箭比赛时，会不断受到对手的干扰，但还是平心静气地拉弓，一箭命中，之后的表情，那才叫得意呢！下棋的时候不专心，没下多少棋子，但是赢来对手的棋子也不少，怎么能不得意呢？通常赢了比赛也没这样高兴，当然会喜笑颜开了。

等了好久以后，好不容易成为郡使者，心情真是得意极了！因为这样的事情，家中仅有的家丁，还有平常对他无礼的人，现在都变得恭敬了。以往比自己身份地位高的家伙，在自己当上郡使者后全都跟在自己后面，唯唯诺诺的，真是与以往大不相同啊！他的妻子也会有更好的女官侍奉，很多物件他之前见也见不到，日后却会一点点地多起来。比起从贵族子弟升官到中将的，若是从郡使者升到中将，那就更为得意了。

官职叫人恭敬

官职真是一种不得了的东西啊！一个人，要是大夫或者侍从，就会叫人瞧不起，一旦升迁，成为中纳言、大纳言、大臣等，大家就会觉得他很尊贵，真奇怪。郡使者的身份应该也能给人这样的感受吧。如果一个人是从地方官升到太宰府下级或者五品下级的，就连王公贵族们也会对他格外恭敬的。女人更吃亏。要是能做皇上的奶娘，担任内侍，或者是位列三品，这就是很好的官职了，但随着年纪的增长，她们也没什么能指望的事情了。不过，也没几个女人能做到这位置。在普通人看来，能陪身为郡使者的丈夫出门考察，这就是很幸福的了。要是地位较低的大臣家的千金有一天成为皇后，那可真是令人羡慕的事情啊。不过，男人还是要在年轻的时候有所作为，那样的话，他们一旦成功，看着都一副扬扬得意的样子。

法师们喜欢给自己取个称号，但是，这称号不见得会让人心生尊敬。要是他们中有人长相清秀又擅长读诗，反而会被女官们想成是好欺负的人，总是会被骚扰。可是他们一旦成为正僧或者长老，即使是官位显赫的人见了他们也会想：是不是菩萨转世呢？大家免不了会恭恭敬敬的，那副模样，简直不能用语言来形容。

风

说起风，最有意思的要数台风了。

落叶风也挺好的。

三月，黄昏时分会有风吹过，花瓣抖动，这场景叫人十分动心。

八月，伴随着小雨一起吹来的风也是很让人心动的。雨点滴滴答答的，风沙沙地吹着，拿来当被子盖的夏衣上的汗味，这时也都被吹得闻不见了。在自己穿的衣服外加一件丝织的单衣，这景象也挺有情趣。有的人巴不得不穿这单衣了。真是想不通啊，怎么天气一下子就凉起来了呢？我竟一点儿也没有察觉到啊！

破晓的时候，打开格子门窗，风一下子吹到脸上，凉凉的，很是有趣。

九月底到十月初的时候，每到阴天时会唤起冷风。叶子黄了，从树上飘落下来，看见这样的景象，我心中不免感伤。樱花树和榆树的叶子也早早掉落了。有的庭院种植着很多树木，十月的时候落叶就有得瞧了。

台风过后第二天

刮完台风的第二天最有看头儿，那景象很有趣呢！隔板和篱笆都被吹得乱七八糟的，在庭院中栽种的花花草草也被吹得不像样子。大树被吹倒了，树枝也都折断了，掉下来压在胡枝子女郎花上面。这景象真是超乎人的想象！风好像是故意把叶子都吹到了格子门窗的缝隙里，这简直不像是狂暴的风的作为。

有个样貌清秀的人走出屋子了，她身上穿的衣裳已经褪了色，外面还穿着一件小褂，是黄色的。她好像是昨晚睡得不安稳，因此起床有点儿晚，小心地到了屋外却被风吹乱了头发。这副样子，看起来还真是可爱。

庭院中的景象十分有趣，她正望得出神，又出来一个女孩子，大概十七八岁的样子，个子不矮。女孩穿着一件很旧的丝织单衣，上面的花纹也褪色了，最外面穿着一件紫色的袍子，头发修剪得不是那么整齐，和芒草一样的发梢搭在短裙上。她身上唯一颜色鲜艳的，就是那条红色的裤子了。远远望去，从她在那裤子旁边，能看见女童和年轻女官的身影，台风后，庭院里的花花草草已经被吹乱了，她们正在收拾呢。那少女跟在女主人身边，将帘子从房间向外掀起，定定地看着，眼里全是羡慕的神色，那样子，看上去漂亮极了。

有情趣的事情

有情趣的事情，比如像是隔着东西听见有人叫人，但那声音又不像是女官发出的。回话的声音听上去也很清纯，不一会儿，就有窸窸窣窣的衣裳声儿——是有人来了。

听见筷子和勺子碰撞的声音，应该是有人在吃饭吧，这时候，就算是勺子盛饭的声音，也能听得见呢！

身上的衣裳鲜艳好看，头发自然散在上面，一点儿也不乱的样子。

房间里装饰得很讲究，什么物件都不缺。太阳落山以后，火盆里的火烧得很旺，不用点灯就能看见帐子纹理的粗细，还能清晰地辨明挂帘子的钩子。火盆一看就很精致，借着烧得很旺的火还能看见火盆的内侧还画着画，真有趣，火钳子斜着放在旁边，被火光照得通亮，这样的场景，也是很有情趣的。

夜深人静后，还能听见有殿上的人在聊天。房间里面还有人在收拾棋子，能听得见棋子互相碰撞的声音，这也是很有情趣的啊。要是能点上灯，那就更有情趣了。夜半时分，忽然醒来，隐隐就能听见有人来偷偷约会的声音。说的是什么听不清，但是却能听见那男人压低声音笑着，这让人情不自禁地想知道他们都聊些什么，真是有趣呢！

岛

最好的岛是浮岛。八十岛、戏岛、水岛、松浦岛、篱岛、丰浦岛、奈都岛，也很有意思。

海滨

最好的海滨是外滨，此外，吹上滨、长滨、打出滨、诸寄滨，也很不错。千里滨，这个名字总是让人浮想联翩。

湾

最好的湾浦是负湾。此外，盐釜湾、志贺湾、名高湾、勿慜湾、和歌湾，也很有趣。

寺院

最好的寺是壶址寺。还有笠置寺、法轮寺也不错。高野寺，由于弘法大师曾经在这里居住过，因此也让人特别有感触。此外，石山寺、粉河寺、志贺寺也很不错。

佛经

说起佛经，最好的要数《法华经》，都无须过多强调它的难得之处了。此外，《千手经》《普贤十愿经》《随求经》《尊胜陀罗尼》《阿弥陀大呪》《千手陀罗尼》，也都很好。

文

最好的文章是《文集》,《文选》也很好，还有有才学的人写的奏章。

佛

在佛祖之中，以如意转观世音是最被世人关切的。看她右手托腮，那慈悲的样子真是没有人能比得上，望着她都要心生惭愧啊！此外，还有千手观音和其他所有六观音、不动尊、药师佛、释迦牟尼、弥勒佛、弥勒普贤、地藏菩萨和文殊菩萨。

物语

《住吉物语》是所有物语之中写得最好的了，还有《宇津保物语》《殿移物语》《待月女物语》《交野少将物语》《梅壶少物语》《让国物语》《埋木物语》《道心精进物语》《松枝物语》也很有趣。在《狛野物语》中，有一个寻找夏天用的折型扇子的情节，很是有趣。

野

嵯峨野就不用多说了。稻火野、交野、狛野、栗津野、飞火野、口野、口口野、湿地野、早计野，这些名字听起来真有趣，不知道人们怎样想到要这样取名的呢？此外，还有阿倍野、宫城野、春日野和紫野。

陀罗尼经

最适合早晨诵读的经是《陀罗尼经》，但是朗读经文最好的时间是在黄昏。

奏乐

晚上是奏乐的最好时间了，因为夜晚看不见人脸，所以最有趣。

游戏

最有趣的游戏要数蹴鞠，尽管人们玩儿的样子不太好看。射小弓、猜谜、下棋，也都很有趣。妇女们玩的游戏中最有意思的，要数猜字的偏旁。

舞蹈

骏河舞、求子舞是最好看的舞蹈了。虽然太平乐舞的舞姿难看了些，但却十分有趣。大刀舞不招人喜欢，但也有自己的乐趣。听说在中国的唐朝，这舞蹈是和敌人一起跳的。鸟舞也不错。拔头舞，就是将头发披散开，眼神可怖地瞪着，这舞曲的音乐也常常是很恐怖的。落蹲舞是两个人曲膝相对而舞。狛龙舞也很有意思。

弦乐器

最好的弦乐器就是琵琶。最好的曲调要数凤香调。黄钟调、苏合急、莺啭调，这些也都是很好的曲调。古筝也是很好的乐器，最好听的古筝曲子就是《相夫恋》。

笛子

横笛是笛子当中最好的。它的声音一开始听起来仿佛十分遥远，慢慢地又好像到了近旁，真是十分优雅。听着好像很近的声音，又好像在渐行远去，但还能听得见，这也是很有趣的。不管是坐车、步行还是骑着马，带上笛子都不会显得奇怪，它是最适合带在身边的乐器。如果听见有人吹奏自己熟悉的曲子，那是最有意思的了。有时候天亮了，发现枕边还放着笛子，原来是情人忘记拿走落下的，这样的事情也是很有情趣的。于是落下笛子的人便差人到情人那里取笛子，将笛子用纸包起来，看起来竟然像普通的信一样。

如果在明月当空的晚上坐车夜行，恰好听见笙笛的声音，就会觉得那是最好听的。笙笛看上去很复杂，应该不好演奏。究竟是怎样的人在吹奏呢？其实横笛也是一样的，曲子听着好听还是不好听，全靠吹奏者的水平。

最讨人厌的就是筚篥，它的声音就像是秋天的蟋蟀叫声一样，听见就令人心烦，不想听见身边有人演奏它的声音。要是吹奏者水平不佳，那就更令人讨厌了。在祭祀的时候，大家聚集到大殿之前，有人在一边吹横笛，声音美妙得叫人陶醉，偏偏这时候有人突然吹起筚篥，那可真是气人，让人感觉头发都要竖起来一样。但是，在这之后就有人弹琴，琴声和笛声交错着，会十分悦耳动听。

值得一看的事情

值得一看的事情，比如皇上出行。到贺茂神社祭祀归来的队伍；贵族到贺茂神社去祭祀的时候的队伍；临时祭祀的队伍。

侍从和跳舞的人都穿着蓝色的裤子，恰好是寒冷的季节，天阴着，雪花飘在他们身上，那是很有趣的景象！跳舞的人腰上佩刀，刀鞘是黑色的，在阳光的照耀下发亮，显得十分气派。他们身穿半袖的衣裳，衣服上面的纽扣被阳光照射着，像是水晶一样闪闪发亮。他们穿的裤子十分讲究，底下还露出了颜色十分鲜艳的底衣，让人忍不住怀疑是结冰了。真有趣。真希望这游行的队伍能再长一些啊！队伍里的使者并不都是出身于贵族，郡守用藤花遮住脸颊，让脸没那么显眼，这样子也很有意思。

大家目送队伍渐渐离去。侍从们的打扮并不好看，身上穿的衣服是绿色的，头上插着棣棠花。他们一边敲打着泥障，一边唱着“贺茂神社木棉襷”。那样子，也很有意思。

还有能和天子出行相比较更重要的事情吗？看见皇上的车过来了，想到这一位便是在近旁侍奉的人，只觉得太不可思议了，他看起来十分威严，让人不得不尊敬。就连某司或者是某大夫这些平时看不上眼的，这时候看上去也变得尊贵了，甚至那些驾马车的人，中将和少将，等等，也都看起来不错。

祭祀结束，返回的队伍也很有趣。知道祭祀的队伍要回来，昨天就打点好一切了：路面被打扫得干干净净，看起来十分宽敞，阳光照到车内，温暖而又耀眼。用扇子稍微遮一下脸，调整一下坐姿，过了一会儿就出汗了。今天早晨，很早就从家中出来，路上看见有车子停在云林院和知足院周围，那里的葵花叶子已经掉落了，桂树的叶子也枯黄脱落了。太阳虽然已经升起来了，但是天色还是很阴暗，人们平常为了听杜鹃的叫声而早起，今天却觉得这样的声音太过嘈杂，惹人心烦。杜鹃的叫声是很美的，但黄莺却非要学着杜鹃叫，老气横秋的声音和着杜鹃的叫声，总让人觉得有些可恨，但也别有一番滋味。大家着急地等待着，心里想：“不知道什么时候才能开始。”忽然看见有几个穿着红色衣服的人从神社那里鱼贯而出，于是问道：“是游行开始了吗？”那人回答：“早着呢！”说完，便抬起轿子走了，我心中猜测着轿子里面坐的人是谁，肯定是有身份的人啊！但我又想，既然这样尊贵，为什么身边还有这样平庸的下人呢？

说是遥遥无期，但实际上也没多久，祭祀的队伍已经回来了。走在最前面的是手持扇子的女官，紧接着就看见了穿褐色袍子的人，看着挺有趣的。接着就看见藏人，他们都穿着青色的袍子和白色的衣裳，衣裳边缘的一端夹在裤带里，那样子极像了用水晶做成的篱笆，让人忍不住想：是不是有杜鹃藏在里面啊？昨天出游的时候，每辆车上都有很多人，他们要么穿着紫色的衣裳，要么随便穿一件狩衣。他们大都是年轻人，一拉下车帘子就吵个不停。今天到了寺院，他们成了吃饭的陪客，倒是一个个打扮得整齐，一人坐上一辆车，和昨天判若两人。在他们的座位后面还有殿童，看上去可爱极了。

祭祀的队伍刚过，大家就着急地往回走了，全都挤挤嚷嚷地，场面十分混乱。有人拿出扇子，说着：“不要着急！”但这样的制止显然没有用，他们只好在较大的空地上强行停止牛车。侍从们一个个瞪着远处的牛车，他们心里肯定着急得很吧？这样子也很有趣。慢慢地，驾车的人将自己的车子开到了前面，使车子能够不受拥堵地前行。这时候车里的人才松了一口气，看着车外乡野的景色，觉得别有一番滋味。道旁搭着简陋的溲疏篱笆，树枝很可怖地向外伸着。还有很多含苞待放的花骨朵儿，女官叫人摘过来插在车子上做装饰。昨天来的时候已经摘了一些插上了，不过遗憾的是，那些花已经凋谢了。现在插上了新的，看起来好看了不少。从远处望去，那路好像走不通似的，等走到近处一看，才发现并不是这样，真有趣。我们的车子后面还跟着一辆车子，不知道是哪位男士的。这样的事情很有趣，但是不常见。到了分岔路口，那位男士突然说话了：“到了该分别的分岔路口了。”没想到他会这样跟我们道别，让人更觉得有意思了。

五月时节，漫步山里

五月的时候到山里面漫步是很有趣的。此时，池塘里的水面上布满了水草，看上去绿油油的一片。独自径直走过去才发现，这池塘并不深，只是颜色看起来深些。如果人们一步步在里面行走，就能溅起水花，真有意思。

道路两旁有从墙里面伸出来的树枝，车辆经过的时候都戳到车厢里面去了，我刚想要摘一枝，谁知随着车子的走动，树枝又弹回去了，叫人摘不到。真遗憾啊！车子经过时，蓬草随着轮子的碾轧伏地又弹起，碰到车帘的时候，人们能隐隐地闻到香草的味道，也别有一番情趣。

纳凉

在最潮湿闷热的时节，周围漆黑一片，晚上纳凉的时候，什么也看不见。这时候看见有侍从高喊着才发现，带着某位男士的车子过来，很是有趣。走近一看：只是身份普通的男士而已，不过看车子跑起来，他们两人卷起车帘坐着的样子，应该是很凉快的吧！要是听见车子里有人弹琵琶或者吹笛子，那就真的舍不得叫它离开了。牛车用具上有牛粪的味道，在现在这样的场景下，人们觉得连这味道也好闻了。这虽然听起来十分不可思议，不过也很有趣呢！在没有月亮的漆黑夜晚，在牛车前点燃松木火把，在车厢里能闻见烟气的味道，那也是很有情趣的事情。

菖蒲

端午节用的菖蒲，到秋冬两季就枯黄了，叶子的形状也变了。把它取下来，用手折断，谁知道它竟然还能散发出香味，真有趣。

留香

前天把特意用香料熏过的衣服放起来了，今天拿出来穿上，竟然还能闻见一些残留在衣服上的香味，与刚熏完的时候比起来，那气味更加美妙了。

月亮特别亮的夜晚

在月亮特别亮的夜晚，驾着牛车从川上经过，牛车经过的地方有水波漾起，像是破碎掉的水晶一样，看上去十分美丽。

越大越好的东西

越大越好的东西，比如像是法师，还有水果、房屋、装食物的袋子、砚台和墨。要是男人的眼睛长得太小，看起来就有点儿女性化了，但是长得太大看上去又会觉得可怕。火盆、棣棠花瓣、马、牛，这些都是越大越好的东西。

越小越好的东西

越小越好的东西，比如像是着急缝东西的时候，要用的线。屋子里照明用的灯的灯台。身份卑微的妇女，头发越短越好，越整齐越好。女孩子的声音也是越低越好。

与家里相匹配的东西

与家里相匹配的东西，比如像是厨房，侍从住的屋子，餐桌，女侍童，打杂的下人，小桌子，推拉隔板门，三尺的帐子，样子十分好看的、装食物的袋子，唐朝式样的雨伞，做衣服的板子，衣橱，圆形的坐席，曲折的走廊，炕炉，上面画着图案的火盆。

长相清秀的男士

从家中出来，碰见一位长相清秀的男士。只见他手上拿着一封折成细长状的信，十分匆忙地走着，也不知道要去哪里。

又看见了一位长相清秀的女侍童，尽管她身上的衣服破旧了，颜色也褪去不少，可鞋子却是新的。只见她的鞋上沾满了泥巴，手里拿着用白纸包好的东西，或者是捧着一个装满册子的盒子从眼前走过。这让人很想知道那里面装的究竟是什么，很想停下来叫住她问个清楚。想要把从门口路过的人叫过来，可那人却是个不搭理人的主儿，根本不回你的话。从他那副爱理不理的样子中，也能想象到他的主人为人如何了。

皇上出行

皇上出行是很值得一看的事情。但可惜的是没有王公贵族们的车辆跟着，又不免显得有点儿单调了。

牛车

坐一辆十分简陋的车子，是最让人心烦的事情了。更烦人的是，还有一群不像样的随从跟着一起去看热闹。要是去听经文，随从们一起跟着也罢，毕竟出去是为了忏悔赎罪的，但是如果太过随便，还真是让人看不顺眼！要是去参加贺茂祭那样的场合也如此，那这热闹还不如不看呢！车帘子真是太不像样了，看上去就像是随便挂了一件白色的衣服在那里一样！为了在这样的场合里不输给别人，我总是提前翻新车子，将车帘子等装饰都整理好。一旦出门，发现有的人的车子比自己的还要好，心中还是会懊恼：为什么这样随便就出来了呢？不知道那些坐在简陋的车子上的人心里都在想什么！

在街头的坡上，有很多公子的车辆来来回回地穿梭，把别人的车子都挤到一旁去了。我看见他们靠近自己的车子，心中也满是不安。跟来的侍从想找个好点儿的地方把车停过去，因此早早地就从家中出来，结果他们等了很长时间：一会儿坐在车子里，一会儿掀开帘子看一眼，一会儿又从车子里出来站着。

正觉得炎热的时候，他们看见陪同吃饭的人和殿上人，还有藏人所的人、辨官、大纳言等都从斋院出来，向着这边跑过来。看见这样的景象，他们不禁高兴地喊起来：“游行的队伍来了！”有的殿上人将车子靠过来和我说话，我也准备了些食物，给他们随行的侍从吃。有的人把马牵到了看台底下，要是其中有身份的尊贵人被人认出来了，就会上前替他牵马什么的，真有趣。身份平凡的侍从可就没人搭理了，真是可怜。

只要斋院的车子一过来，那些来看热闹的车里的人就赶忙放下车帘，等到斋院的车子走后，看热闹的人又再次将帘子拉开，真有趣。有些车子挡在别的车子前面，后面的人就大声抗议，前面车子的仆人听见了，也不客气地回嘴道：“怎么就不能在这里停下了？”他们争执不下，只好去找车主，真有趣。前面的车子正堵得不像样儿时，来了一位身份尊贵的人，身后还有很多陪同出行的车辆，不知道哪里还有能停车的地方呢？真是替他们担心啊！看见乘车的人一个个都下来了，尊贵人的仆人们什么也不问，就把原先停在那里的车辆移开了。这样的做法，还真是从未见过，真令人吃惊！没办法，这些车的主人只好命仆人重新拴上牛将车拉走，找一块儿新的空地停车，真是可怜。有的车子一看就是有地位的人坐的，上面的装饰十分漂亮，这样的车子当然没有人会移开。还有一些装饰得很奇怪的车子，坐在里面的人一直在使唤佣人，还让小孩坐在车帘子的外面，真奇怪！

传言

有位男士在走廊里来回走动，但是以他的身份而言，他还没有这样的资格。大伙说他早晨打着雨伞走掉了，越说越玄，就像是真的有这事一样。我细细地打听了一下，这事情竟然还跟我有关系！那人虽说是身份低微些，但也不是叫人议论的人，毕竟人家的家庭背景还是不错的。我心中正想着：“这件事情可真奇怪啊！”只看见皇后从清凉殿派人过来，带来一封信。送信的女官催我说：“请快一点儿写回信。”不知道是什么事情，我打开信一看：上面画着一把伞，伞柄处有一只握着伞的手，但是画面上却没有人影。画的下面写着：

三笠山上啊，晨光初现。

无论皇后写什么，总是让人佩服的。于是我就想，一定不能让皇后看见写得不好的诗句。虽然那件凭空胡说的事情让我伤心，但这封信还是写得十分美妙的，让我很感兴趣。我又拿出另一张纸，在上面写道：

阴雨蒙蒙，纷纷降下，
盛名久负之恩啊，实在难忘。

这样子，也难怪会湿了衣裳。听说皇后看了这封信后，还笑着和殿上人谈起来。

知心人

皇后在三条宫殿居住的时候，正赶上端午节，于是，皇后便命人将装满轿子的菖蒲呈上来，将它们做成香包赐给众人。还有一些香包由年轻的女官和皇后的小妹缝制，完工以后送给公主和小皇子戴。宫外面也有人送来一些香包，都很好看，还有人呈上了用青麦做成的饼。我听说后，就找来一个十分好看的砚台，在底下铺上青色的纸张，呈给皇后，说：“这是栅栏那边儿的东西。”不料，皇后看到之后，竟然作了一首诗：

采花逐蝶啊，到了节庆之日，
人们纷纷互相追逐嬉闹，
只有你知道啊，我的心事。

皇后把垫着砚台的纸张撕下来一角，写下了这样的句子，真是叫人感动啊。

女官们一起散步

十月十几号的晚上，月光十分明亮，大家想出去走走，因此十五六个女官就结伴出行。大家都穿着紫色的外衣，裙角提起。只有中纳言一个人穿着丝衣，红艳艳的，头发也向前梳成一个发髻。不过这样一身装扮，倒也搭配。因为她这样的装扮，年轻的女官们给她起了个绰号，叫“背筒子的佐官”。中纳言一个人在前面走着，一点儿也不知道背后有人这样“笑”她。

大藏卿

大藏卿的听觉十分灵敏，这一点谁也比不上他。甚至就连一根眼睫毛掉下来的声音，他都可以听得清楚。在后宫的西面，我正和一位殿里的四品少将聊天，这时候，有个女官在我耳边说："问问他和扇子上的画有关的事情。"我俯到她耳边，悄悄地说："等到他走掉以后……"因为我的声音太小了，那位女官也不能听得真切，因此她再次竖起耳朵问："说的是什么？"谁知大藏卿却突然拍手，说："既然这样，今天我就偏偏不走了！"他究竟是怎样听见的？真叫人想不通啊。

脏兮兮的砚台

砚台已经很脏了，上面落了厚厚一层灰尘，研磨的用具也歪歪斜斜地倒在一边，毛笔头干得蓬起来了，上面盖着笔帽，让看见的人觉得心里很烦。想要了解女人的心思，只要看看她使用的镜子和砚台，就什么都知道了。砚台弄得这样脏，还随便摆放着，也不该如此啊。

说起如何了解男人，就要看看他的书桌是不是打扫得干净，单层的砚台边上是不是有装物件的盒子。那盒子不一定非得用金银装饰，有多么好看，只要看上去雅致就行。笔墨的款式倒是要弄得考究一些，不然就没有趣味了。

有些人竟然认为怎样都是无所谓的，因此那墨色的盒子上，有一只盖子破掉了；砚台上落满了灰尘，只有研磨的地方还有一些黑色，像是一辈子也没收拾过。可就是这副样子，有的人竟然还往里面倒水使用它。滴水用的青瓷瓶子也掉了嘴儿，瓶颈上到处都是裂痕，简直没法看了。可是主人却好像丝毫感觉不到丢人似的，一点儿也不害怕被别人看见。

让人难为情的事情

借用别人的砚台，本想练字，结果主人说："不要动那支笔。"这是很叫人难为情的事情。自己放下笔会显得很尴尬，拿着不放又好像是故意和人家作对。因为我有过这样的经历，所以特别能体会对方当时的心情。看到有人用我的砚台，我只是一言不发地站在边儿上看。有些人兴致十足却水平不高，拿起我平常使用的笔往墨水里蘸蘸，那样子，真是让我感到别扭极了！他们还在长盒子的盖子上用假名写些乱七八糟的东西。写完之后，便把笔随便一扔，将笔尖浸泡在墨汁中，真是气死人了！可是我又不好发脾气。

有时候，听见坐在身后的人说："挡住我了，往那边去点儿。"这也是很让人难为情的事情。还有偷看人家写字的时候，被人家发现，对方大声嚷嚷着抱怨，这也是很让人难为情的。但是在我喜欢的人身上，这样的事情都没发生过。

信件

信件并不是稀奇的东西，但却很值得人珍视。你可以想象一下，收到信件会令你感受到，身在远方的人心中记挂着你，想着你是不是平安。读着那人的来信，就好像看见了本人一样。这种感觉，难道不是十分奇妙吗？再比方说，写下自己心中记挂的事情，即使对方不能收到信件，心中也能感到满足吧？假如世界上没有信件，不知道会有多少人生气，会惴惴不安呢？心里有放不下的事情，写给记挂的人看，这也是一种宣泄的方式啊！要是对方读完之后还能回信，感觉就像是延长了人的寿命一样。这话也是有些道理的。

川

最好的川就是飞鸟川。水深莫测，变幻无常，叫人看后免不了哀叹。耳敏川总让人心生疑惑，不知道它让人听见的究竟都是些什么呢？真有趣。音无河的名字取得可真好，大概是因为有意思，所以就这样叫了吧！大井川、泉川、水无濑川、勿告川，听起来也不错。真想知道，其他人听见名取川这样的名字会怎么想？此外，还有细谷川、七濑川、玉星川。天川，真没想到世间还有叫这个名字的！要是能看业平写的那首《七夕可宿》，一定会觉得更加有情趣了。

驿

最好的驿站就是梨原驿站了。日暮驿、望月驿、野口驿、山驿，也很好。收集这种种的过程中，有一些十分感人的故事，也有一些我曾经听过。在我自己的经历中，也有一些很感人的事情。这让我不禁触动情怀，生出些伤感来了。

冈

船冈是冈里面最好的，片冈也很好。鞆冈上长满了细细的竹子，看上去很有情趣。还有语冈和人见冈，也都是很好的冈。

神社

最好的神社是布留神社。此外，还有龙田神社、花渊神社、御厨神社。听别人说，杉御社特别灵验，真有趣。任何愿望都倾听并帮助你实现的神仙，都是很值得尊敬的。那个“有求必应”的传说，真是引人入胜。

听说纪贯之曾经对蚁通明神许愿说：“请让这样的伤痛好起来吧！”结果生病的马匹真的痊愈了。太神奇了，不知道能不能相信这个称为“蚁通”的神明呢？听说曾经有一位只偏爱青年的皇帝，他下令杀死所有四十岁以上的人，于是，很多人都跑到国外避难去了，城里面的老人全没有了。有个思想贤明的中将，深得皇上的赏识，他的父母亲因为已经七十多岁了，所以担心自己的安危，说：“四十岁的人都要被杀，更不用说是我们了。”中将原本是个孝子，说：“我一定不会把你们送到远处去的！要是不能每天照料你们，我就会惴惴不安。”每到夜晚的时候，这位中将就秘密地建造房屋，为的是让父母住进去。他对朝廷和周围的人声称双亲失踪了，实际上却在这个秘密的房间里经常与父母见面。皇上为什么一定要这样做呢？对于躲藏在家里的人，就应当不用再追究了吧！多么荒唐的时代！有一个这样思想贤明又做了中将的儿子，想必父亲也一定是为官之人。做父亲的博学多识，做儿子的虽然年轻也才华横溢，这大概就是皇帝信任他并且重用他的原因吧！

大唐君主想要这国家的土地，因此一直找机会刁难这位皇帝，并由此引发了很多战争。一次，大唐君主派人送来一根均匀光滑的木棍，向皇帝提出这样的问题："这根棍子的棍头在哪里？棍尾又在哪里？"皇帝因为判断不出来而十分苦恼。中将知道了这件事,有些看不下去了,就去问自己的父亲,父亲说:"把棍子放到流动的小河里，棍子一定会旋转，等它不转以后看看，顺流而下时，哪边指向上游，哪边就是棍尾。"中将将方法告诉皇上，并且假装这方法是自己想出来的，他还带着大家一起出去验证：将木棍放在河流中，把指向上游的那一端指认为末端。皇上派人送出答案，大唐君主那边回答："的确是这样的。"

在那之后，大唐君主又派人送来两条一样身长五尺的蛇，说："请辨雌雄。"没人知道该怎样辨别，于是这位中将再次去请教自己的父亲。父亲说："把两条蛇并排放在一起，用细细的树枝挑逗它们，尾巴不动的那条是雌的。"中将到了朝廷中，照着父亲说的话将尾巴不动的那条蛇标上记号，作为雌的送回去。

过了一段时间，大唐君主又派人送来一颗很小的珠子，珠子里面是空的，从左到右开着小孔，内里路径曲折，使者说："请将这颗珠子穿上线，在我们国家，这样的事情人人都能做成。"可是这样的事情，恐怕手最巧的妇女也不能完成。王公贵族和老百姓都说："这是不可能的事情啊！"于是中将又回去请教他的父亲。父亲说："抓两只大蚂蚁，在蚂蚁的腰上绑上细线，用粗线拴好细线，然后在珠子孔的另一端涂上蜂蜜。"中将给皇上说了这个方法。皇上依照这种方法将蚂蚁放在洞口一端，因为另一边有蜂蜜，蚂蚁爬去的时候便沿着珠子里的路径，将线穿上了。穿好之后，中将的父亲命人将珠子送回去。唐朝的君主见了，认为这位皇帝确实有才能，因此再也没有为难过他。

皇帝认为，这中将是难得一见的人才，因此问他："我该赏赐你怎样的官位和珠宝，才能报答你呢？"中将回答说："我不需要加官晋爵，只求皇上允许我寻找失踪的双亲，然后将他们接到城中居住。"皇上答应道："可以，准许。"其他老人听到以后也十分高兴，这位中将也由此晋升成为大臣。后来这位中将大概是变成了天上的神仙，听说有人夜晚在供奉他的神社里居住，看到有神明在晚上作诗道：

内里曲折啊，玉石有孔，
为什么会有蚁通之称呢？
世人哪里知道啊，丝线从中穿过。

天上降下来的东西

雪花是所有从天上掉下来的东西中最好的，冰雹是很招人讨厌的东西。若是在下雪天，洁白的雪花飘飘洒洒地落下，这样的景色也挺好看的。

桧皮茸的屋顶上落满积雪的样子很漂亮，尤其是在雪还没停的时候，就真的很好看了。雪下得不大的时候，瓦缝之间也渗进雪花，黑白相间的样子真是有趣极了。若是雨夹雪，落在板屋顶上的最好看。霜也是要落在板屋顶上的。

落日

完全沉浸在山边的落日，还残存着一缕红色的光辉，云层被染成了金黄色，慢慢地向远方的天空延伸。这样的景色真是太动人了。

月亮

拂晓时分的月亮是最美好的。东山顶上有一轮弯月露出尖尖的角，那真是动人的景象。

星

昴星是最好的星星。牵牛星、拂晓时的金星、夜行的金星，也都很好。说到流星，还是不要看见的好。

云

白色的云是最美好的，紫色的也很不错，黑色的云容易叫人伤感。在刮风的日子里，雨云也是不错的。

吵嚷的东西

吵嚷的东西，比如喷出来的火焰。板屋的房顶上有一群乌鸦，正在啄着僧人们吃剩下的米粒。十八日，在清水寺中借宿。天色已经暗下来，还没有点上火，但隐约看见有人从别的地方过来了。其中最吵嚷的就是跟着主人长途跋涉、从京城赶来的人。突然听到有人说，附近某处起火了，不过火势没有蔓延开，于是很多人都去看热闹。看完热闹往回走的车队，也是非常吵嚷的。

不精整的事物

不精整的事物，比方说地位低下的官员，将头发在头顶上梳成一个发髻的样子。外面画着唐画的皮革带内侧。高僧的日常生活。

开口让人觉得无礼之人

一开口就让人觉得没礼貌的人，比方朗诵祭文时的巫祝。

一起摇船浆的人。

雷鸣守护社的人。

看起来机灵的事

看起来机灵的事物，比如三岁的孩子，正在揉按肚子为生病的孩子治疗的妇女。央人为了做祈祷用的东西而拿出很多工具，用一把钝刀切着垒成一摞的纸张，虽然切不动却也没有办法，只能使劲儿地切，嘴都因为用力而歪了！然后，再用刀子将竹子割成一节一节的，用来挂东西。做完这些事情，她十分严肃地站起来，好像做了什么神圣的事情一样，一边祈祷，一边抖动全身，看起来真是机灵！还会对其他人说："那家有个小少爷，病得特别严重，找了很多人都不管用，我一去就给治好了，他们给了我好多钱，那之后也一直叫我去呢。"身份低微的家庭主妇看起来都很愚笨，其实她们大多是有些小聪明的。真有趣。不过还是要敬重有大智慧的人。

公卿

公卿达人，如东宫大夫、左右大将军、权大纳言、宰相中将、三品中将、东宫权大夫、侍从宰相。

贵族

贵族公子，比如头弁、头中将、权中将、四品少将、藏人辨、藏人少纳言、东宫亮、藏人兵卫佐。

法师

法师最好为戒律师。内供奉也很好。

妇女

妇女最好的职位是内侍助，内侍也不错。

宫中当差的地方

宫中当差的地方，最好的就是在天皇左右侍奉；后宫也好；在皇后和公主住的地方当差的；一品公主住的地方。

虽然斋院里面有很多罪孽聚集，但在那里当差也是很有趣的，特别是最近一段时间，在皇太子的母亲居住的宫殿里当差。

新宫

现在叫作新宫的地方，就是以前的一条院。皇上住的地方叫作清凉殿，清凉殿北边的宫殿就是皇后住的地方。每当皇上想要临幸皇后，要到后宫去的时候，就要经过东边的走廊。那条走廊上长满了花花草草，走廊边上还有篱笆，看上去很有情趣。

二月十几号的某天，天气晴朗。在那条走廊的西厢房里，皇上正在吹奏笛子。藤原高远正配合皇上一起吹奏着《高砂》。

他是大贰之官，是皇上身边御用的吹笛者。听见笛声的人都赞赏着说:“吹得真好啊！”实际上，他演奏的水平也就一般而已。但是他身为御用笛子演奏者，一直为皇上讲述各种和笛子有关的事项，这是很有意义的事情。女官们都在皇上的帘子旁边聚集着偷看。但是像古歌中唱的那种“采撷芹兮”的味道，却一点儿也感觉不到。

为济原来是个做木工的杂役，现在晋升成藏人了。他为人缺少礼仪，十分惹人反感。因为这一点，殿上人和女官给他起了个外号，叫“嚣张先生”。大家还为他编了一段顺口溜：

嚣张先生爱嚣张，原来他是尾张的后人，难怪了！

他的母亲是尾张兼时的女儿。皇上吹笛子的时候，包括我在内的女官们都在一旁侍候着。大家说:“应该再吹得大声一点儿，要不然为济肯定听不见的。”皇上说:“人家怎么会听不见呢？”平常大家吹奏的时候，总是发出很小的声音，这次是在后宫里，所以大家说:“因为没有为济，所以一定要吹大声一些呢！”皇上听了，大声地吹奏起来。真有趣。

让人觉得是转世投胎来的事情

让人觉得一定是转世投胎来的事情，比如说是突然成为皇太子乳母的普通女官。她的派头还真是大啊！陪在皇上身边的时候，不要说不穿唐衣，说不定连同为女官礼服的裳服也不用穿。看她对女官们呼来唤去的样子，好像在皇上的寝宫中，她就是掌管者一样。她一会儿把女官叫过来，让人家到别处去替她传话，一会儿又叫人家去送信。像这样耀武扬威的事情，她不知道做了多少件呢!

有些下人以前是做杂役的，有机会晋升成为藏人，那可就有得瞧了。去年十一月，正值临时祭时，他当时就是个坐在琴边上侍奉的家伙，现在却成了王公贵族身边的人，成天跟着他们到处做事。这令人简直不敢相信自己的眼睛，让人禁不住要想到底是怎么回事。还有一些藏人，本来级位较低，现在却得到了更高的级位。尽管晋升了，但头衔还是藏人，因此就算看见了也不会觉得太过惊讶。

积雪很深的时候

地上已经有了厚厚的一层积雪，天还没放晴，新的雪花又飘洒下来，落在原来的积雪上。有几个位列四品、五品的年轻人正走在雪里。他们身上穿着直衣，直衣上面还穿着一件颜色鲜艳的袍子。折起来的衣裳底端露出裤子，因为积雪的光泽，裤子的紫色好像更深了。腰带看上去还是崭新的，袍子下面露出了短衣，有的是红色，有的是亮黄色或者亮绿色。他们每个人都打着一把很大的伞。风很大，将雪从侧面吹下来，为了能在雪地上行走，他们只好弓起身子。积雪已经没过了长靴或半靴的顶端，边儿上都沾满了雪花。这样的景象真有趣。

从澡堂出来的人

把厢房的推拉门打开后，看见很多殿上人正从皇宫的澡堂出来，沿着宫殿之间的小道往下走。他们都穿着直衣和裤袴，这些平常穿戴整齐的衣服，现在却松松垮垮地搭在身上，有的人还将衣服的一端随随便便地掖起来。他们一路向北走去，途中要经过推拉门这里。看到拉开的门，大家都赶快把衣裳的带子拉上来，想要遮住自己的脸。真有意思。

不能停止流逝的东西

不能停止流逝的东西，比如已经扬帆起航的船只，一个人的年纪以及春、夏、秋、冬。

不引人注目的事情

不容易引起人注意的事情，比如别人家的母亲渐渐苍老。

阴阳相克的不吉利的日子。

割草以后

在五月和六月的傍晚，青草经过修剪，变得十分整齐。只见穿着红色衣服的杂役们走过草坪，他们每个人头上都带着小斗笠，两手提满了割下来的草。这样的场景，确实挺有看头儿。

咏杜鹃鸣叫的曲子

要去贺茂神社住宿的时候，路上看见一群妇女。她们每个人头上都有像盆子一样的东西，看上去像是用桧木做成的，应该是当作斗笠一样戴着的吧？她们一直吟唱着曲子，一边唱还一边趴倒在地上，然后又站起来，如此反复。我出神地望着，心中猜想：她们究竟是干什么的？看着看着，我听清了她们唱的曲子：

> 杜鹃啊，请你开始啼叫吧，只有听见你的叫声，我才能下地干活呢！

原来是咏唱杜鹃的叫声，但是听上去让人很不愉快，还不如听不见呢！听见她们这样唱，我不禁想起："杜鹃啊，请你安静一点儿，不要叫得太响。"不知道这样的曲子，又会是谁写出来的呢？一定是个懂事的人吧！叫人讨厌的是，那些对仲忠年少时卑微的身世说三道四的人，还有那些说"杜鹃叫得不如黄莺好听"的家伙，也一样招人讨厌。黄莺有不好的地方，就是它从不在夜晚鸣叫。凡是在夜间鸣叫的都挺讨人喜欢的。

晚上听见婴儿的哭声，这也是让人不愉快的事情。

收割稻子

八月月末的时候，到广隆寺去住宿，那里是参拜太秦的地方。去的途中看见很多正在稻田里收割稻子的农夫。这场景正应了歌曲里唱的：“刚插秧不久呢，就到了收割稻子的时候。”不久以前，我去贺茂神社住宿的时候，才看见他们在稻田里面插秧，这才没多长时间，稻子就成熟了。这样的场景，怎么能叫人不心动呢？女人一般是不会做这样的活儿的。那些男人手上拿着的，是一种很像刀子但又不是刀子的工具，看他们收割的样子，好像十分轻松，我也忍不住想要去试一试了。只见他们将稻穗向上扶着，一行一行地割过去，真想知道他们是怎样做到的啊！这样的场景还真是有趣。

特别脏的东西

特别脏的东西，像是蛞蝓，扫完肮脏的地板的笤帚，以及清凉殿上没换过的朱漆木碗。

非常恐怖的事情

非常恐怖的事情，比方说夜里听见打雷的声音。

住在近旁的人家被盗贼洗劫。要是盗贼潜入自己的家中，那肯定会让人害怕得不知道怎么办才好，但也因为被吓懵了，反而感觉不出害怕了。

能够得到安慰的事情

能够得到安慰的事情，比方说生病的时候，有很多法师为你作法祷告。

心中喜欢的人生病，她的身边有人照顾着她并陪她说话。

当你感到特别害怕的时候，父母亲就陪在你身边。

晋升成藏人的女婿

花费了很多的力气和排场，好不容易招来一个女婿。结果这女婿竟不常与妻子的家人来往。好久不见，某天却不小心在什么地方和自己的丈人遇上。在这样的情况下，要说女婿心中不感到愧疚，那是不可能的。

某位男士成为一个身份高贵的人家的女婿。刚结婚一个月，就不再和妻子的家里人来往，慢慢疏远了关系。因此，妻子的家人一直心怀不满，甚至家里的奶娘说起男方，都要责备他一番。没想到第二年正月的时候，这男子竟然得到晋升，成为了藏人。其他人一定会想不通，说："做了这样的事情的人，为什么还会晋升呢？"大家全都这样说，不免会传到这位男子的耳中。

六月的时候，会有八场关于《法华经》的讲说，所有人都会去听讲，那位晋升成藏人的女婿也是要去的。他穿着用绸子做成的裤袴，一件有着红色里子的褐色褂子，还搭配了一件黑色的短衣，高调地到达会场。在他的马车近旁，是被抛弃了的女人的车子，两辆车子的距离很近，以致他的半袖带子都要搭到人家马车的装饰上去了。不知道车里面的女人看到以后，会是怎样的心情呢？知道车上坐的是他妻子的人，见到这样的场景都生气了，连不知道实情的人也开始替车里的女人鸣不平，说：“不知道有些人怎么能坐得那么安稳！”在很长的时间里，大家都在不停地议论着。

男人一般都是缺少同情心的，也不会体贴别人。

要是女孩子还年轻，不怎么懂事，对男女之间的事情就不会擅长。想要在宫中当差，就最好不要轻易被男人欺骗。

值得高兴的事情

值得高兴的事情，比如像是发现很多物语，都是自己还没有读过的。还有的物语读了一卷之后，发现情节十分引人入胜，还想接着读的时候，又找到了第二卷，这也是很让人高兴的事情。但也有些时候，读完却发现并不尽如人意。

做噩梦后心中担忧，不停地想着：“这下子可怎么办才好？”正害怕的时候，解梦的人却说没有什么大事，不用害怕。听见他这样说，心中也是十分高兴的。

和很多女官一起，同身份地位高贵的人聊天，从古到今地谈论着这世间发生的种种事情，却发现他的视线常常停留在自己这里。遇上这样的事情，也是十分叫人高兴的。

不要说是住在很远地方的爱人，就算是同住一座城市，知道心上牵挂的人生病了，也是十分担心的，心中不免会想：“他的情况有没有好转一点儿啊？”这时候，要是得到了消息，知道病人的病全都好了，怎么能不开心呢？

听见身份地位高的人赏识自己喜欢的人，并且在贵族中间常常夸奖他，这也是让人高兴的事情。

过节或者有特殊活动，或者是给别人回信的时候写了诗，竟在世人那里得到传唱。诗句得到大家的赞扬，还被记载到书中。虽然我自己没有这样的经历，但是这样的事情，就算只是想象一下，也能想到有多么让人高兴！

不熟悉的人和自己说古诗，但那句子自己也不是很熟悉，正好从其他人那里打听到了，这样的事情确实让人开心呢！要是打那儿之后，又在诵读故事的时候从书上发现了这句子，就更加欣喜了，嘴上还会不禁念叨着：“原来就是这个句子啊！”心里也更加感谢那个将这句古诗告诉自己的人。

得到了一些陆奥纸，心中十分高兴。就算不是陆奥纸，只要纸是纯白色的，就算只是普通的纸张，也一样会感到欣喜。

有些人文质彬彬，十分有涵养，跟他一对比，自己都会觉得羞愧。有时候，对方询问自己某些诗文，恰好问的是自己会的，于是给他回答，这时候是多么开心啊！不过，有时明明是自己熟悉的句子，别人问到的时候也有可能突然忘记。

正着急着找想用的什么东西，找了很久终于找到了。有一段想要引用的文字，可却找不到相关的那本书。把家中的每一个角落都翻遍了，突然发现这本书在那里，一下子就感到十分开心。

玩游戏的时候想要争个输赢，因此用尽了心机，最后获得胜利的时候，不开心才怪呢！有些自高自大的人喜欢玩点儿小伎俩，耍一点儿小诡计赢得胜利，但即便如此也是让人很高兴的。比起赢女人，赢了男人会更加让人高兴。不过输了的人心中一定会想“总会再找机会回来复仇的”，因此每天都提心吊胆地等着，结果对方却满不在乎，好像没有这回事一样。有的人故意装出不在乎的样子，好让对方掉以轻心。这样的情况，就更加有趣了。

自己讨厌的人诸事不顺，尽管想让人家不好可能有些不厚道，但心中确实还是有些小欣喜的。

找人定制了要装饰用的梳子，拿回来的时候发现做得特别好，心情一定很高兴。就算自己已经有了很多样式的梳子，也还是会为此高兴。

久病不愈，好几个月后突然有好转，像是要完全好起来了，这样的事情，确实是值得高兴的。要是久病后好转的是自己喜欢的人，那比自己身体好起来还要高兴。

在我侍奉之前，皇后身边已经有很多当差的女官了。由于我到得比较晚，于是我就坐得远远的，靠着柱子看着，谁知皇后竟然看见了我，说："你也到这边来吧！"其他人听见了，纷纷移动，给我让出一条路来。那时候，我真是满心欢喜。

给皇后送信

皇后身边有很多女官在侍奉。等到皇后说完话，我禀报说："有些时候，会感觉到这世界上有很多不如意的事情，让人几乎想要去死。有时候我还想，真想找个地方隐居起来，管它是什么样的地方，到那里去生活就好了。这样想着的时候，有人忽然送来一些新的白纸，有的是普通的纸张，有的甚至是陆奥纸。连同纸张一起还送来了好的毛笔。这下又觉得活着是件不错的事情，便很快从不良的情绪中走出来了。还有的时候，看见编织得十分精细的绿色草席子，上面有朝鲜式样的图案，黑白分明，十分好看。这时候，不禁会想：活着多好啊，怎么能随随便便地想到死呢？这样想着，不免更加珍惜活着的时光了。”听见我这样说，皇后也笑起来，说：“你还真是容易从细小的事情中得到安慰啊。人人都像你一样，就没有人会因为‘姥舍山月’这样的事情而感叹了。”皇后身边的女官们听见了，也都说着：“是啊，看她那说话的样子，就像是随随便便做个祷告一样。”

这件事之后，又过了一些时日，我由于心情低落，便在家休息。皇后便派人过来，送给我十二卷质量上乘的好纸，还命令道：“赶快到宫里来。”还附上一封信，写道：“听人说你愿意用上乘的纸张写经书，不知道这纸张的质量配不配得上抄《寿命经》呢？”真有趣。这件事我都不记得了，皇后竟然还记在心上。就算是一般的人做了这样贴心的事情，我也会十分感动的，更何况是皇后呢？我感动得不知道怎样回答她才好，便叫人取来纸张，写道：

皇室大气啊，是天命，
竟得到神明赏赐的圣纸，
或许会长寿啊，与仙鹤齐龄。

写完后，我差人将回信给皇后送去。再收到皇后回信的时候，我看见那个送信的后宫御膳房的杂役，还得到了作为赏赐的青衣。

不知道用这些纸张抄写经文是什么滋味。一个人这样乱想的时候，又想到：也许能把心中的忧伤都赶跑也说不定，这样想来，心里一定会开心。

又过了两天，有个穿着红色衣服的男人来送席子，侍奉我的女下人们见了，就问道："来的人是谁啊，把屋子里的样子都瞧见了吧！"送席子的人听见了，赶紧放下席子。等我出去，他人已经走了，我就叫人来问："从哪里送来的呢？"下人回答："人走了，不知道。"我叫人拿过来一看，原来是用来铺在普通席子上的凉席，上面画着朝鲜式样的图案，十分漂亮。我心里猜着："可能是皇后差人送过来的"，但又不敢轻易下结论，便找人去追回那个送席子的男子。谁知那人就像人间蒸发了一样，连人影儿都没见着，大家说："真是怪事啊！"送席子的人不见了，就算大家一直议论，也没什么用处了。应该不是送错了地方，要是送错的，一定会回来将席子拿走的。我想叫人到皇后那里去，打听一下是不是从那里送过来的，但转念一想，又觉得应该不会有人用这种事情开玩笑的，一定是皇后差人送过来的。这样一想，我的心情一下子愉悦起来。

两天之后，依然全无消息，这足以说明，我的猜测一定是对的。于是我叫人给左京君送了一封信过去，写着：

> 有件事情是这样……关于这件事情，你有没有听到过什么传闻呢？能不能在暗中替我查证一下呢？我给你写信的事情，请千万不要让其他人知道了。

左京君回信给我：

> 确实是皇后做的，但是她不想让别人知道呢，你不要说是我告诉你的就行。

原来，事情真的被我猜中了。真有趣。于是我又写了一封信,叫人送过去,放在皇后御前栏杆的扶手上。结果因为没放好,信掉落到台阶上了。

奉经仪式

二月二十一日的时候，在法兴院的尺泉寺佛堂里，关白公要举行供奉经文的仪式。界时，皇太后和皇后也是要到场的。为了早做准备，皇后在二月初的时候，就从自己的宫殿搬到二条宫里暂住。半夜时分，我已经困得什么都看不下去了。第二天早晨醒来我发现，阳光把宫殿照得透亮，看上去干干净净的，十分漂亮，好像所有的东西都是昨天新换过的：帘子是崭新的，用来装饰屋子的朝鲜犬和狮子也都是崭新的。我心中忍不住感叹：究竟是什么时候换的新的啊？真有趣。台阶边儿上长着一米多高的樱花树，樱花正茂盛地开放着。看见这景象，我不免怀疑道："樱花在这季节开放，会不会太早了？现在应该是梅花开放的季节啊！"原来,那是人造的假花,但是样子真是逼真，不知道做成这样，得花多少工夫才行呢？转念一想，要是遇上大雨天，这花不是全都损毁了？那真是很可惜啊。从前，这里有很多小屋，现在重新修整过了，成了新的宫殿。要是想看自然园林的景色，这里暂时还没有，但是就这屋子里的装饰来看，也确实是很讲究的。

关白公来这里拜见皇后。他身上穿着一件有灰色条纹的裤袴和一件红色的直衣。直衣里面是一件有多层领子的红色衣裳。再看看我们，除了皇后之外，全都穿着红色的衣裳，衣裳的里子是紫色的，有深有浅。有些人穿的是带有条纹的衣裳，有的人是印花的，还有些人穿的是纯色的。各样的颜色聚在一起，看起来十分鲜艳。至于最外面穿着唐衣的人，他们衣服的里子有白色、青色、红色或者紫色。

关白公正和皇后面对面地坐着聊天。无论他说什么，皇后都能从容地应答，并且说得得体恰当。真想让宫殿外面的人也长长见识，看看皇后这样的姿态。真叫人仰慕！

关白公打量了周围的女官们，说："在这后宫里头，恐怕没有让人不满意的事情了。在你身边侍奉的这些人，每一个都是样貌清秀，光欣赏这容貌就让别人羡慕不已了，不仅如此，她们还都出身于名门。这些都是了不得的人，您还得好好对待她们。不知道周围的人能不能知道皇后的心思呢？从您出生开始，我就一直照顾着您，尽管如此，您也没赏给我半件旧衣物，知道您小气，但也不能这样吧，当着您的面说出来，是因为我不喜欢背后说人闲话啊！"听他这样说，大家都忍不住笑起来。他说："在你们眼里，我大概是傻子吧，不然你们怎么都这样笑我呢？"正说着，宫里头来了人，是某位式部丞到了。

皇上送来的谕旨由大纳言先接收，然后再转交给关白公。关白公笑着拆开信件，然后说："好像是有趣的事情，要是您允许，我就打开看看了。"他犹豫了一下，又说道："还是不要看的好，皇后一定会生气的。"说着便将信交给了皇后。考虑到身边站着的人，皇后并没有马上拆开信来看，那样子真是心思细腻！有人从帘子里面给那位信差推出一个坐垫。帐子的旁边还站着三四个人，都是等着侍候的。关白公说："我们先去里面吧，把赏赐的事情打点一下。"说完就起身离开。皇后这才打开信件看。只见她拿出一张薄纸，是红色的，和她身上穿的衣裳很相称。皇后在那上面写了回信。但是，没有人能体会她这样做的心意，真遗憾啊。“今天做赏赐的东西，一定要独特一些。”因为皇后这样说了，关白公就打点了赏赐的事情。赏赐的物品是一件女装和一件小褂子。因为席上有酒，关白公就想乘机让来送信的使者喝一点儿，谁知道那使者竟然推辞，说：“我还有没办完差使，还请多多体谅。”这样说完，他就起身离开了。

每个公主都精心装饰一番，打扮得很漂亮。大家都穿着有紫色里子的红衣裳，相互攀比着，谁也不想输给对方。比起大公主和四公主，三公主看着就要成熟些，就算大家称她为“夫人”，也不过分。

关白公的妻子也来了，她不让新上任的女官拜见自己，因此叫人拿来几帐，将自己遮住了。看见她这样的举动，有些人不免会感到不舒服了。

很多女官聚集在一起，在走廊的某一处待着。有人在议论着到了举行仪式的那一天，穿什么样的衣服、带什么样的扇子去好，有的人想好了却故意不说，只说：“我也没有什么准备，到时候，有什么就用什么吧！”其他人听了，指责她说：“你又说这样的话！”晚上有很多人请假，都是为了仪式的事情，皇后也只好叫他们先回去了。

关白公的妻子每天都到这里来，天色很晚了也不回去，公主们也在这里逗留。皇后身边有更多的人待着，这确实是很好的事情啊！皇上每天都派使者过来。唯一遗憾的是，庭院里的花随着时间的流逝渐渐地失去了光泽，偏偏夜里还下起大雨，本来就枯萎的花瓣这下完全看不出形状了。我很早就起床了，看着这景象，说：“确实不如凋零的樱花好看。”没想到皇后听见了：“的确是。下雨了，不知道樱花怎么样了？”她突然说话，吓了我一跳。正说着，从关白公家里出来很多杂役，他们径直走过去把树推倒了。他们一边推倒树，一边还嘟囔着：“唉，本来是要按主人的意思趁天黑拿走的，现在可好，天大亮了，动作快一点儿吧！”看他们推倒树又拖着树走的样子，真是有趣。我想用“你们是不是要学兼澄写的《要说便说》的故事”这样的话调笑他们，可是人家学识不够，恐怕我说了他们也听不懂，我便只好用抱怨的口气说：“谁呀！这么大的胆子，竟然偷花！”他们听见我这样说，赶紧拖起那棵树，匆匆走掉了。关白公也考虑得很周全啊！要是就这样放着不管，花瓣都湿嗒嗒地粘在一起，肯定难看死了。我一边想着这件事情，一边便走到房间里面去了。

扫部司有人前来拜见，于是女官们打开木格子的门，让他们进来，皇后在当差的女官打扫完毕之后才起床。她一起来就看见樱花已经不见了，于是便大声问道：“怎么回事？花都到哪里去了呢？”接着又说：“清晨的时候，我听见有人抱怨的声音，说是有人偷花，我还以为就是折两枝玩玩的。哎呀，这是谁做的？你们看见是什么人了吗？”大家都回答说：“因为当时天还没有这么亮，我们看不太清楚啊，只看见有白色的人影移动，于是就叫着‘不要摘花’，想吓吓他们。”皇后听完，笑着说：“那也不可能将整棵树全搬走啊，是不是公主让人偷偷藏起来了？”我禀报道：“不是公主，也许是春风给吹走了呢！”皇后说：“你刚才一言不发，就是在想这句话吧，说得挺有趣的。如果真是这样，那还真是件有情致的事情。”皇后说的这些话，言辞并没有多么幽默，但听上去还是很有趣的。

关白公过来了。我想到自己睡过头了，样子乱糟糟的，不好意思见人，就躲在其他女官的身后。关白公刚进来就嚷道：“你们这些女官，真是太贪睡了，樱花叫人家偷走了也不知道！”

看他假装不知道的样子，我小声地自言自语道：“肯定是有人起得比露珠还早，才会这样的。”没想到这话被关白公听见了，他笑起来，说：“我就知道一定是你，除了你，也不会有人跑出来看的。”皇后也笑了，说：“原来如此，可就在刚才，春风还替人背了一回罪呢！”皇后笑着说话的样子，美得真是无法用语言描述啊！关白公接着说：“少纳言心里头正抱怨着呢！不过现在也到了有春风的时节，这也算是很好的诗句了。”他还抱怨着说：“我嘱咐了那么多遍，还是被人瞧见了，这可真气人！要怪就怪你们这里总有讨厌的看守！”他接着说：“但有关春风的诗句，真是说得好极了！”他一边夸奖，一边又诵读起来。皇后也同意他的说法，问：“春风的句子写得真是不错，有韵味，就是不知道今天早晨到底是怎样的情况。”皇后说着说着就笑了：“听一个小女官说，最早看见的是少纳言，她还说着‘被雨水淋了的样子真不好’之类的话。”听见皇后这样说，关白公就更不顺心了。看见他的样子，我觉得很有意思。

八九天后，我想回家了，于是就去请假。皇后说：“还是等到快举行仪式的时候再走吧！”尽管如此，我还是出宫去了。有天正当中午，比起平常的日子，阳光好像更加耀眼了。皇后给我写了信，差人送过来。上面写着：

花心开了吗？现在怎么样了呢？

于是我提笔写下回信：

还有很久才能到秋天，但心却已经夜夜飘远。

皇后移驾二条宫的那天晚上，所有的车子都使劲儿往前挤，一点儿也没有秩序。看着那乱糟糟的样子，不免被两三个与我性格合得来的人抱怨："看他们的样子，一个个挤挤挨挨的，吵着喊着，就跟要到贺茂神社看热闹去一样，真是惹人讨厌！还有他们那相互推搡的样子，真是不堪入目！即使没有车子了，我们也不用和他们一样，皇后娘娘知道后一定会叫车过来接咱们的。"我们挤在人群中说说笑笑，还真挤上了一辆车，当差的问："全都上来了吗？"大家回答说："还有没上来的人。"当差的接着又问："某人上来了吗？"问完他似乎还觉得奇怪，自己叹道："大家应该都上来了才对啊，竟然还有没上来的人，这是怎么回事？唉，这样可不好啊，我本来以为御膳房的三品官也可以上车呢！"他一边说着，一边把车向这边靠近，那边的说："你就依照自己的意愿让人上车吧，反正我们上不上车都无所谓喽！"当差的那人听到后，说："你们还真会挑话说，这样讽刺我。"这样说着，让那些人上了车。后边跟着的车子的灯火稍微暗一些，那是御膳房的女官们坐的。到二条宫的路上，我们一直有说有笑。

到了宫殿里面，我看见房间里停着皇后的车子，其他地方也都打点妥当了，想来皇后早就到了。皇后已然整理妥当，正在席上端坐着。"叫少纳言过来。"皇后下令说。跟在皇后身边侍奉的，是右京和小左京等人，原来皇后看遍四周也没见到我的身影。参见皇后是有一定顺序的，女官们依次下车，每四个人一组。皇后很着急，询问道："这是怎么一回事啊，为什么没看见少纳言呢？"我不知道皇后着急找我，等到所有人都下车了才过去，大家一看到我就说："为什么这么晚？皇后娘娘找你好多次了！"她们一边说还一边拉着我，向皇后那里走过去。

到达之后我才发现，这里已经准备得十分妥当，和我们一直居住的地方没什么不同。

皇后用抱怨的语气说："怎么回事？究竟去了哪里？四下里都没你的影子。"我没有什么能说的，和我同坐一辆车来的姑娘见了，就回答说："剩下最后一辆车的时候，我们才上去，不能早点儿来拜见，也是没有办法的事情啊！是御膳房的人见我们可怜，才让了一辆车子出来的。到处都黑漆漆的，我们一路上都是悬着心过来的！"皇后听了大家的话，说："当差的那人不懂事，你们也不懂事吗？给像右门卫那样有资历的女官说说总行吧？"她的话语中满是责怪。右门卫说："即使这样，也不能学着人家的样子挤挤攘攘的。"这话惹得旁边的人不舒服了。皇后娘娘有些不高兴，说："坐了好车也不见得就提高了身份，抢着前去有什么意思呢？我觉得人还是安守本分的好，无论做什么都要依照规矩办事。"听皇后这样说，右门卫赶紧打圆场，说："不早点儿上去，下车的时候就总是等着了，因为这样才争先恐后的吧？"

终于，皇后要去积善寺的日子到了，这天是举行供奉经文仪式的日子，因此我在前一天晚上拜见了皇后。到了南北厢房的时候，我看见很多女官聚在那里，她们点着灯，正三三两两地坐着。有些关系较好的人坐在一起，有些则打开屏风，把自己和其他人隔开了。聚在一起的人，有些正在缝补衣裳和鞋子，有些正在化妆。看她们认真的样子，好像今天梳好的头发，可以从明天一直保持到永远一样。有人过来禀报说："都这么晚了，你才来拜见，到了寅时，就是准备出发的时候了。刚才有个拿着扇子的人，是专门派去找你的。"

听说他们寅时出发，我赶紧去穿戴整理，等收拾好的时候，已经是太阳初升，天都亮了。听见有人说：“停车的地方在西厢房，就是那间唐朝样式的屋子。”因此大家都得步行穿过走廊。有些女官是新来的，心里面免不了紧张，一副小心翼翼的样子。到了西厢房，关白公和皇后都在这里。女官们按照命令先上车了，皇后在帘子的里面站着，旁边依次是淑景舍、三公主、四公主、关白公的妻子和她的三个妹妹。

站在车辆两侧，负责掀开车帘子的，是大纳言君和三品中将。他们向两边分开帘子，好让我们这些女官上车。要是正赶上很多人一起上，混在人群中也能躲躲。谁知道是按照名册来的，叫四个四个地过去。听见喊自己名字就走出去，还真是叫人尴尬。要我说，这让人羞愧得简直抬不起头。想想看，现在在帘子后面的，都是些多么光彩照人的人物啊！其中最耀眼的，就是皇后娘娘了。要是在他们眼里，我现在的样子是不堪入目的，那可真是太惭愧了。本来精心打理好的头发，现在一出冷汗，恐怕全都立起来了。走到皇后面前，来到负责掀起帘子的大纳言和三品中将面前，我已经感觉路程辛苦了，偏偏这两位又面容英俊，此时笑盈盈地看着我，我觉得自己像做梦一样迷迷糊糊的，应该是要晕倒了吧！大概是我心里的承受能力强吧，直到我走过去也没晕倒，不过说不准，也有可能是我脸皮厚的原因吧！等到所有人都坐好，车子就从前门开出去了。到了二条大路，车在路上被排成一列停好。那样子很有气势，就像我们总去看热闹的时候见到的景象。这样想的，应该不止有我一个人吧？看着这样的场景，我变得兴奋起来。四周有很多男士侍候着，都是四品、五品、六品的。有的人在车旁边整理车辆，有的人走过来，就是想和我们说说话。

第一个要迎接的是皇太后。迎接的时候按照主公、殿上人、地下人的顺序。听说皇后得皇太后到达之后才能出发，那要等到什么时候去啊？我们心里难免有些抱怨。等到太阳升高了，会有十五辆车组合的队伍将皇太后送到，其中，有四辆车子上坐着尼姑。最前面是唐朝样式的牛车，这是皇太后坐的。跟在后面的车子，车厢里露出了水晶念珠，深灰色的袈裟以及衣裳等等，这是尼姑坐的车。那些从车里露出来的东西，也都是很考究的。尼姑坐的车辆后面跟着的，就是一般的女官坐的车子了。她们都穿着白色的唐衣，衣裳的里子是红色的，她们还穿着或深或浅的，或者是硬丝织成的上衣。这些衣服看上去五颜六色的，十分好看。这天天气晴朗，蓝蓝的天空上飘着几朵白云，明朗的天空和彩色的衣服相映衬，美得无法用语言形容。

比关白公身份低微的人都忙着侍奉皇太后，眼前是一幅动人的景象。这样子的阵势，我们还从来没有见过，因此大家都在相互议论，赞叹不已。对方大概也一样，毕竟那十五辆车排成的阵势，也是很让人惊叹的。

可能大家着急地盼着皇后快点儿到，因此感觉时间也过得慢了。大家心神不宁地想："发生什么了？怎么还不来啊！"等了很久，终于看见几匹马由人拉着出来，那是采女骑的马。她们身穿青色的衣服，裙子的边缘被染成了深色，一阵风拂过，吹起了她们的裙带，那样子真是好看极了。其中有位采女是医师重雅的情人，名叫丰前。她穿着一件葡萄色的裤袴，看上去很有派头。大纳言见了，笑着说："重雅可是被恩准穿戴禁色衣服的人啊！"采女们乘坐的马匹，都按照次序排好队站着。过了一会儿，皇后乘坐的牛车出来了，虽然场面和皇太后来的时候不同，但也十分隆重。

皇后来的时候，太阳已经升到了半空中，照在皇后乘坐的牛车上，把那些装饰映衬得闪闪发亮。车帘子在这样的阳光下，也显得十分明亮美丽。侍从拉起牛车四周的绳索，将车引出来，车上的帘子也因此晃荡个不停。有人说，坐在上面很吓人，连头发都会竖起来，现在看来，这可不仅仅是句玩笑话。以后有没梳好头发的人，也许会用这个当作借口了。这是很庄重的场景，同时也让人心生惊叹："这是多么尊贵的人啊！简直想象不出来有谁可以侍奉在她身边！"再想到自己，更觉得以后不能随随便便的了。车队到了路上面，车夫先将拴牛的绳子绑好，然后跟在皇后的牛车后面。场面十分隆重，想要用语言形容出来，又觉得词穷啊！

到了积善寺的时候，响起了唐朝风情的乐曲，是大门两边的人正在演奏。除此之外，他们还吹奏了《狮子舞》和《朝鲜犬》。笙和鼓的声音混杂在一起，听起来令人十分愉悦，不过愉悦中又让人有些晕眩，还以为是到了佛祖居住的地方。一进门就看见很多帷幔，颜色各种各样。四周挂满了帘子，都是青色的。不仅如此，屏幛也是随处可见，简直不像是现实世界中的景象。皇后已经到了，我的车子也过来了。伊周和隆家的人立马过来，站在车子两侧说："快点儿下车吧！"上车的时候大家就已经很尴尬了，现在下了车，更加没脸见人了。大纳言君的样貌生得十分富贵，长长的衣裳后摆拖到地上，对比他的样子，周围环境倒显得狭小了。他掀开帘子催着，叫我们快点儿下车。大家却害怕梳好的头发因为唐衣而变得散乱，害怕阳光太亮，头发里红色的部分也被人看清楚，这么想着，实在是不好意思下车。"让后面上车的人先下去吧！"我推让道。不过，其他人应该也和我有同样的想法，只听他们对大纳言君说："不敢让您在旁边啊，还请让一点儿吧！"听他们这样说，大纳言君笑起来:“你们不会是害羞了吧？”说着便退到了一边儿去。谁知我们一下车他又走过来了，说:“为了不让栋世知道，皇后娘娘特意叮嘱少纳言在这里下车的，你们倒好，叫我避让到一边儿去！”他一边说着，一边将我扶下车，要带我去拜见皇后娘娘。皇后娘娘这样叮嘱大纳言君，我心中十分感动。

到皇后跟前的时候，她身旁已经有大概八个人了，他们都是比我早下车的。他们挑了容易看到外面的地方，端正地坐在那里，面前还有一尺多高的台子，皇后就坐在那上面。大纳言君对皇后禀报说:“我是将她用身子挡住带过来的。”皇后一边问:“怎么样”，一边将身子向帐子里面移动一些。她身上穿着女官们的礼服，不过这一点儿也不影响她的美丽。这也不是一般的红衣裳啊！她里面还穿着一件绿色的褂子，是用唐朝的丝绸制成的。另有几层衣裳，都是葡萄色的。她穿着红色的唐衣，白色的裙子，裙子上还有青色的条纹，上面绣着金银象的图案，这些颜色搭配都是非同一般的。

皇后问:“我今天看起来怎么样？”大家赶忙回答说:“看起来非常好。”这话说出来就显得俗气了。“让你们等这么久，真是不好意思。大夫说，见皇太后的时候要穿的衣裳，不小心叫别人看见了，不能给我穿。弄到这么晚，就是因为又找人去做了一套。唉，我真是臭美啊！”皇后这样说着，自己也笑了。本来就是喜庆的日子，皇后开朗的样子更是锦上添花。皇后的头发全部梳到了额头上面，发际线向一边偏着梳开，我正好能够清楚地看见。一对三尺长的几帐将女官们的坐席隔开了，几帐后面有坐席，横着放置在走廊上面。右兵卫督中君是关白公的叔父，中纳言君正是他的女儿。宰相君是富小路左大臣的孙女。走廊上面放着的座椅，正是她们俩的位置。皇后看看四周之后说："请宰相到那边去看看吧，不知道那边怎么样了。"宰相君听后，立马明白了皇后的意思，说："这里就是有三个人，也能看得见的。""那就好。"皇后把我叫上去了。有些同伴在下面坐着，看见这样，笑着说："他们就像是得到晋升，要成为舍人了！"我回答："也有可能只是成为一个殿上的侍童。""那也是宰相旁边的侍童。"不管怎么说，坐上席都是很光荣的。从自己嘴里讲出这些事情，听起来像是自我吹捧。要是为皇后想想，大概会有一些身份高贵的人要说："所宠爱的人，原来是这样微不足道。"要是这样，就太对不住皇后了。但毕竟事实如此，我也没有办法，唉……我心里都是明白的。

从我坐的地方看过去，有很多厅房，其中包括皇太后的。真有趣。关白公第一个拜见的是皇太后。那之后，才会到这里来。他身边跟着两位大纳言，还有三品中将。三品中将穿着的是后宫巡查知府的服装，他们腰间别着弓箭，看上去威风极了。到了皇后的宫殿，关白公看见女官们全都穿着礼服，包括御匣殿君在内，无一例外。再看关白夫人，衣裳外面还穿着一件小褂子。关白公惊叹道："你们可真是美丽啊，就像画里面的人一样，千万不要说今天穿的衣服不舒服了。"接着说："请三品中将为皇后脱衣，她是这里最尊贵的。门前的侍卫可不是用来装饰的。"他说着说着就感动了，竟然还流出眼泪："唉，真是。"大家听了，也都眼含泪水。我身上穿着五层白色唐衣，衣服的里子是红色的。关白公看见就说："我少了一件僧衣，正不知道去哪里寻找呢，早知道就找你要了。"他的话又把大家逗笑了。坐在后面的大纳言君听见了，也笑着说："一定是清僧人的衣服吧？"唉，净说些玩笑话。

僧都君穿着一件红色的法衣，袈裟是紫色的，下身穿着的单衣和裤袴，都是紫色的。他在女官之间来回走动的样子像极了菩萨。真有趣。大家调笑他：“和没规矩的女官混在一起，真是把威严都丧失了，不像样儿！”

三岁的松君也在这里。他的父亲是大纳言，他是跟着父亲一起过来的。他身穿一件直衣，是葡萄色的，里面穿了一件深红色背心，一定是狠狠染过的，背心的里子是紫色的。大纳言和平常一样，带了很多侍从，都是些四品、五品的人。大伙儿带着松君过来，走到女官们这里。谁知道他突然哭了起来，不知道到底被谁招惹到了，一时间十分热闹。

仪式开始进行了。大家在人造的红色莲花中放上《一切经》，每花一本。僧人、俗人、贵族、殿上人、地下人、六品人等等都排成队，每个人手里都捧着一朵莲花。这样的场景，十分让人感动。做法事的道人来了，所有的僧人都排好队，开始朗诵经文。这之后会有歌舞表演。一整天都要看着这些，眼睛会十分疲劳了。宫里面派来的使者，是五品藏人，诸事都进行得很顺利。那人说：“皇上有令，让皇后进宫。”皇后听到传话后，并没有回宫，而是说：“要不然先回一趟二条宫吧……”藏人弁却将这件事告诉给关白公，于是关白公奉劝皇后，说：“依照皇上的意思来比较好。”因此，皇后准备直接到皇宫去。

皇太后那里来人了，还送来信件，上面引用了《千贺的盐灶》的诗句。除此以外，还送来其他精致的礼物，真是值得高兴的事情。仪式结束后，皇太后就起驾回宫了。这一次，随行的王公大臣们大概只有来时的一半。很多女官都到二条宫那里去了，她们不知道皇后进宫了，还想着先到二条宫去等着呢。可是她们一直等到深夜，也没见到我们的人影。我们这些陪皇后进宫的人没有准备衣裳，只盼望着有女官送过来，谁知等来等去，也没见来人。大家身上穿的都是新衣裳，并不贴身，再加上天气又很冷，因此都生气地嘟囔起来。不过无论大家怎样抱怨也没有用。到了第二天早晨，才有人送衣服过来，大家都生气地说："为什么到现在才送过来啊？"听她们解释着，也觉得情有可原。

法事结束后的第二天，突然下起雨来。关白公看见后，就对皇后说："可见我真的是有福气啊，您觉得呢？"听他这样说，大概是十分得意吧！

庄严的事情

庄严的事情，比方说朗诵《锡杖经》的九节经文。念佛之后唱的回向文。

曲子

最有意思的曲子要数《门立山》了，《神乐歌》也是很有意思的。说起现在流行的曲子，有些歌词很长，又写得错落有致，这是比较好的。有些具有民风的曲子唱得好了，也是很有意思的。

狩衣的颜色

染成淡淡的丁香花色的狩衣是最好的。面子里子都是白色的纱制狩衣也很好。

此外，还有红色的，像松树叶子一样的颜色，叶子的青色，樱花的颜色，柳树的颜色和青藤的颜色。

裤袴

深紫色的裤袴是裤袴中的上品。浅绿色。夏天最好是染成红蓝色的最好。如果天气十分炎热，最好是染成淡青色。

单衣

无论是什么颜色的衣服，男人穿着都好看。最好的单衣是白色的。像宴会这样正式的场合，搭配一件红色的单衣也还可以，不过最好还是穿上白色的。但要是白色的衣服泛黄了，那可就叫人不舒服了。有的人偏爱生丝捣练之后，微微泛黄的单衣，不过大家终究还是觉得白色最好。

说话没分寸

无论是男是女，说话没分寸最能暴露出一个人的格调之低了。从说话就能分出人的高下，这看似奇怪。实则，即使这样想的人，自己也并不能做到时时得体。问题在于，人家说的到底是好是坏，应该用怎样的标准去衡量呢？我管不着别人心里到底怎么想，我常常会将突然想到的事情讲出来。

比如，有时候人不能表达自己的意思，说着：“把这件事做了吧”“把话说了吧”“把什么怎样了吧”，总是要去掉动词，说成：“说话”“回去”这样的句子。其他人听了，一定觉得他没有教养。这样的句子要是变成写出来的文字，看起来就更可恶了。要是写物语的句子没写好，那就完全没什么好看了，也会让人忍不住要可怜可怜那位作者。这时候，看见书旁边还写着“已校对”或者“校改完”，就认为作者更加值得怜悯。曾经看见有人写“一辆车”的时候，错写成了“一车”，还见过写“觅”的人，错将其写成了“见”。男人写东西的时候比较直接，不会拐弯抹角，有这样的笔误也是可以原谅的。

在袍子底下的衣服

在袍子底下穿衣服，要是有着白色里子的红衣服，且红得十分鲜明，冬天穿最好。还有捣练过后，外面是上等红色，有着褐色里子的衣服最好。

扇子

如果扇面是青色的，扇子骨最好是红色的；如果扇面是紫色的，扇子骨则适合用绿色的。没有任何花纹的桧木扇子是最好的。画着中国画的扇子也不错。

神社

最好的神社是松尾神社。由于八幡登社是供奉日本天皇的地方，所以一说到它，人们心中就会有敬畏之感。皇上出行时常常乘坐葱花辇，看起来气势非凡。大原野神社以茂盛的樱花树为名。积手神社的水池里有鸳鸯戏游，很有趣。贺茂神社更不用多说了。稻荷神社也很美。春日神社能让人有庄重的感觉。名字取得好的是佐保殿。

平野神社里有间空屋子，有人询问道："这是用来干什么的地方？"知情人回答说："这是神停放牛车的地方，也是很神圣的场所啊。"神社的墙壁上常常爬满了藤蔓植物，红色的葛藤叶子深浅不一地堆积着，让人想起贯之写的诗句"没有什么办法阻止秋天的到来啊"，很多人不知不觉就在那里站了很长时间。水分神社也是很有意思的。

岬角

最好的岬角是唐岬。贺岬、三穗岬也不错。

屋

说起房屋，最有风情的要数茅草屋。东部四方形的民居也是特别好的。

报时

报时是很有意思的事情。在天气十分寒冷的时候，有时会听到夜间有鞋子噔噔噔走过的声音，有人一边敲着报时用的弓弦，一边叫道："这里是在某处的某人，现在是丑时三刻"，或者是："子时四刻"等等。在报时的牌子上插木简，也很有意思。虽然民间有"子时九刻""丑时八刻"的说法，实际上，每个时辰都只有四刻。

美好的事情

正当阳光暖暖的中午的时候，或者是正当夜晚的时候，有时会突然想起皇上："不知道皇上在子时会做什么呢？"正想着的时候，就听见有人传旨，叫藏人上殿去，那就再好不过了。深更半夜忽然听见皇上吹笛子的声音，也是十分美好的事情。

雨夜来访

成信中将是兵部卿宫的儿子，样貌清秀，性格温和，气质优雅。想到伊豫守源兼资家的女儿不得不离开他，跟父亲回家，真是对她心生怜悯：她的心里该有多么难过啊！知道他们父女要离开京城的消息后，成信中将当天晚上就去道别。想象到他身穿直衣，站在月下的英俊模样，真叫人心动啊。

以前，这位公子老到这里来，闲聊间谈起别人的时候，总不说人家好话。

有个叫平的女官，平日里对忌讳的日子什么的非常重视。她本是用姓氏当了名字，现在是人家的养女了，一些年轻的女官就总是用她的旧姓氏调笑她。还有个女官的名字叫作兵部，长相一般，也没有什么特长，倒是有一点特别：喜欢出风头。皇后常常嫌弃她不像样子。虽然如此，却没有人把这事告诉她一声，不知道是不是故意不说呢？

重新修缮一条宫的时候，我和式部大殿同住一间小屋，小屋位于东侧宫门旁，装饰得很精致。遇到不喜欢的人，我们是绝对不会让他走进来的。有时候，皇后会亲自到这里来，说："今天大家到里面去睡吧！"我们俩就睡到南厢房去了。睡了一会儿，忽然听见有人敲门，我们不耐烦了，说："真吵啊！"说完继续躺下，装作是睡着了。谁知道那人竟然弄出更大的动静。皇后命令道："叫少纳言起来吧，她看上去像是睡着了，其实是装的。"于是兵部便过来叫我，我继续假装睡着，她就回去了，对来敲门的人说："叫了，没醒呢！"结果后兵部就坐在那里同人家聊天了，真是没想到。又过了一会儿，到深夜了。想必那人一定是权中将吧。"他们会说些什么呢？"我想着，偷偷笑起来，不过这样的事情，他们一定是不会知道的。权中将一直聊天，到天亮了才回去。"那人可真让人讨厌啊，下次他来，一定不能和他说话。说什么能说到天亮呢？真是的！"我们正说笑的时候，那兵部正巧打开拉门进屋了。

第二天早晨，我们在小厢房里面聊天，就和平常一样。兵部听见我们说话的声音，也插话进来，说："让人感动的是雨天来访的男子，平常再怎么抱怨他薄情寡义，等看见他像个落水狗一样站在那里的时候，就什么怨气都没了。"这是在说什么啊！

要是昨天和前天，连同大前天，他一直不停地来访，这样的男人确实叫人感动，因为这会让被探访的女人心里感觉到：他一定十分爱惜自己，一天不见都不行吧？再说一直不来拜访的男人，总是不出现的人，就下雨天的时候过来一次，凭这个断定他是爱惜自己的，未免太武断了吧？也许是人和人看法不一样吧！有的人交往的，是涉世深、成熟又有情致的女人。尽管如此，他还是交往很多其他的女子，况且他家里还有妻子。也有这样的男人，他们也在雨天像落水狗一样来拜访，特意被人看见，借机赢得了好名声。难道，男人都是这样的？不过他们也不是完全无情吧，要不然也不至于专门去拜访一趟。下雨天还是叫人很心烦的，实在是难以想象，就在早晨，天上还是晴空万里呢！皇宫的走廊已经够精致了，可到了那个时候，也会觉得不好，要是普通人家的房屋，恐怕只能祈祷：快点儿晴天吧！满心都想着天晴的事情了，哪还有心思想恋爱的事啊！在月光明亮的晚上，要是有男人来访，就算相隔很长时间也不会忘。十天、二十天、一个月、一年，甚至是七八年也一样。一想起来，就觉得有情趣。无论到哪里都想和他说说话，即使那地方不方便见面，或者是周围人多嘴杂，要忌讳他人的时候也不例外，一定要想方设法说上话才能道别。要是环境允许，可能要留他一整夜呢！

月明的夜晚，心里思念着远方的人，回忆起以前发生的事情——快乐的、忧伤的，就好像全都在眼前重现一样。这样的时候，怕是再也没有了吧？《狛野物语》的故事情节很老套，并没有多么好看，但是看见主人公在月明的晚上拿出扇子，一边想念着身在远方的人，一边吟诵诗句：“曾有马驹回来过”，这样的场景，也是很有情趣的。

我不喜欢下雨天，就算只下一小会儿雨，我也觉得十分讨厌。只要遇上下雨天，宫里隆重的宴会就会受到影响，庄严的法会也会变得没有情趣。这样说来，下雨天来访的男人也是一样。试想淋得浑身湿透，一直抱怨着的访客，有什么情趣可言呢？再想想《落洼物语》中的主人公落洼少将批评交野少将的事情，也是能够理解的吧？正因为他昨天和前天都来拜访了，才显得珍贵，要不然雨夜来访，身上会弄上很多脏东西，就算是洗过了脚，仍然叫人讨厌，这样还有什么情趣可言呢？

比起雨夜来访，在刮大风的晚上来访的客人，更加让人感动。

要是在下雪的晚上来访，那就是最让人感动的事情了。无论他穿着直衣还是狩衣，或者是袍子和青色的藏人服饰，即使衣服在雪夜中弄得冰凉潮湿，都不会破坏情致。就算是六品官职的人穿的绿色小衫被雪打湿后，也不会令人讨厌。据说，曾有藏人在下雨的晚上拜访情人时，总穿着青色的袍子，被雨打湿了，就在那里不断地拧。现如今就算是白天，也没有人再穿这样的衣服了。有的人见情人的时候,就随便穿一件绿色小衫。在卫府当职的人，倒是会在穿衣服上花些心思。

我说的这些话，要是给人听见了，大概这些人就不会做“下雨的夜晚拜访情人”的事情了。要是有人在月光明亮的夜晚过来，将书信送入我的厢房中，我借着月亮的光看见鲜红色的信纸上书写着：“仰头欣赏今晚的月亮”，这场景会叫人感觉十分富有情致。但要是换在下雨的晚上送过来信，就没有这样的趣味了。

回信

经常送情书过来的人，突然之间没有回信，收情书的人会不禁感叹：“这样的缘分现在再说什么也没用了，以后也一样。”第二天天亮了，还是没能看见送信过来的使者，让人十分尴尬。收情书的人心里难免有些落寞，想着：怎么说断就断了呢？也许整整一天的时间都这样抱怨。

第二天，阴雨连绵，一直等到过了中午，还是没等来回信，于是自己一个人想着：这一次是真的结束了吧？到了傍晚，在靠近房屋外侧的地方坐着，看见一个侍童打着伞把信送来了。久等的人赶忙拆开信件，比以往还心急，看见上面写着：下雨了，水涨了。平时对方总是写很多句子的，现在因为这样的场景，就写几个字，反而显得更有情致。

突然降雪的时候

早晨起来的时候，天空没有一点儿要下雪的迹象，突然，天色变暗，接着就下雪了。这让人的心情变得有些低沉，看看窗外，没过多久，地上就积了厚厚一层雪。接着，雪越下越大。这时候，只见一个打伞的英俊男子，看样子是侍从，将一封信送到某人门前了。这场景很有意思，不过这男子要是能微微一笑，一定更有意思。

威严的东西

威严的事情，比方说近卫大将给天皇出行清路的预警声。

在皇宫里面朗诵《孔雀经》。

所有的法事中，最威严的法事是五大尊。

白马节会的时候，式部丞的藏人当众游行的样子。

御斋会的时候。

左右卫门佐都穿着已经磨损的特制折衣。

每到春秋两个季节的时候，宫里举行的朗诵经文仪式。

炽盛光的祈祷法事。

戒备雷鸣的仪式

有些时候，宫中会响起很大的声音——戒备雷鸣的仪式是很可怕的。左右大将、中将、少将等等都要到清凉殿去，在那木格子的门外面守候。真有趣。等到仪式结束了，大将就会下命令："可以退下了。"

屏风

《坤元录》屏风是特别有意思的。

御屏风上面写着《汉书》，能让人想起历史。

每年各个节气中所用的屏风，也是很有意思的。

躲神的日子

到了因为阴阳忌讳、要躲神的日子，会让人感到很无奈，要在天还没亮时回家，走在外面会觉得天寒地冻的，感觉自己的下巴都要掉下来了。好不容易到家了，拿过火盆来翻找炭火，发现一块烧得通红的木炭，这时候可真高兴啊！

正和家里人聊天，火快要熄灭了也没发现，正好有人过来添加炭火，才让火苗重新燃起，这时候，总是让人有些气恼的。但是，把炭放在火盆边儿上，围着中间的火，倒是挺不错的。我不喜欢将炭火全堆到一旁，在中间放满木炭，然后将炭火移在上面。

香炉峰的雪

还没到放下木格子门窗的时间，但因为地上积了厚厚一层雪，就早早地放下来了。屋子中间放着火盆，我和几个女官坐在一起闲聊一通。忽然，皇后问道："少纳言，香炉峰的雪是怎样的呢？"我叫人把门窗打开，又亲自把帘子卷起来，诵了一句诗。皇后笑了起来。大家都说："听见这句子，我觉得很耳熟呢，是以前诵读过的吧？怎么就没想起来呢？咱们得像清少纳言一样，才能侍奉得了皇后娘娘呢！"

阴阳师身边的童子

跟在阴阳师身边的童子是很聪明的。比如阴阳师做免灾祷告的时候，其他人只是坐在那里听着，他却自己一个人站起来，还没等主人开口说“去盛些清水”，就已经将水盛好了。他那一点儿也不用主人多费心的样子，真讨人喜欢。有时我甚至会想：“我也想要这样的侍童陪在身边。”

借住在别人家中

三月，到了躲神的日子。因为阴阳忌讳，我就去别人家中暂时借住。那家庭院里的树木本来很是普通，因为柳枝上的叶子太过宽大，看起来和平常见到的不一样，没有雅致的感觉，叫人心生厌烦。看见这样的景象，我忍不住说：“这根本不像柳树，是其他的树木吧？”主人听见了，回答道：“也有长成这样的柳树。”我心里偷偷地为它作了首诗：

柳眉宽大啊，显得不够和气，
这个院子中还有奇异的树木，
就连春光啊，面对它也失去了颜色。

那段时间，还有一次因为阴阳忌讳，为了躲神，我也曾在另一处人家这样借住过。到了第二天中午，因为太过无聊，我想要马上回到宫中去。正这样想的时候，收到皇后派人送来的信件，于是我便高兴地立即拆开看。信纸是浅绿色的，字写得清秀雅致，一看就是宰相君的笔迹。

日子怎么过的啊，过得可还好？

自从你离开，心中忧愁不断，
过了昨天是今天啊，没有乐趣。

听他这样讲，我心中的思念也倍增，更有度日如年的感觉，巴不得快点儿到明天，好回到皇宫中去。宰相君写的就已经很让人感动了，况且还是皇后娘娘吩咐写下的内容。我心中既感激又担忧，不知道自己怎样回信才好。

居于云上之殿啊，都会思绪万千，
春日无聊无从排遣，
何况在穷巷居住啊，更加忧思不断。

我恨不得今天晚上就将这封回信送到皇后娘娘手中，但我不知道，会不会步深草少将的后尘？我先这样写完放好，等到天亮之后便差人拿给皇后，谁知皇后说："昨天你在信里写了'思绪万千'，这句让人看了不舒服，大伙儿都抱怨呢！"这话未免叫人伤心，但转念一想，她这样说，还是有些道理的。

唤起思念的钟声

在清水寺借宿的时候，蝉鸣的声音让人十分心动。正听着呢，便接到皇后派人送来的信件。信纸是红色的唐纸，字体是草假名，只见那上面写着：

近山寺啊，响起晚钟的声音，

每一声都勾起人的思恋，
我心怀浓浓的情意啊，你定心知。
但是你却就是不肯回来！

收到信的时候，我正在路上，没有合适的信纸可以用来写回信，于是我用紫色的莲花花瓣作为信纸，在那上面写了答歌送过去了。

御佛会之后

十月二十四号是后宫举办御佛会的日子。听导师诵读经书的人退出御佛会回来的时候，已经是后半夜了。大家都是深夜才从里面出来，有的人要回家，有的人要去和情人约会，因此就坐上同一辆牛车，一路上十分有趣。

雪一直下到今天，却忽然停了，又刮起大风，看看周围，到处都有挂着的冰碴子。有的地方的雪化了，露出黑色的路面，屋顶上还是白茫茫的一片，长短不齐的冰柱子留在上面，像是谁故意挂上去的水晶一样。那晶莹剔透的样子十分美丽，简直找不到什么妙语来形容它。把车帘子高高地挂起来，月光就照到车厢里了。女官们穿的衣服在月光的照射下显得分外美丽。有的人穿了七八层紫色衣裳，衣裳是白色里子，有的人外面穿着一件深紫色的褂子。坐在旁边的是穿着葡萄色裤袴的男士，他们还穿了几层单衣——有白色的、黄褐色的、红色的，衣裳的边缘露在外面。他们都套着一件白色的直衣，直衣的纽扣全都解开着，衣裳滑落，自然地垂到肩头，且在车厢外面也露出一大截。裤袴的一边也露在车轼外面。要是有路人看见这样的场景，一定会觉得很有趣吧？月光明亮，什么也映照得清晰，女孩子有些羞涩，坐到车厢的后面躲着去了，男的却又把她拉过来，到了月光能照见的地方，彼此能将对方的面容看得一清二楚。女孩子尴尬的样子，也是很有趣的。男的不断地诵读着"凛凛冰铺"的诗句，那样子，显得十分有情致。

我不舍得车子停下来，想让这情景在我眼前持续一整夜，但是没办法，还是如期地到目的地了。但此时的我，心中却是充满遗憾。

女官讨论自家主人

要做的事情结束之后，当差的女官们聚集在一起，大家都在讲自己主人的事情。要是各家的主人听见她们说的这些话，一定也会觉得有意思吧？

干净整洁的大房间

我喜欢房里整洁干净。别说来了亲戚，就算是能说上话的在宫中当差的女官来了，也有地方能安排她们住下。恰逢特别的日子，大家还可以聚在一起，随便聊聊天，看看别人作的诗句，一起评鉴诵读；看看别人送来的书信，一起商讨如何写下回函。要是有谁的好朋友也来了，也将她请进来，到这间收拾得整洁干净的屋子中。要是突然下雨，她们不能回家，也要怀着愉快的心情，好好地招待人家。到了当差的时间，有的女官要回宫了，那就一定要让她开开心心地离开。我很想多了解一些有身份的人的日常生活，怀着这样的好奇心，是不是有些过分呢？

看见了就跟着做的事情

看见了就跟着学着做的事情，比方说看见别人打哈欠。

年幼的孩子。

微不足道而又没有地位的普通百姓。

乘船出行

要当心的事情有很多，比方说，与表里不一的人打交道。别看这样的人总是能得到别人的赞扬，但实际上他们品德低下。

行船的时候，坐在船上的人也要当心。遇上好天气，海面像是绿色的丝绸一样漂亮，此时的海面风平浪静，好像没有一点儿危险。因此有些年轻女孩子穿上了短裤短裙，和年轻的男侍从一起划船，还唱着船歌，十分尽兴。看见这样好玩儿的场景，真想也叫些地位尊贵的人过来，让他们也看看这场景。正这样想着，忽然海面上刮风起浪，真是恐怖啊，那些正在玩耍的人啊，连魂儿都给吓跑了！他们在返回的途中依然划着船，向原来的目的地行驶。想起刚才起的大浪拍打船舷的情景，真叫人难以置信：这和刚才我们看到的风平浪静的大海，真的是同一片吗？

小木舟是最让人提心吊胆的东西了。就算是在水浅的地方，也不要乘坐这样的东西，摇摇晃晃的，真是不安全，更不用说是在似乎有千尺之深的大海里了。载满货物的船只，由于重压浸没下去，只有不到一尺还在海面上，可是看那上面的水手，还在来来回回地走动，好像完全不在乎的样子。于是想着，也许他们一个不留意就掉到海里了，却见他们一根接一根地往海里面丢木头，每一根都有大概两三尺长的样子，真是可怕极了。有身份的人乘坐的船只，往往是有船舱的。坐在船舱里面就不会感觉太过摇晃，要是站在船舱外面，恐怕得被晃得晕头转向了。用来绑住船橹的绳子叫作“橹绊索”，看上去不怎么牢靠。一旦断了，小木舟大概会整个翻到海里面去了。不过，这绳子看起来好像真的不够粗啊!

我们乘坐的是装饰得十分好看的船只。船上有帘子和帷幔，还有能打开的木格子的门窗。船身轻盈，看上去像个小房子一样。

坐在船上，看着远处其他船只来往，那场景真叫人担心。远处的船只看起来就像一片叶子一样大小，漂在大海的中间。有的船只停下了，点起灯来，看上去很漂亮。

第二天早晨，我看见了人们常说的舢板，有人坐着在海面上来来回回，这是很让人心动的场景。这样想来，“身后的白浪”还真不是唱着玩儿的,它们确实是常常消失得无影无踪啊!所以，有点儿身份的人要想出行，尽量不要选择乘船的方式吧。虽说在陆地上行走也是有危险的，但因为两只脚都结结实实地踩在地上，心里当然踏实很多。

靠潜水谋生的海女，大概是最危险的人了。要是她们腰上的绳子断了怎么办呢？要是男人做这种事情，那也就罢了。而以此为生的却是女人，她们一定都有非凡的胆量吧？坐在船上的男人将绳子扔到海面上，一边哼着小曲，一边划着船，难道在他们眼里，这是没有危险，不需要担心的事吗？听说海女拉一拉那根绳子，就是想要从海里出来的信号。想象一下，收到信号的时候，船上的人该有多么着急地把绳子扔进海里啊！每当海女浮上水面，抓住船只边缘，大口大口地喘气时，那样子，就算是旁观者看到也会流下同情的眼泪吧？还有将她们一下子丢到海里去后，自己悠闲地待在船上的男人。真不敢相信，这样的事情，怎么会有人做得出来？

某右卫门

有个右卫门要从伊豫国到京城去，在路途中，他将自己的父亲推进了大海里，只因为他怕别人看见自己卑微的父亲，以后没法抬头做人。听说这件事，大家都很震惊，为他的行为不齿。更没想到的是，在七月十七日为盂兰盆会举行的法事上，这个男子也忙前忙后地供奉佛祖呢！道命阿阇梨知道了这件事，就作了一首诗：

已将至亲啊，推入海中，
现在又用盂兰盆为其供奉，
世道崩坏啊，让人忧心。

小野君的母亲

听说有一次，小野君的母亲在普门寺举行了八场《法华经》的法会。第二天，大家都到了小野殿，在那里赏乐、宴游、吟咏唐诗。她作了一首很特别的诗：

辛辛苦苦啊，砍柴集薪，
昨天的法事已经结束，
今天就放下斧柄啊，让它朽坏吧！

虽然记下来了，但这都只是传言而已。

业平中将的母亲寄诗

业平中将的母亲伊登公主给儿子寄去一首诗，大意是说：我现在老了，感慨很多，总是害怕与你相会的日子不多了，感觉更加思念你疼爱你了。这样的诗句确实十分打动人心。业平中将看到信时读到这样诗句的心情，我也能够体会了。

好听的和歌

有些和歌，自己看来不错，于是便将其写在笔记本上。但没想到，竟然有下等的打杂姑娘，很轻易地就将这句子咏出来了。真气人啊！更过分的是，还有人在那里随随便便地学作和歌！

下等人的称赞

某位男士,有着尊贵的身份。要是下等打杂的女佣称赞他说:“他是个和善的人呢”，反而叫其他人瞧不起他了。要受到他人异样的眼光，还不如不被这些女佣称赞呢！要是有下等的打杂男佣夸奖某位妇女，这仍然不能算是好事。身份地位卑贱的人要是说了不合适的话，赞扬的话也会是批评的效果了。

大纳言君咏诗

有一次，大纳言带着汉诗来参见皇上。每当遇见这样的情况，他们往往会聊到深夜。皇上跟前的女侍从们一一退下，她们到小屏风后、几帐下，或者是到小房间睡觉去了。只剩下我还强忍着睡意，在旁边侍候着。突然，听到有人报时说:“丑时四刻！”我自言自语地说:“快到天明的时候了。”没想到这话被大纳言君听见了，他说:“都这个时候了，还不如不要睡了。”难道在他眼里，我是不需要睡觉的人吗?于是我心里不免暗暗责怪自己:“为什么不小心说出来了啊！”要是有其他人在，或许能佯装一下，躺一会儿……皇上靠在柱子上，看起来也睡着了。大纳言君对皇后说:“已经快要天亮了，不能这样睡了吧?”皇后笑了起来，说:“还真是这样！”不过，皇上并不知道这事。就在这时候，有个丫头在走廊上大喊，把大家都给吵醒了。原来是她偷偷拿了一只鸡，想要等到天亮以后再带回家，于是就先藏在自己屋子里。也不知道怎么弄的,鸡却被狗发现了。现在狗叼着鸡跑，丫头在后面追，就这样跑到走廊里面了。皇后也被吵醒了，问:“什么事？”大纳言君大声回答:“声音惊动了明王之眠。”真是一句绝妙的好诗！像我这样的普通人，本来困得眼睛都睁不开了，现在也瞪着双眼呢！皇后也很高兴，说:“这句诗真是应和现在的场景啊。”这些都是很奇妙的事情。

第二天，皇上宣皇后晚上到寝殿去服侍。夜半十分，我到走廊上来叫佣人，听见我的声音，大纳言君竟然出来了，说:“要是你想回去，就让我护送吧！”我把衣裳和唐衣挂在屏风上，跟着他回去了。月色清明，大纳言君穿的直衣看着很干净。他大步走着，不时地会踩到裤袴的下端。他拉着我的袖口叮嘱道:“小心滑倒。”这样走着，我又自言自语地咏出诗句:“游子独行于残月。”这也是十分精妙的诗句。他说:“这是不值得称赞的小事啊！”说着便笑了。可没法不称赞啊！

家中失火

我和隆圆僧都的乳母一起坐在御匣殿里面。靠近走廊的地方，来了一个下等的打杂男子。他说:“我碰到了凄惨的事情，不知道该向谁诉说。”他说着，好像马上就要哭出来一样。我问他:“究竟是什么样的事情？”他回答说:“刚出门一会儿，再回去的时候，就发现家被大火烧了。现在整日整日地待在别人家，好像寄居蟹一样。我家马厩里面堆草的地方起火了，火势蔓延到家中的各处。马厩和房屋之间只有一堵墙，老婆和女儿还在睡觉，差一点儿就被烧死了，家具更是没有能拿出来的了。”看着他说话的样子，就连御匣君也被逗笑了。我拿出一张纸，写上:

点燃的秣草啊，本如春天的阳光般微弱，
火势不猛如何烧得起来？
竟烧淀野啊，没有残留。

我写完就将纸扔到远处去了，对人说：“把这个东西交给他。”大家全被逗得哈哈大笑，说：“我们同情你的房子被烧掉了，所以赏赐你点儿东西，喏，就是这个。”“这是能领取什么的凭证呢？能领多少？”“你自己看看就知道了。”“我不认识字，怎么能读出来呢？”“那你就找别人帮忙认认吧，我们还得赶回去呢，皇后娘娘可在那边儿等着。人家都赏你这么好的东西了，还有什么不放心的。”大家说完，赶紧回来了。僧都的乳母对皇后说：“不知道他现在有没有找人看这首诗呢？要是找人看了，知道上面写的什么，一定气得要命吧！”听见这话，皇后跟前的女官都笑了，皇后也笑起来，说：“你们真是，怎么能做出这样无聊的事情！”

丧母的男士

有个死了母亲的男士，家中只剩下父亲了。父亲是很宠爱他的，但是后来娶了一个继母回来。继母非常凶恶，从进门以后，就连屋里也不允许他进去了。所有的事情，如日常服饰等等，都由他的奶妈，还有之前侍奉他的生母的侍女们照料。

无论是西厢房、东厢房或者是屏风，只要是男子住的地方，这些忠实的侍女们都为他收拾得整洁干净。纸门上的绘画都很有情调。他的行为举止很符合殿上人的身份，没有什么好挑剔的。皇上很喜欢他，每到吹奏管弦乐或者是做宴会游戏的时候，皇上总找他过去。但他还是生活得不高兴，好像世界上所有的事情都不顺心。他心里总在想：要是能和什么女子恋爱就好了。

他有个妹妹，嫁到某贵人的家中，很受丈夫的宠爱。他有心事的时候，只愿意对这位妹妹诉说。在他眼里，可能妹妹是唯一可以慰藉他的人吧！

定澄僧都无袿袍

有句话说：“定澄僧都一件长衫都没有，宿世君一件短衣也不留。”能说出这样的话的人，一定很有趣吧！

去高野

有人问我：“你真的要到高野去吗？”我用诗歌回答他说：

从来没有兴起过这样的念头，
山脚下长满艾草，
伊吹山那样的地方啊，是谁告诉你的？

某位女官

远江守的儿子和一位女官互通款曲。但是这位女官听说那男人还有一个相好的，并且跟自己一样，也是一位女官，于是便对这名男子心生怨恨。这位女官为此找我来，说：“他用自己的父母在我面前起誓，说没有这样做过。我该怎么应对？”于是，我写了一首诗代她回复：

我的情郎啊，请对我发誓，
远江的神明来做见证，
滨桥之上啊，不曾与她相会。

某位男士

有一回，我和某位男子碰见了，可偏偏是在不方便见面的地方。我很害怕别人看到会无端编造出不好的传言，便心中焦急，面露不安。那个男子问：“为什么这样子？”我回答道：

逢坂关啊，有泉涌的井，
就怕让别人瞧见，
心内起波澜啊，无法平静。

唐衣

红色的唐衣是唐衣里面最好的，接着就是紫色的，有着红色里子的唐衣，还有白色的，有着红色里子的唐衣，这都是很好的，而且所有淡颜色的都是好的。

下裳

画着海景图案的下裳是最好的，系在腰上的小下裳也不错。

织物

最好的织物是紫色的。如果是青黄色的布料，上面织出柏树叶子的图案，这也是很好的。红梅色的虽然也很好，但看得多了，难免会生厌。

花纹

葵花叶子，带有酢浆的花纹是最好的。

扫码分享电子版

穿合身的衣服

夏天穿的外套，最好是质地轻薄，用酢浆草做的。

看到有的妇女穿着左右衣袖不对称的衣服，这是最让人心烦的事情了。但是这么多层的衣服，往往是最难穿好的，经常穿着穿着，衣服边儿就跑到另一边去了。要是厚实的料子，就更容易堆积在胸口，很难弄好，实在难看极了。无论怎样，还是穿着合身的衣服最好看。从古到今都是这个理儿。另外，还有衣裳的长度，也是左右都足够长最好。女官穿的衣服有时候很占地方，应该也会感到不舒服吧！有的男人穿着不对称的衣服，一层又一层，光看着那裤袴，也让人觉得重极了。

至于看起来清爽的布料和轻薄的衣裳，当下流行的款式都是越长越好。有人长得漂亮，总跟着潮流穿，看起来更加光彩照人。要是这样的人送这样时髦的衣裳给我，我穿上的效果可能就不好了。

中将公子

要是长相英俊，又有身份的男子如果住在柏台，看起来就有些别扭了。比如说像中将公子那样的人，真令人感到遗憾。

疾病

最不好的病就是心口疼了。此外，中邪、脚气也总是令人不舒服，连饭也吃不下了。

十八九岁的姑娘，留着一头黑发，和身子一样长，发梢也很饱满，人长得也又白又丰满，看起来就知道以后会十分好看。结果她得了牙疼的病，一旦发病就疼得掉眼泪。她的头发乱糟糟的，发梢也被泪水浸湿了，只见她满脸通红地捂着牙坐着，那样子真是饶有风情。

八月的时候，有个女孩子穿着一件贴身的单衣，衣裳是白色的，看上去很柔软，还穿着好看的裙裤。她最上面的一件外衣是浅紫色的。可是，她却患有严重的胸疾。和她一起当差的女官都凑过来，询问她的病情。大家也都说："真可怜。"还有的人问："是不是总难受啊？"喜欢她的男士心中肯定十分担忧，但因为和她是秘密交往的，他们怕被别人知道了，也不敢过去问问，只好独自叹气，这也是让人同情的事情。她把美丽的头发整个儿盘在脑后，刚过一会儿便说想吐，赶紧起身。看着她这副样子，难免要让人生出同情。

皇后知道了这件事，专门找来一些说话声音好听的僧侣，为祛除疾病做祈祷。还有很多来探病的女官，也一起围在那里听祷告，因为人太多了，挨挨挤挤的，想躲都没地方去。那些做祷告的僧人，虽然是在读经，但眼睛却不住地到处乱看。菩萨要是看到诵经的和尚是这样子，只怕会再给他们加上罪孽吧！

不招人喜欢的事情

不招人喜欢的事情，比方说，出行或者到寺庙借宿的日子，偏偏下起了雨。身边的侍女正在向别人抱怨，恰好被自己撞见，却听到她说：“我可是一点儿也不得宠呢！她现在最宠爱的就是那人了。”本来就不招人喜欢的人，在那里自己瞎猜测，还觉得受了委屈。

有的奶娘自己没有好心肠，结果由她喂养的孩子也不招人喜欢，但这并不是孩子的错。那个奶娘还总是抱怨：“在所有小孩中，他最不得宠，父母都不怎么喜欢他。”不懂事的婴儿一直缠着奶娘大哭，这副样子，奶娘一定也不喜欢吧？这样的孩子，即使长大后，身边总有人跟着照料他，可是他也还是不讨人喜欢啊！

我讨厌即使被人冷眼相对，也仿佛感觉不到，还一直粘着他人的人。有时候，我会对这样的人说：“身体有些不适”，可对方反而粘得更紧，甚至到我的床前来问东问西，照顾饮食什么的。要是我不领情，对方反而觉得十分吃惊。

在女官住处吃食的男士

宫中供职的女官的住处，来了一个男子。可是这男子竟然在这里吃东西！这样未免也太不像话了！给他食物的女官也做得不对。自己喜欢的女官拿来了食物，对他说：“吃一点儿吧。”这时候，他总不能做出一副拒绝的样子吧？他没法转头拒绝，就只好接过来吃掉。要是有男人喝醉了，没法回家了，即使我因此让他住在家中，也不会给他食物的。要是因为我的做法让男人认为我对他心存厌恶，从此与我不再来往，那我也没办法，只好如此！要是食物不是宫里的，是他从自己家中拿来的，那还好些。但无论如何，这总不是好的事情。

到初濑寺借宿

有一次，我去初濑寺借宿的时候，一些下等杂役背对着我们坐。他们的样子看上去十分邋遢，衣服的下摆也相互缠在一起。

看着急流的河水，我心中十分害怕，好不容易克服了恐惧，想要快点儿爬上台阶去看佛祖。没想到，到了佛堂里却看见一个穿着古怪的法师，样子就和橡皮虫似的，我当时就想，真恨不得将他们一下子推倒了！

只有地位尊贵的人的住处前面才会有清场，普通人的就很杂乱了，因为没有人管。好容易请来法师对着那些挡路的人说："往那边儿去"，情况就稍微好些了。可是法师一走，场面又变得乱糟糟的。

难以说清楚的事情

很难说清楚的事情，比方说收到他人的来信。有身份的人说了很多话，要把这些话的内容一点儿不变地转达，还要条理清楚，这可不是一件容易的事情。要是那人做了回答，要把这回答转达回去，也是很难的事情。地位非常尊贵的人派人送来东西，应该对他送来的东西回谢，该怎样说这谢词呢？真是叫人不知所措啊！孩子长大了，想了解男女之间的事情，怎样当着他的面讲明白呢？

束带和宿值衣裳

四品、五品的人在冬天穿束带盛装最好，六品的人则在夏天穿宿值衣裳最好。

品德

无论男女，都一定要具备美德。可是，谁能判断一家之主妇的品德是好是坏呢？没有这样的人，但是总有明事理的人出现，到家里去说说吧！要是在宫廷中当差，就更能引起大家关注了。这就好比土堆中间的猫，谁都能看见。

人脸

人脸上非常好看的那一部分，就算天天看也不会腻，而且还总是被人赞美："真是好看啊！"但这部位要是画出来的，看着看着就不喜欢了。举例来讲，屏风上的画再好看，放在身边一段日子，也就不再令人喜欢观赏了。人脸还真有趣，即使长得再不好看，总有值得欣赏的部分。不过换个角度来讲，不好看的部分也得一并被人看见，不过如此就让人不舒服了。

工人吃饭的样子

工人吃东西的样子真怪啊！盖好主屋之后，他们几个一起到东边的厢房去吃饭，我也就到了东边，在那里看着。饭上来后，他们急忙先把汤喝光了，把陶碗随便地扔在一边，然后很快地把菜也吃掉了。看这样子，我以为他们不再吃饭了，结果饭也被很快吃完了。那里坐着的三四个人，都是这样吃饭的，可见工人吃饭的样子，大概都是这样吧？真不像样啊！

讲话时最讨厌的一种人

无论是随便地和人闲谈还是讲故事的时候，我最讨厌的一种人，就是答非所问，总是乱插话的人。

听男孩讲的事情

有个地方，好像是二公主的住处，也有可能是别的什么人的住处。那人虽然算不上尊贵，但是有很多人评价他风趣幽默。九月的一天，有个男孩子去拜访女孩子。天快亮了，但是月亮还没有下去，他要道别，但又想让这场约会更浪漫，希望女孩子能记住，于是尽可能地与女孩深情道别。现在他应该已经到家了吧？想到女孩子一个人深情目送的场景，难道不叫人心动吗？男孩子其实并没有走掉，只是顺便藏在了附近的矮墙后面，现在他又出来了，想让女孩子看见自己，知道自己心中也是很舍不得她的。女孩子一边探头看着，一边独自呢喃着：“明亮的下弦月。”只见她的头发从额角垂下来，大概有五寸长的样子，在月光下，就像着火了一样。男孩子最后还是悄悄地离去了。这些事情，我是从男孩子那里听说的。

业远朝臣

女官在要去当值或者当值完回家的时候，常常借别人的车辆。车主表面上是答应了，但是赶车的车童却很不满意地骂着，还用鞭子使劲儿地打着牛，弄得牛用很快的速度跑着，真让人不舒服啊！车主跟前的侍从也表现出不耐烦的样子，说：“深夜之前一定要赶回去。”听他这样说，就知道车主不想借车子的意思了，因此以后都不会问他借车子。但只有一个人，不管什么时候——黎明或是深夜，只要向他借车子，都不会发生这样的事情，没有一点儿不愉快，他就是业远朝臣。由此可见，平时他一定对下人管教得很好。有一次，一辆坐着车子的女官陷在了路边的泥潭中，怎么也拉不上来，赶车的人急了，在那里生气。业远朝臣看见了，就让自己的家丁帮忙把车子拉上来。我想，他平时对于这些方面，一定十分注意，都对家丁吩咐好了吧？

独居的好色之徒

独自一个人住的好色之人，到了破晓才回来，没人知道昨天晚上他到哪里去了。他回来后就坐在那里，看上去很累的样子，不过也十分高兴。只见他拿过砚台细细地研磨，然后开始写情书，还写得十分认真，一点儿也不像是敷衍的样子。这情景真有意思。

他身上穿着好几层白色的衣服，上面还穿着黄褐色和红色相间的衣服。他的衣服被露水打湿了，他一边写字，一边还看着衣服。他没有将写完的信交给身边的侍从，而是找了一个侍童，看起来好像很适合送这封信的样子。他轻声交待了几句，不知道说的会是什么呢？等到侍童走了，他独自待着，仿佛在冥想着什么，一直站着不动，嘴里还自言自语地说着什么，大概是有名的诗句吧？房间里，要吃的饭和洗漱用的水已经准备好了。男子走进房间，斜着身子靠在桌子边读书，看到自己觉得好的地方，还会读出声来。真有趣。

洗漱完后，他开始朗诵《法华经》的第六卷，让人感到十分庄严。看来他昨天晚上去的地方距离住处并不远，刚才派去的使者已经站在屋外了。一听说使者回来了，他就暂停诵经，拿起信，看得十分入迷。这样子，菩萨也得降罪了。

长相清秀的年轻人

长相清秀的年轻人，不管穿什么都十分讲究。穿袍子是这样，穿狩衣和直衣也是这样。他们的里面也穿着不少衣服，看着袖口，就知道他们穿得很厚。主人骑在马上，侍童捧着信件在马下，仰头看着主人，这样子真有趣。

作法祛妖

屋子前面有个宽阔的庭院，有高大的树木长在里面。在房屋的东南角，木格子的窗户开着，屋里面也因此看起来十分凉爽，也被光线照得十分明亮。在主屋里面，有一个四尺高的几帐立在那里，前面放着一个圆形的坐垫，上面坐着一个长相清秀的僧人，看起来约莫三十岁的样子。只见他手拿香扇，身穿袈裟，那袈裟是淡墨色的，质地轻薄。他正在朗读《千手陀罗尼经》。

僧人之所以如此，是为了要除妖。原来，这个屋子里的主人被妖鬼缠住了，十分苦恼。一个头发梳得很好看的女童坐在三尺高的几帐前面，僧人拿出一颗有光泽的钻石交给女童，然后就侧着身子退下了。僧人朗读经文的时候还闭着眼睛，那样子十分庄重。

帘子外面有很多女官，坐在靠外的地方守着，大气也不敢出一下。不一会儿，女童就发起抖来，接着昏了过去。法师祈祷着，圣灵一点点儿地显露出来，这也是十分庄重的事情。

女童的兄弟坐在她身后，穿着袍子，细心地为她扇着扇子。大家都在那里正襟危坐，那女孩子要是没昏迷，看到这样的情景也一定会害羞吧？她正在一声一声地叹息着，虽说是这样，却不见得真有那么痛苦。看见她的样子，平时和她关系不错的朋友心疼地走到几帐旁边，为她整理衣裳，或者打理打理别的。这期间，有消息传来说是病人好多了，年轻的女官却因为担心，还来不及放下端给病人的药盘，就围过来看着女孩。她们身上穿着单薄的衣服，看起来很凉快，衣裳也十分平整漂亮。

到了申时，妖魔被法师驱逐走了之后，女童才开口说道：“我原来以为自己在几帐里面，现在才发现，原来我在外面。这之间发生了什么事，我一点儿也不知道。”女童把头发弄乱，披下来挡住自己的脸，害羞地跑到屋里去了。要继续为她作法事的僧人拉住她，说：“你现在感觉怎么样，有好一点儿吗？”女童害羞得没开口，只是笑了笑。

僧人想要退出，说：“还想再留下来陪陪你，可是诵经的时候又到了。”屋子里的主人说着：“请稍等，还要给您作法后的赏钱呢！”说着就要挽留，可是已经晚了。屋子里有人出来，应该是个等级较高的女官，说：“您能来，真是太感谢了，本来问题很严重，现在却好了很多。真的是太感谢了，日后有空，一定去拜访。僧人回答说：“是很难缠的妖怪呢，不容易治好，所以要万分用心。能有好转，这就很好。”这回答真是简洁明了！看他说话，还以为他就是菩萨本人，只是穿上袍子，借着僧人的样子现身了。

这样的法师有很多的信徒，比如样貌秀丽、身体发胖的长发女童；还有年纪稍微大一点儿，已经长了胡须，也留着好看的长头发的男童；还有看上去有些吓人的，满头白发的老者。法师总是停不下脚，非常忙碌，身为一个法师，难道这样不好吗？如果法师的父母知道了，一定会更加高兴，而且很是为他骄傲呢！

不好看的事物

不好看的事物，比方说衣服的后面缝歪了。

还有衣领一直往后扯的人。

属于贵族乘坐的牛车，车上的帘子下摆很脏了。

两人很难见到，好不容易见一面，一方却带着自己的儿女。

穿着正式的小孩子，裙裤的下面却是一双木屐。不知道这样的穿法，是不是时下的潮流?

走路匆忙的妇女，身上穿的却是旅行时候穿的壶服装。

要作法事的法师，做祓祭祈祷的时候，头上戴着用纸做的帽子。

长相丑陋的妇女，瘦骨嶙峋的，皮肤还很黑。她戴着假发和男子睡觉，那男子也十分消瘦，还有很多胡子。不知道他们睡在一起，是因为看上了对方的哪一点呢?晚上也就算了，反正也看不清楚彼此长相，也没有人因为对方长得丑就睡不着觉的。最好的办法就是晚上睡觉，早晨很早就起来走掉。夏天的中午，睡醒后看看身边的人，若是身份高贵的，也许还会好受一点儿。长得丑还油光满面的人，估计脸都睡肿了，样子大概也扭曲了吧！相互看着对方这样的面容，恐怕也真是活够了。

又黑又瘦的人穿着生丝的单衣服，那真是难看极了，说不定连肚脐眼儿都露出来了，要是穿着捣练过的、透明的红色单衣可能还好一点儿。

跋一

因为天色变暗，不方便写字了，笔也要写秃了，所以想着，要是能马上写完这一段就好了。我无聊在家的时候，把所见所闻都写下来，也就有了这本《枕草子》。没想过要别人来看，写的也都是一些无足轻重的事情,况且,有些地方写得也言过了，其他人看了，也许会心中不舒服呢！本来是隐藏在心里的事情，以为不会说出来的，可最后还是说出来了，正应了那句诗“因为流泪而泄露了心事”。

一次，内大臣给皇后献上一些纸张，皇后问我：“写点儿什么好呢？”说完又说道：“《史记》上的文章，皇上都已经写下来了。”我回答道：“要是我，就用它做枕头了。”皇后听完，竟说：“那就赏赐给你好了。”于是，她便将这些纸张给我了。看着这么多纸张，我就想写一些奇奇怪怪的故事，没想到写来写去，占去一大半的竟都是些无聊的小事。

世界上有很多有趣的事情，我从这之中挑选了一些可能会让其他人感兴趣的记载下来。诗句也只是写了一些以花花草草为题的，一定会有人嘲笑吧，说：“想着觉得是很好的，谁知没那么好，不过倒是用心了。”就我自己而言，只是想写什么就写什么，成书之后，也没想过要和其他书一起被人评比。但也听说有读者评判：“写得很不错！”真有趣。世界上本来就有一些人，别人不喜欢的事情，他偏偏要夸奖；别人喜欢的事情，他又要批评。我知道这些，只是免不了遗憾，毕竟这《枕草子》还是要被世人知道的。

跋二

在左中将还是伊势守的时候，有一次，他到我家中拜访。我想让他坐下，就把走廊边儿上的坐席推出去。没想到，一起推出去的，还有这本《枕草子》。发现后我想要拿回来，谁知他夺走了，硬是拿走很久才还回来。我想这本书被世人知道，大概就是那一次的缘故吧。

图书在版编目（CIP）数据

枕草子 /[日]清少纳言著；陈美锦译 . —上海：上海三联书店，2016.7

ISBN 978-7-5426-5585-1

Ⅰ . ①枕… Ⅱ . ①清… ②陈… Ⅲ . ①散文集—日本—中世纪 Ⅳ . ① I313.63

中国版本图书馆 CIP 数据核字（2016）第 106365 号

枕草子

著　　者 /〔日本〕清少纳言
译　　者 / 陈美锦
责任编辑 / 陈启甸
特约编辑 / 苏雪莹
装帧设计 / Metis 灵动视线 TEL:010-85983452
监　　制 / 李　敏
出版发行 / 上海三联书店
（201199）中国上海市都市路 4855 号 2 座 10 楼
http://www.sjpc1932.com
印　　刷 / 北京旭丰源印刷技术有限公司
版　　次 / 2016 年 7 月第 1 版
印　　次 / 2016 年 7 月第 1 次印刷
开　　本 / 960 × 640　1/16
字　　数 / 250 千字
印　　张 / 18
插　　页 / 16

ISBN 978-7-5426-5585-1/I · 1136

定　价：39.80元